Mystères et Diableries sous Louis XI

Première enquête :

LES LOUPS DU PONTET

Alain Bosc

1 - Les Loups du Pontet

2 - Les Pirates de l'Estuaire

3 - Cuvée Royale

Table des matières

Préambule historique

Par le remariage d'Aliénor avec Henri Plantagenêt en 1154, le duché d'Aquitaine devient une possession de la couronne d'Angleterre.

Les rois de France successifs restent néanmoins suzerains du duché. En 1294, Philippe le Bel subtilise aux Anglais la riche et belle province. L'occupation française met un coup d'arrêt au commerce, essentiellement tourné vers l'Angleterre, et Philippe le Bel vide rapidement les caisses de la commune de Bordeaux. Les Bordelais finissent par chasser les Français en 1 303. Bordeaux préfère l'administration anglaise plus respectueuse de ses privilèges commerciaux. La ville prospère de nouveau.

En 1328 le roi de France, Charles IV, meurt sans descendant mâle. La loi salique lui impose comme successeur le descendant mâle le plus direct qui se trouve être le roi d'Angleterre Edouard III, petit-fils de Philippe le Bel par sa mère.

Cependant les barons français choisissent Philippe VI de Valois déclenchant par ce choix la guerre de Cent Ans.

Pendant plus d'un siècle, malgré les chartes britanniques bienveillantes favorisant le commerce et exonérant les Bordelais de taxes, l'économie de Bordeaux - toujours ville anglaise - et surtout de ses environs, est fortement mise à mal par le passage incessant de troupes ou de pillards.

En 1451, le roi de France Charles VII parachève sa reconquête de l'Aquitaine en s'emparant de Bordeaux.

Les abus du sénéchal Olivier de Coëtivy et quelques nouveaux impôts conduisent rapidement les Bordelais à implorer le secours du duc d'Aquitaine qui vient d'être chassé, Henri VI, roi d'Angleterre.

En 1452 ils obtiennent le débarquement de 4000 hommes sous le commandement de John Talbot et lui ouvrent les portes de Bordeaux. Mais vaincu par l'artillerie de Jean Bureau, Talbot est tué à Castillon et son armée anéantie.

Charles VII en personne assiège Bordeaux qui se rend en octobre.

Les bourgeois bordelais voient avec angoisse partir les dernières troupes anglaises. Les seigneurs gascons alliés aux Anglais obtiennent la vie sauve, mais sont bannis et s'exilent pour la plupart en Angleterre.

Jusqu'à la fin de son règne, Charles VII fait douloureusement payer aux Bordelais leur "trahison".

À son arrivée sur le trône en 1461, Louis XI continue comme son père à œuvrer dans l'établissement d'une monarchie absolue. Il se heurte aux plus puissants seigneurs et au clergé qui n'entendent pas perdre si facilement leurs privilèges.

Louis XI comprend très vite que la bourgeoisie des villes est son plus sûr allié pour parvenir à ses fins et rend progressivement ses privilèges à la commune de Bordeaux.

* * *

- 1 -

Novembre 1463

Le vieil homme avançait péniblement vers le hameau. Affreusement voûté, tordu par les ans, il s'appuyait d'un bras tremblant sur un bâton noueux, peinant à contourner les ornières boueuses, trébuchant sur le talus herbeux du milieu du chemin, les jambes fouettées par les fougères jaunies. L'automne était bien installé maintenant, et la pluie dont les arbres dénudés ne le protégeaient guère détrempait sa pelisse de laine grossière. Il jura : une rigole glacée issue de ses longs cheveux blancs venait de s'insinuer dans son col. Faisant une halte, il rajusta sur son épaule la besace ornée d'une coquille Saint-Jacques qui l'identifiait comme étant un pèlerin sur le chemin de Compostelle. Avec une grimace il releva le menton, mesurant la distance qui lui restait à parcourir jusqu'aux chaumières. Inspirant aussi profondément que son dos voûté le lui permettait, il rassembla d'ultimes forces et se remit en route.

Un paysan leva la tête de son labeur, le regard méfiant.

- C'est bien ici Le Pontet ? demanda le vieux pèlerin, expliquant qu'un voyageur de rencontre à Bordeaux lui avait recommandé de faire le court détour jusqu'ici pour voir la Fréchou. Ses remèdes seraient, paraît-il, souverains pour ranimer en lui quelques forces… Le chemin de Compostelle était encore bien long et les Pyrénées restaient à franchir. Les voyageurs sur le retour décrivaient l'interminable montée du col de Roncevaux comme une rude épreuve, dantesque pour l'imagination des pèlerins qui n'avaient jamais vu la montagne. Vaguement étonné que la réputation de la Fréchou soit parvenue jusqu'à ce misérable voyageur, le paysan n'en indiqua pas moins aimablement une minuscule chaumière à l'autre extrémité du village. Il le regarda se diriger lentement vers son but, admiratif de la foi qui faisait parcourir un si long chemin à de si

5

misérables hères. Pour eux, nichés dans leur forêt au bord de la route, d'où venaient les pèlerins - au-delà de Bordeaux -, et où ils allaient - de l'autre côté des Pyrénées -, étaient des mystères presque complets, seulement entr'aperçus dans les récits des voyageurs côtoyés à l'auberge. Il se remit au travail, se demandant si le désir de purifier son âme serait un jour assez puissant pour le contraindre à prendre lui aussi la route. Puis, tout à sa tâche, il n'y pensa plus.

Ayant traversé le village, le vieil homme parvint enfin à la dernière masure de bois, plutôt une hutte, à peine visible entre les arbres en lisière de forêt. La porte s'ouvrit tandis qu'il s'apprêtait à toquer de sa canne aux planches grossièrement taillées. Ne lui laissant pas le temps de s'interroger sur le mystérieux sortilège qui l'avait prévenu de son arrivée malgré les contrevents tirés devant l'unique et minuscule fenêtre de son logis, la Fréchou le pressa d'entrer s'abriter de la pluie qui redoublait. Sans un mot elle le débarrassa de sa cape trempée et la mit à sécher devant le fagot de branchages qui crépitait sur les pierres du foyer. Il se laissa tomber sur l'unique tabouret, recroquevillé sur lui-même, sa carcasse ascétique secouée de frissons. Il tourna le dos aux flammes pour présenter à la chaleur la chemise de toile collée à ses épaules par la pluie. Dissimulés de la Fréchou par le taillis de ses épais sourcils, les yeux du pèlerin brillèrent d'une vivacité et d'une lueur bien peu en accord avec l'aspect souffreteux du vieillard grelottant, le menton affaissé sur la poitrine. Immobile, il fouilla la pénombre du regard à la recherche de ce qu'il était en fait venu chercher là.

Grommelant de brèves réponses à la jeune femme qui s'enquérait de ses maux tout en s'activant à lui servir une écuelle de soupe, il parcourut du regard le maigre mobilier du logis, scrutant la demi-obscurité. Il sembla soudain reporter son attention sur la femme qui lui faisait face, éclairée par les flammes dansantes qui coloraient de pourpre un visage sans âge. Il avala bruyamment quelques cuillerées de la soupe brûlante où nageaient légumes, pain et même quelques filaments de viande.

Bien que son visage commençât à être buriné par la vie au grand air, la Fréchou n'était pas encore entrée dans la deuxième moitié de sa vie et gardait une silhouette des plus avenantes. Il observa les plis de lassitude qui marquaient la bouche, démentis pourtant par un regard clair et apaisé. Le vieillard effaça bien vite de ses yeux ce qu'il pouvait y avoir de concupiscent, affichant un masque attentif tandis qu'elle lui expliquait comment utiliser ses plantes.

Agacé par la sollicitude de la guérisseuse, il se leva en posant brutalement son écuelle sur le sol. Se reprenant, il refusa poliment les offres insistantes d'hospitalité de la Fréchou qui tentait de le dissuader de retourner sous la pluie dans un tel état de faiblesse. Il se dirigea vers la porte, tandis qu'elle lui remettait sur les épaules sa cape encore humide en pestant contre "ces entêtés de bonshommes, dépourvus du moindre bon sens". Attrapant au passage sa besace il y plongea la main et posa sur l'unique coffre une pièce d'argent que son apparence de miséreux ne laissait pas présager. Au passage il caressa négligemment la vraie raison de sa visite, enfin localisée, un galet posé là qui lançait des éclairs à la lueur des flammes.

- Un drôle de caillou que vous avez là ! dit-il.

La pierre était parfaitement lisse et circulaire, mais le plus étrange était encore son incroyable transparence qui laissait distinctement voir les veines du coffre de bois grossier sur lequel elle était posée. Il la saisit précautionneusement, regardant les flammes à travers : elle était si limpide que la couleur du feu n'en semblait pratiquement pas altérée.

– D'où la tenez-vous ? demanda-t-il.

- Trouvée en cueillant des herbes répondit-elle sans plus de précision, reposez-la s'il vous plaît, elle m'est précieuse... Elle garda un silence inquiet tant que la pierre n'eut pas quitté les mains du pèlerin.

- Vos forces vous reviennent déjà, cette pierre est si lourde que j'ai grand-peine à la soulever ainsi devant mes yeux...

Il la salua, prenant l'air faraud qui convenait à sa remarque, et s'en fut de son pas pesant et mécanique, si vieux, si voûté que c'était vraiment misère de l'imaginer repartir pour un si cruel et périlleux chemin. À la sortie du hameau, le paysan, toujours au labeur malgré la pluie, répondit au salut du vieillard en lui demandant d'avoir une petite prière pour lui lorsqu'il serait arrivé là-bas au sanctuaire du bon saint Jacques...

Quand il retrouva la route de Compostelle, l'homme étira sa longue carcasse. Il jeta un jet de salive fielleux derrière lui, comme pour se débarrasser du goût de la soupe offerte par la Fréchou :

- Maudite sorcière... Maudit village ! siffla-t-il avant de se remettre en route, n'ayant soudain plus besoin de l'appui de son bâton. Un peu plus loin, il contourna un énorme chêne et s'enfonça entre les arbres.

Le cavalier qui fit irruption un instant plus tard sur le chemin, l'épée au côté et vêtu d'une confortable cape de drap doublée de fourrure n'avait plus rien du vieillard plié par les ans qui était entré au Pontet quelques instants auparavant...

* * *

Avec un claquement sec, le four se fendit sur la moitié de sa longueur. Les briques commencèrent à s'effriter et de la poussière d'argile tomba en crépitant dans le creuset où rougeoyait le sable en fusion.

Les deux hommes firent un bond en arrière pour éviter les projections tandis que la voûte s'effondrait, emplissant la pièce de fumée.

Albert Montignac secoua avec lassitude les longues mèches blanches collées à son front ruisselant de sueur.

- Nous n'y arriverons pas ainsi...

L'autre homme, un peu plus jeune, avait un aspect beaucoup plus insolite au milieu d'un laboratoire d'alchimie : les manches relevées, il portait le tablier de cuir indispensable pour se protéger de l'infernale chaleur diffusée par le four par-dessus les habits sacerdotaux d'un riche ecclésiastique.

- Si seulement nous pouvions rendre cette argile résistante à la température extrême dont nous avons besoin...

- Écoutez-moi, frère Étienne, depuis hier j'ai beaucoup pensé au morceau de verre du Pontet. Lorsque j'ai eu vent de son existence, j'ai immédiatement pensé à Sir Ashley, un Anglais qui avait un castel tout près du village de cette sorcière... En fait ce hameau était sur ses terres avant que Rodrigue de Villandrando ne rase tout avec ses routiers il y a un quart de siècle... Le regard de Messire Montignac se fit lointain. J'étais alors en Italie, courant après la pierre philosophale, ruinant mon pauvre père en vaines recherches... Notre domaine eut la chance de ne pas être sur le chemin des pillards, mais mon père fut tué en aidant à la défense du château de cet Ashley, notre voisin, à deux lieues à peine...

- Vous le connaissiez donc ?

- C'est sans doute de lui que je tiens mon goût pour la verrerie... À l'époque, je mettais tous mes espoirs dans la quête du Grand œuvre[1],

---

1   Grand œuvre : transformation du plomb en or, recherche fondamentale

8

tandis que lui prétendait être sur le point de fabriquer le parfait verre...

- Nous y parviendrions si cette argile résistait... Je vous dis que nous ne pouvons descendre plus la température...

- Le verre de cette sorcière est clair et sans la moindre trace d'oxyde... Elle dit pourtant l'avoir trouvé dans les bois en récoltant ses herbes... Il vient des ruines du château d'Ashley c'est une certitude... J'enrage que ce château soit maintenant sur les terres que la Jurade a affermées à ce Russ.

- Qu'espérez-vous trouver, un four encore en état de marche, des notes, un grimoire ? Il faudrait que tout cela ait résisté à l'incendie du château et à vingt-cinq ans de ruine...

- Une piste, un indice... Je sens que la solution est là-bas, à portée de main...

- N'y a-t-il personne avec qui votre Anglais partageait ses recherches ?

- Si... Un neveu, je crois... Un gamin d'à peine quinze ans... Charles...

- A-t-il seulement survécu au pillage du castel ?

- Il m'a semblé le reconnaître sur le port, bien des années après, tandis que les Anglais rembarquaient avant que Charles VII n'assiège Bordeaux...

- Il me faut accompagner à Londres un dernier chargement de tonneaux, les vignes de l'abbaye ont été si généreuses cette année qu'il faut partir en quête de nouveaux acheteurs, si ce Charles a survécu à la guerre je le retrouverai...

- L'Angleterre est bien vaste mon frère...

- Ne sous-estimez pas la puissance de l'Église, Albert, les registres de l'abbaye peuvent faire merveille...

* * *

---

des alchimistes. Certains y seraient parvenus...

$$- 2 -$$

Février 1464

Portant le minimum de voiles nécessaire à la manœuvre, la *Notre-Dame de Loctudy* longea lentement les hauts remparts dressés à quelques dizaines de pas de la grève, avant de s'immobiliser devant la dernière tour en amont du fleuve. Les flots limoneux glissèrent le long de la coque en bruissant tandis que la proue se tournait lentement face au courant, la nef restant prudemment au milieu du chenal.

Derrière la tour d'angle des hautes murailles de la ville, l'église Sainte-Croix dressait son clocher trapu. Frère Étienne frotta ses mains l'une contre l'autre en un geste familier.

- Enfin " back home " ! Dit-il sans quitter des yeux les murs de "son" abbaye. Que vous fait-il d'être de retour dans notre bonne ville de Bordeaux, Messire ?

L'Anglais lui rendit la politesse dans le même pur gascon parlé dans toute l'Aquitaine où le français était encore loin de s'être imposé :

- Je n'ai jamais oublié comme cette ville est belle… Ce furent un déchirement et une humiliation lorsque ce bâtard de Charles VII nous contraignit à fuir… L'Aquitaine n'aurait jamais dû cesser d'être anglaise…

- Bien des marchands pensent de même ! Charles VII les a pressurés de taxes et le joug de Louis est à peine plus léger… Ah, Charles ! Le roi nous fait bien chèrement payer d'avoir appelé le pauvre Talbot à notre secours… Nous ne l'aurions pourtant pas fait s'il avait tenu ses engagements après sa conquête de 1451.

- Les négociants anglais aussi souffrent par la faute de votre roi… En ce moment même vous détenez quatre d'entre eux à Blaye pour quelque décret inique qu'ils n'auraient pas observé… En passant sous le château tandis que nous remontions l'estuaire j'avais les sangs qui bouillaient de les y savoir, croupissant dans l'attente de leur procès…

- Chaque Anglais qui dépasse Blaye doit être muni d'un sauf-conduit, et s'il désire rester à terre à la nuit il ne doit pas quitter la résidence qu'on lui a assignée, c'est ainsi…

-… Il doit aussi effectuer tous ses déplacements accompagnés de sergents du guet comme un malfaiteur… Ces stupides précautions entravent le commerce des honnêtes marchands et n'auront pour résultat que notre ruine à tous…

- Il est grand temps de vous mêler à l'équipage, Charles, je vois le guet qui pousse à l'eau sa baleinière[2]. N'ayez crainte, ils n'importuneront pas le mandataire de l'abbé de Sainte-Croix.

Le moine resta appuyé au bastingage tandis que l'embarcation approchait. Sur la berge, au-delà des soldats ramant fermement pour lutter contre le courant, il reconnut le sous-prieur de l'abbaye, occupé à surveiller le déchargement d'une gabarre : la saison touchait à sa fin ; la Saint-Martin était passée, les vins du haut pays étaient maintenant libres d'entrer dans Bordeaux pour y être vendus[3].

Un raclement contre le flanc du navire lui apprit que les soldats abordaient. Il ne daigna pourtant se tourner vers eux que lorsque le capitaine du navire toussota derrière lui. Il pivota lentement, comme tiré d'une profonde réflexion.

- Messire, le sergent du roi demande à vous voir…

L'homme était en fait déjà là, en retrait de quelques pas il est vrai, attendant patiemment que le religieux lui adresse la parole.

- Faites vite sergent, fit-il sans attendre que le soldat, mal à l'aise face au moine bien connu pour son caractère ombrageux, ne bredouille des explications souvent récitées, il me tarde de retrouver la terre ferme et la quiétude de notre abbaye…

- Cela sera vite fait, Messire, le temps de contrôler vos documents et

---

2 Malgré sa situation au fond de l'estuaire, il y avait à Bordeaux une flottille de pêche qui alimentait la ville en poisson pour les nombreux jours où l'église interdisait de manger de la viande (plus de 100 dans l'année). On partait pêcher, la baleine qui fréquentait encore le golfe, la morue plus loin, fumées pour l'hiver où les violentes tempêtes empêchaient les sorties en mer. La baleinière fut ainsi un type de bateau longtemps construit et utilisé sur l'estuaire.

3 Un des privilèges de la ville de Bordeaux était l'interdiction frappant les vins des régions extérieures à la proche banlieue de Bordeaux d'entrer dans la ville avant le 11 novembre, laissant ainsi le temps aux producteurs locaux d'écouler sans concurrence leurs vins.

de m'assurer qu'il n'y a ni armes ni Anglais à bord… Pardonnez-moi, ce sont les ordres… S'excusa-t-il.

- Inspectez, inspectez… Il n'y a sur ce bateau que des rouleaux de bon drap anglais destinés justement à la confection de vos uniformes, le fruit de la vente du vin de l'abbaye. Quant à l'équipage, il est breton comme le nom de cette caravelle l'indique…

- Excusez mon insistance… Pas d'arme ?

- Qu'ai-je besoin d'arme : Dieu veille sur moi, sergent !

Le fonctionnaire se retira à reculons, le dos respectueusement courbé.

-. Un coup d'œil à la cargaison, et nous vous libérons…

- Faites, mon ami, faites, mais de grâce faites vite, la mer était mauvaise et la traversée interminable.

D'un geste, le sergent envoya les deux soldats qui l'accompagnaient inspecter la cale. Ils en ressortirent très vite, aspirant l'air à longues goulées comme des plongeurs remontant du fond (La *Notre-Dame* avait récemment transporté une cargaison de morue salée), et firent signe à leur officier que tout allait bien. Ils prirent congé en multipliant les obséquiosités et le sergent du guet rembarqua avec la satisfaction du devoir accompli, augmentée de la jubilation de s'être rendu agréable au vicaire de Sainte-Croix en accélérant cette formalité.

Quand ils se furent éloignés, le capitaine de la *Notre-Dame* échangea avec le moine un signe de connivence.

- Approchez, Yvon, vous avez bien mérité votre dû. Prenez ceci, en plus des gages de l'abbaye, dit-il en lui tendant une bourse bien gonflée, et n'oubliez pas de passer nous voir à votre retour des Flandres.

- Je suis votre obligé, Messire. Et toujours heureux de jouer un tour aux Français… Nous autres Bretons avons le cœur plutôt du côté d'Édouard…

- Le risque est grand ; si le sénéchal apprend que l'abbaye fricote avec un Anglais, vous et moi risquons de passer un long et pénible séjour dans les geôles de l'Ombrière. Partez sitôt les barriques chargées… Vous répondez de votre équipage ?

- Parlent que breton ! Pas un mot de français, encore moins de gascon ! Ça évite les bavardages inutiles, de toute façon, cette fois ils resteront à bord. Votre bourse me permettra de remplacer auprès d'eux les tavernes en mettant en perce une barrique de vin nouveau !

- À la nuit, nous nous laisserons porter par le montant un peu plus haut avec votre canot, il vous faudra vous en procurer un autre…

- Vous avez été généreux, frère Étienne, répondit le capitaine en soupesant la bourse, j'aurais mauvaise grâce…

- Ah ! Charles, venez, vous pouvez soulever votre capuche, les soldats du guet sont déjà en train de se réchauffer dans quelque taverne ! Il ne nous reste qu'à retourner nous allonger, le soir n'est plus loin et il nous faut préserver nos forces…

Sur la berge, le moine fit activer le déchargement de la gabarre. Depuis une semaine, les barques descendant du haut pays se succédaient et les barriques s'entassaient, alignées à même le sol le long de la muraille. Le futur chargement de la *Notre-Dame* y attendait, au complet. Il s'essuya le front avec satisfaction. "Juste à temps" soupira-t-il, ce diable de vicaire général était une fois encore de retour plus tôt que prévu, mais la caravelle bretonne n'attendrait pas par sa faute à lui. Il commanda aux moines qui s'activaient sur la berge de rouler les derniers tonneaux dans les chais de l'abbaye :

- Ceux – ci seront pour les tavernes ! cria-t-il. Puis il s'approcha de l'homme muni d'un solide gourdin qui semblait désœuvré, adossé à la rangée de tonneaux:

- Cent vingt barriques, Guillaume, ouvre bien l'œil cette nuit, et ne bois pas tout ! Si le chargement se fait vite, demain tu dormiras au chaud à moins que tu ne préfères dépenser ton salaire à l'auberge !

- Il est surtout temps que je retourne réchauffer le lit de la Mariette, Messire ! plaisanta l'homme chargé de la surveillance nocturne des fûts. Mais sa chaleur me manque aussi, ajouta-t-il.

- En attendant, je vais te faire porter du bois, avec ce froid et ces nuages sombres qui arrivent, il pourrait bien neiger cette nuit.

Après un dernier regard circulaire, il franchit d'un pas rapide la poterne qui perçait les remparts à cet endroit. S'écartant pour laisser passer un rouleur de barrique, il ne se rendit pas à l'abbaye toute proche, mais descendit la ruelle jusqu'à une longue maison adossée à la muraille. Il heurta la porte, s'assurant que personne ne l'observait.

La porte s'entrouvrit dans un raclement de bois sur le mauvais dallage du sol, il fit un pas. À l'homme qui se tenait dans la pénombre, il dit rapidement :

- C'est pour ce soir, deux chevaux à l'endroit convenu. Vous y serez ?

- Tout est prêt, nous attendions votre signal.

- Partez dès maintenant ; le soir tombe, ils ne tarderont pas, la marée va s'inverser avant la minuit…

- N'ayez crainte, les chevaux sont là derrière. Nous sortirons de la ville avant que le guet ne ferme les portes.

- N'oubliez pas la lanterne pour vous signaler. Soyez prudent.

Il se glissa dehors et se dirigea d'un pas plus calme vers le grondement des barriques roulées sur les pavés de la ruelle menant à l'abbaye.

* * *

L'état d'excitation d'Albert Montignac arracha un sourire amusé au moine pourtant peu enclin à l'attendrissement. Depuis leur arrivée tardive, le négociant en bois avait essayé plusieurs fois d'amener la conversation sur la délicate alchimie du verre. Mais l'heure était aux civilités, et tandis qu'ils attendaient au coin du feu que la cuisinière réveillée en pleine nuit leur prépare une collation, Montignac avait bien dû écouter patiemment le vicaire général de Sainte-Croix raconter les recherches lui ayant permis de retrouver le jeune Charles, aujourd'hui devenu un brillant chevalier bien en cour auprès du roi Édouard d'Angleterre. Montignac était surpris et impressionné par la puissance ou la persuasion de frère Étienne, qui avait tout de même réussi sans coup férir à convaincre un si puissant seigneur anglais d'affronter les tempêtes hivernales du golfe de Gascogne, les pirates de plus en plus nombreux sur l'océan et dans l'estuaire, et surtout les périls d'une entrée clandestine en Guyenne. Mais il n'était pas d'humeur à s'interroger, encore moins à risquer de froisser celui qui détenait le savoir qui lui manquait tant. Montignac donc ne cessait de se perdre en remerciements, tout en couvrant ses hôtes de louanges. L'Anglais, solidement campé devant le feu répondait de bonne grâce et d'une voix suave au flot continu des questions de Montignac. Le jeune Charles avait bien changé. L'enfant des souvenirs de Montignac n'était reconnaissable qu'à ses yeux délavés et pourtant vifs, et par la même longue chevelure blonde bouclée encadrant un visage tout en pommettes et en menton. Pour le reste, le frêle adolescent était devenu un homme de quarante ans passés, sans embonpoint contrairement à beaucoup de nobles hommes plus enclins à la table qu'à l'exercice, mais d'une silhouette néanmoins trapue malgré une taille légèrement au-dessus de la moyenne. "Un homme qu'il vaut mieux ne pas avoir à combattre" pensa Montignac.

La collation fut vite expédiée : la deuxième partie de la nuit était entamée depuis longtemps et Montignac, qui avait à faire le lendemain, dut museler son impatience. D'ailleurs, l'Anglais, Charles de Lann, du nom de la seigneurie offerte par Édouard IV à son retour en Angleterre leur apprit-il, ne semblait pas non plus disposé à parler alchimie avant d'avoir pris quelque repos.

Frustré et inexplicablement inquiet, impatient comme un enfant, Montignac eut bien du mal à trouver le sommeil.

* * *

Charles Lann, pourtant réveillé au chant du coq, ne trouva néanmoins que frère Étienne lorsqu'il descendit aux cuisines du manoir en quête de quoi alimenter son imposante carcasse. Le moine lui expliqua qu'une importante livraison de douelles[4] de chêne retiendrait Montignac pour la matinée. La transaction que tenta de lui décrire le vicaire était un mélange compliqué de troc, de prêts assortis de gages, de garanties et de pénalités en cas de dépassement du délai de remboursement convenu. Montignac devait impérativement être présent lors de sa conclusion devant son notaire bordelais.

L'Anglais se contenta de hocher la tête en suçotant la carcasse de sa troisième palombe.

- Vous ne m'écoutez pas, Messire Charles, quelque chose vous tracasse-t-il ?

- Je me demande si votre ami accueillera ma proposition aussi favorablement que vous ne sembliez me le dire, Frère Étienne.

- Pourquoi refuserait-il ? Les Montignac ont toujours été du côté des Anglais, et il ne s'agit après tout que d'un *deal* où chacun trouvera son compte... Car vous avez vraiment une contrepartie à proposer, n'est-ce pas ?

---

4   Planches soigneusement calibrées en fonction de la dimension des fûts auxquels elles étaient destinées : tonneau , barrique ou pipe.

- N'ayez crainte, je ne réclamerai pas à votre roi la restitution du castel… Et je vous promets que vous y trouverez de quoi résoudre une bonne partie de vos problèmes de verrerie… Mais, si je puis me permettre, que faites-vous en compagnie de ce vieux fou ?

- Il m'a convaincu, Messire, nous sommes bien près d'aboutir. Si nous surmontons nos difficultés actuelles, le verre que nous produirons fera notre fortune…

- Vous me semblez bien attaché aux valeurs temporelles mon Frère…

- Lorsque j'ai été nommé vicaire général pour administrer par procuration de l'abbé de Sainte-Croix cette abbaye, j'étais simple moine pitancier, Messire, et bien loin de connaître l'étendue des possessions que je gère maintenant. Il s'agit de dizaines de domaines ! Tous plus riches les uns que les autres ! Des vignes, des forêts, des champs, des maisons bourgeoises dans Bordeaux, des échoppes, des droits sur les ventes de poisson à la clie[5]… Et toute cette richesse, Messire, savez-vous qui en perçoit les bénéfices ? Un garçon tout juste sorti de l'enfance, dix-sept ans à peine, qui n'a jamais mis les pieds dans nos murs et qui a reçu la charge d'abbé de Sainte-Croix alors qu'il était âgé d'à peine dix ans ! Croyez-vous qu'il soit détaché des biens temporels, lui ?

- Ne vous fâchez pas, mon frère, je vous taquinais ! Au fond, peu m'importent vos motivations à l'un et à l'autre… La mission que m'a confiée Édouard ne peut que rendre service aux commerçants de cette ville, menons là à bien et votre fortune sera faite plus sûrement qu'avec vos divertissements d'alchimistes…

* * *

Montignac arriva en fin de matinée au milieu d'une impressionnante tempête de neige, accompagné d'un garde pour assurer sa protection contre les brigands toujours prêts à rançonner les voyageurs solitaires. Secouant les flocons qui finissaient de fondre entre les mèches filasse de ses longs cheveux, il retrouva Charles Lann paisiblement installé devant la cheminée, perdu dans de profondes rêveries. Le frère Étienne l'avait quitté en milieu de matinée, soudainement pressé de dicter au frère copiste la missive destinée à l'abbé de Sainte-Croix qui rendait compte

---

5 Marché couvert en plein centre de Bordeaux.

des promesses d'échanges commerciaux fructueux dénichés en Angleterre[6].

La flamboyante énergie dont faisait montre le vieillard la veille lors de l'arrivée de l'Anglais s'était quelque peu émoussée. Il accueillit pourtant chaleureusement son invité. Il commanda à la servante de leur monter un pichet de vin chaud dont il tint à remplir lui-même deux verres qu'il tira d'un petit meuble. Les précautions affectées et l'ostentation avec lesquelles Montignac les manipulait appelaient un compliment que Charles Lann lui offrit d'autant plus volontiers qu'il lui permettait d'entrer sans plus tergiverser dans le vif du sujet.

- Ne me dites pas que ces gobelets sont votre œuvre...

Montignac se redressa, levant à demi la main en un geste faussement modeste :

- Simple exercice de style, je vous assure.

L'Anglais plaça le verre devant ses yeux. Les flammes de l'âtre dansèrent à travers le rouge translucide et brillant du vin nouveau.

- Je n'ai fort heureusement pas fait un si long voyage dans l'unique but de vous assister dans vos recherches car vous me semblez ne plus rien avoir à apprendre en matière de verrerie ! Ces verres sont magnifiques...

- Avez-vous continué les travaux de votre pauvre oncle, une fois rentré en Angleterre ?

- Hélas ! Non. Le service d'Édouard ne m'en laisse pas le temps, soupira-t-il, je suis toujours par monts et par vaux, parfois par-delà les mers...

Semblant ne pas s'interroger sur les raisons qui amenaient son hôte en Aquitaine, Montignac continua :

- Venez, nous dînerons tout à l'heure, je vais vous montrer quelque chose qui vous donnera peut-être envie de renouer avec l'alchimie...

---

6 Généralement peu enclins aux déplacements, les négociants bordelais vendaient à des navires marchands venant s'approvisionner sur place ou, "à la grosse aventure" confiaient leurs barriques au capitaine d'un navire moyennant une reconnaissance de dette stipulant que le remboursement n'aurait lieu que si la cargaison arrivait à bon port. Ils se déplaçaient tout de même parfois, soit pour accroître le marché, la production augmentant depuis la fin de la guerre, ou lorsque le produit recherché n'était pas disponible ou trop cher sur les bateaux fréquentant le port.

Pestant intérieurement contre le vieux marchand qui retardait le moment de profiter de façon plus roborative des odeurs de rôti s'échappant de la cuisine, Charles revêtit son visage d'un air prodigieusement intéressé :

- Vous allez réveiller la nostalgie de mes jeunes années quand cette riche et belle province était encore anglaise… Risqua-t-il.

Mais le vieux marchand de bois le précédait déjà dans un couloir barré d'une lourde porte. Il sortit de sa ceinture une imposante clef de fer et s'effaça d'un geste théâtral.

- Rares sont ceux qui pénètrent ici ! Frère Étienne et moi voulons garder secrètes nos méthodes tant que nous n'avons pas totalement abouti. Savez-vous que nombre de verriers à travers le royaume s'épuisent à la fabrication de ce verre parfait que nous sommes sur le point d'obtenir ? Tantôt le verre s'oxyde et devient opaque en quelques semaines, tantôt il est fragile et casse au premier choc. Il lui arrive même de fondre au contact d'un liquide ! Mais nous avons dépassé ces écueils. Nous savons sélectionner la silice et en ôter la moindre impureté, le moindre oxyde métallique ; mes paysans produisent la soude la plus pure qui soit avec les cendres des fougères qui abondent dans la forêt, nous touchons au but, nous connaissons enfin la juste proportion des différents éléments pour réussir…

- Encore une fois qu'attendez-vous de moi, alors?

- Le feu, Messire, le feu ! Regardez ce four, dit-il en montrant l'amas de briques effondrées au beau milieu de la pièce, l'argile de la voûte n'a pas résisté à la température extrême que nécessite notre mélange. Lorsque les briques tiennent bon, c'est le creuset qui se fend, répandant le verre en fusion dans les braises… Peut-être nous faut-il un meilleur fondant pour travailler à une température plus basse… Je sais que Sir Ashley avait résolu ce problème, affirma-t-il, pouvez-vous nous aider, vous souvenez-vous de son secret ?

- Tout cela est bien loin… Un quart de siècle que je m'efforce d'oublier la vie facile au château de mon oncle, les courses dans la forêt avec les garnements de mon âge, les nuits de travail dans la grange où mon oncle tentait de m'inculquer les secrets de son art, alors que je ne pensais qu'à m'éclipser avec ma cousine pour contempler les étoiles, allongés sur un lit de mousse… Et pour finir, l'horreur de cette nuit de pillage et de mort…

- Vous ne vous souvenez donc de rien ? murmura avec désespoir le vieillard en secouant lentement la tête... Rien du tout ? Pourquoi être venu jusqu'ici, alors ? accusa-t-il, ne voyez-vous pas mes cheveux blancs, mes yeux fatigués qui ne pourront bientôt plus lire mes notes, ne voyez-vous pas que les jours me sont comptés ? Voilà plus de deux mois que le frère Étienne est parti pour l'Angleterre et que je n'ai rien fait, rien d'autre que vous attendre, porteur du secret de votre oncle...

- Qui vous dit que ce secret existe ? Comment savez-vous que mon oncle pouvait faire mieux que vous ?

- J'ai vu un bloc de verre, si limpide, si clair que les couleurs demeuraient intactes à travers lui. Il était pourtant épais comme une largeur de main, dit-il, parlant comme à lui-même, revivant une scène qu'il avait dû retourner maintes fois dans son esprit.

- Je ne vous ai pas dit que je ne savais rien... Je crois même pouvoir vous aider...

Ah ! fit Montignac.

- Quant à votre autre question, pourquoi je suis ici, je vais aussi y répondre. Nous allons même commencer par là, mais asseyons-nous paisiblement, commanda presque Charles, maintenant plus à l'aise alors que la négociation s'engageait, nous risquons d'en avoir pour un moment.

- Voyez-vous, commença l'Anglais, Édouard IV, mon maître, n'a pas du tout apprécié l'aide que Louis XI a apportée à cette Marguerite qui a cru l'an passé pouvoir reconquérir la couronne d'Angleterre. Henri VI, son époux, est maintenant entre nos mains et elle a dû retourner, définitivement je l'espère, dans son petit fief breton. Maintenant, Louis XI tente de nous éloigner de Philippe de Bourgogne... Il n'y parviendra pas. Ce n'est pas la trêve d'un an qui vient d'être signée entre votre roi et le mien qui changera grand-chose. Une trêve n'est pas la paix. L'Angleterre ne renonce pas à la couronne de France et l'Aquitaine plus que toute autre est une province anglaise que Charles VII s'est illégitimement appropriée par les armes.

L'Anglais fit une pause, le temps de siroter une gorgée de vin tout en observant son vis-à-vis. Derrière le regard apparemment vide de toute expression de Montignac, une lueur calculatrice rôdait. "Bon, l'animal est appâté, voyons jusqu'où sa passion pour la verroterie peut le mener..."

- Philippe de Bourgogne trouve que Louis XI jette des regards un peu trop gourmands sur son duché… François II de Bretagne aussi d'ailleurs… D'autres puissants seigneurs s'inquiètent eux aussi, ou sont mécontents des taxes que Louis exige maintenant…

Il y eut une nouvelle pose que l'émissaire anglais ne laissa pas s'éterniser.

- Vous appartenez à une des plus riches familles de commerçants bordelais, fréquentez-vous toujours le palais du gouverneur ?

- Messire de Lescun me fait parfois l'honneur de sa table… Répondit orgueilleusement le vieillard.

- Vous devez entendre…

- Messire le gouverneur est tout dévoué à Louis. Ce n'est pas en son palais que les seigneurs de Guyenne échangent leurs griefs !

- Car ils en ont, is'n it ?

- Que cherchez-vous ? Finit par questionner Montignac, savoir si les seigneurs sont contents de voir une part grossissante de leurs revenus détournés par le roi, leurs engins de chasse confisqués, car il lui prend maintenant de leur interdire de chasser, leurs droits de justice supplantés par des parlements qui dénient leurs jugements en appel ? Croyez-vous qu'ils renonceront aussi facilement à leurs droits seigneuriaux ?

- Bien sûr, bien sûr… L'Aquitaine a besoin de nous… Je ne me rappelle pas avoir entendu de telles remontrances à l'égard d'Henri V lorsque nous étions ici… Mais j'étais bien jeune il est vrai…

- Louis XI vient de rétablir les privilèges de la ville presque dans leur intégralité…

- Presque, presque… Nous pourrions terminer la tâche… Vous devez avoir connaissance des noms des seigneurs gascons les plus mécontents ? Je pourrais profiter de mon passage en ce si beau pays pour leur rendre une courtoise visite… Les réconforter, les assurer du soutien de mon maître…

- Ce ne sont que des rumeurs, rusa le vieux marchand, des ragots à peine vérifiables…

- Donnez quand même, donnez quand même…

- Et en échange… ?

"Ah ! Nous voici donc entrés en négociations" pensa l'Anglais.

- Je pense être en mesure de vous mettre sur la piste du secret de la réussite de mon oncle. Si vous êtes convaincu, et vous le serez, je vous demanderai bien peu en échange : votre discrète hospitalité le temps de rendre quelques visites dans la région, et la relation de quelques ragots, glanés ici ou là...

- Héberger un Anglais est bien dangereux...

- Une vieille dette envers un ami d'enfance, un désœuvré qui n'a pu résister, en route pour Compostelle, à la nostalgie de son passé !

- Vous allez à Compostelle ?

- S'il le faut !

- Ne vous moquez pas. Et pour ce qui est de votre nostalgie, n'espérez pas visiter les ruines de votre castel incognito : il est maintenant sur les terres du neveu d'un confrère marchand... Ses manants ont reconstruit le village à deux pas du château, sur les ruines de l'ancien hameau en fait, et ont déboisé le coteau qui y mène pour le planter de vignes...

- Ne vous inquiétez pas de cela... Alors qu'en dites-vous ? Acceptez-vous de me recevoir le temps de ma mission ?

- Je vous ai fait chercher... Ne doutez pas de mon hospitalité, se radoucit le vieil homme... Quant à vos ragots, que puis-je vous dire ?

- Le sire d'Albret figure-t-il parmi les mécontents ? Est-il toujours fidèle à son roi ou regrette-t-il maintenant d'avoir tant aidé Charles VII à nous chasser ?

- Avec Jean d'Armagnac, c'est le plus enragé...

- Bien, bien... Continuons...

* * *

3

Sitôt quittée la clairière où était bâtie l'auberge, le chemin s'assombrit fortement. Elles hésitèrent à s'avancer plus avant dans le sous-bois. Ragaillardies par le clairet coupé d'eau qu'elles venaient de boire à l'auberge, elles continuèrent pourtant, courbées sous les tourbillons de neige. Elles étaient parties trop tard du marché, la mule glissait sans cesse sur le chemin enneigé, ç'avait été folie de s'être attardé à l'auberge mais elles n'avaient su résister à l'envie de s'y réchauffer un instant. Elles hâtèrent le pas, le village n'était pas si loin, bientôt elles seraient à l'abri, riant de leur effroi passé.

Sous les arbres séculaires la nuit était maintenant devenue presque totale. Dès la sortie de Bordeaux, le chemin de Compostelle devenait tel qu'il était déjà bien des siècles auparavant. Son revêtement de dalles romaines plus que millénaire était usé, profondément creusé par le passage d'une multitude de chariots depuis ceux des cohortes romaines se rendant à Dax ou Bayonne. Les marécages de la sortie de la ville dépassés, les pèlerins s'enfonçaient sous les arbres de l'épaisse et inquiétante forêt du Cernès qui s'étendait encore jusque-là et n'en ressortaient que pour aborder des landes désertes et sablonneuses plus au sud. Après les campagnes bien cultivées traversées depuis Paris jusqu'au nord de Bordeaux, la région avait pour les voyageurs la réputation d'un monde sauvage et inquiétant où tout pouvait arriver, surtout le pire…

Pour l'heure, les dalles du chemin disparaissaient sous la neige et les trois paysannes, bien qu'habituées à l'emprunter pour se rendre à Bordeaux, voyaient avec un brin d'angoisse les faibles lueurs des lanternes de l'auberge s'éloigner derrière elles. Elles avancèrent pourtant, les pieds glacés dans leurs mauvais sabots, frémissant à chaque paquet de neige qui dégringolait des branches.

- Nous devrions retourner à l'auberge, Joan est un brave homme il nous ouvrira sa grange pour la nuit, nous rentrerons demain…

- Nous serions déjà loin sans cette empotée de mule…

- Retournons, je vous dis, la Jeanne a vu un grand loup gris la semaine passée…

Elles s'arrêtèrent, indécises. Dans la forêt enneigée, le silence épais était proprement terrifiant. La simple évocation du loup avait fait naître en elles une cruelle angoisse. C'était bien connu, la forêt était peuplée la nuit de créatures du diable dont les loups étaient peut-être les moins maléfiques.

Elles scrutèrent furtivement les taillis noyés de neige, hachés de troncs noirs estompés par les flocons. Serrées autour de la mule agitant nerveusement les oreilles, elles prirent conscience de leur infinie vulnérabilité.

- Ne restons pas là… Murmura la Pierrette arc-boutée à la longe de la mule.

Tandis qu'elles rebroussaient chemin, une branche craqua sur leur gauche. Aucune dégringolade de neige ne suivit le bruit : C'était donc une branche basse qui venait de casser, heurtée peut-être par un animal… Mais quel animal se risquerait hors de sa tanière par ce temps ? Hormis…

- Ce n'est pas un loup, ils chassent en meute, et vont sus à leurs proies… Ils ne resteraient pas tapis ainsi…

- Tu crois qu'il y a quelque chose caché là ?

- Retournons, s'énerva la Pierrette, aidez-moi, poussez cette carne…

- Les loups garous sont solitaires, chuchota une autre, c'est bien connu…

- Tais-toi, tu vas nous attirer le malheur…

- Regardez…

Entre les arbres, deux grands yeux jaunes les fixaient tandis qu'une étrange lueur éclairait le dessous des branches chargées de neige. Prises de panique elles abandonnèrent la mule et se mirent à courir en hurlant de peur panique.

Là-bas au bout du chemin, il leur sembla voir la lumière des fenêtres de l'auberge.

Derrière elles, trois formes sombres débouchèrent sur le chemin. Glissant, trébuchant, elles redoublèrent d'efforts, haletantes de terreur. Mais la rassurante tiédeur de la grande salle, la douceur du clairet échauffant si bien les sens, étaient encore loin, si loin…

* * *

Monté sur un andalou qui semblait totalement ignorer les pavés qui commençaient pourtant à se couvrir uniformément de neige, un cavalier qui semblait bien pressé traversait la ville en déclenchant derrière lui les imprécations des rares passants ayant osé braver cet hiver particulièrement rude. Thomas Russ, parfois capitaine de la milice, plus souvent en mission pour son oncle, était connu de tous dans la cité. Bourgeois, gentilshommes ou manants, tous appréciaient un jugement et une gentillesse qui devaient beaucoup à la fréquentation de la bonté et de la sagesse de son oncle, marchand respecté.

Tête nue, il semblait se rire de la neige tourbillonnant dans les rues étroites qui menaient au port, et il ne cessa son train d'enfer que devant la maison familiale.

Il déchargea souplement le petit cheval de sa grande carcasse de descendant d'Irlandais, secoua sa tignasse rousse, jeta son capulet enneigé à un serviteur et grimpa quatre à quatre l'escalier jusqu'à la chambre de son oncle.

- Entre, Thomas, tu fais un tel tapage à chacune de tes arrivées que je t'entends galoper depuis la cathédrale Saint-André !

- Comment allez-vous mon oncle ?

Aymon Tullier traînait depuis le réveillon un mauvais refroidissement que son médecin ne parvenait pas à enrayer.

- Quand je vois cette tempête, je ne regrette pas d'être cloîtré dans cette chambre par la faculté, plaisanta-t-il, regarde, il va bientôt être possible de traverser la rivière à pied !

Thomas s'approcha de la fenêtre, autant pour assister au spectacle de la Garonne charriant des glaçons, que pour mieux détailler le visage du frère de sa mère. Il semblait avoir les traits moins tirés, et quelques couleurs revenaient à ses pommettes d'ordinaire illuminées.

" Allons ! Il va s'en tirer pour cette fois… Après tout il n'a que cinquante ans, cinq années de plus que ma mère… "

- Des nouvelles de ma sœur ? demanda le marchand, comme bien souvent mystérieusement accordé sur les pensées de ses interlocuteurs.

- Pas depuis la dernière fois que nous nous sommes vus… Les bateaux sortent peu par ce temps…

Le pardon royal tardant à venir, les parents de Thomas étaient toujours en Angleterre.

- On dit que Louis XI va bientôt autoriser les marchands anglais à revenir à Bordeaux…

- Tout cela semble bien lointain encore, il continue à se méfier de l'attachement envers l'Angleterre dont nous avons fait montre…

- Il sait bien que la prospérité du royaume viendra d'artisans habiles et de commerçants entreprenants… Reprit maître Tullier, le temps des seigneurs féodaux plus puissants que le roi tire à sa fin, Louis place tous ses espoirs dans la richesse de communes comme la nôtre, il nous faut le convaincre au plus vite de notre loyauté, voilà tout.

Thomas prit un air sceptique tout en finissant de secouer la neige de sa cape au-dessus de l'âtre :

- Je connais quelques nobles et quelques prélats qui semblent moins empressés que vous à faciliter les grands desseins du roi…

- Certes… Mais je ne t'ai pas fait venir pour parler politique. Quoique… Une quinte de toux secoua le négociant. Malgré ce temps, je sais que tu vas accepter le travail que la jurade m'a demandé de te confier. Il s'agit de ton hameau, Le Pontet, je viens de recevoir la visite de messire le sénéchal en personne…

- Le sénéchal ? Qu'a-t-il à voir avec Le Pontet ? La banlieue n'est pas du ressort de sa justice !

- Il le sait, c'est bien pour cela qu'il est venu me voir, puisque je suis à la fois jurat de Bordeaux et prévôt de la comté d'Ornon dans laquelle est ton village.

- Il ne leur est pas arrivé malheur, pas de brigands, j'espère ? Je vous ai souvent dit, mon oncle, que ces gens étaient trop isolés…

- Je sais que tu ne manques pas de les visiter chaque fois que tu passes par la route de Compostelle. Comment les as-tu trouvés la dernière fois ?

Thomas eut un sourire attendri.

– Étonnant… Le village est florissant : les dernières récoltes ont été superbes après tant d'années de friche ; et maintenant qu'ils sont bien installés, ils ont fait venir des parents restés dans les faubourgs : ils doivent être deux fois plus nombreux, il y a des enfants qui courent partout, des vieillards assis au soleil devant les maisons tressant des paniers, si ce n'était leur chapelle désespérément privée de curé, on dirait que le village a toujours existé ! Tant de chemin en si peu de temps…

- Cela fera tout de même bientôt dix ans ! C'était au printemps 1454,

Thomas… Le premier printemps après que Charles a chassé les Anglais hors de la ville…

Thomas s'immobilisa devant la cheminée. La chaleur de l'énorme bûche qui flambait gaillardement estompa la morsure du froid qui brûlait ses phalanges. Son esprit quelque peu engourdi se perdit dans des souvenirs déjà lointains…

Dix ans ! Dix années que la guerre avec l'Angleterre était terminée. Une guerre qui avait duré un siècle. Certes entrecoupée de trêves incertaines, un siècle tout de même de malheur pour les habitants des villages pillés, incendiés, l'un après l'autre… Un siècle de femmes et de filles violées, de maris et de fils massacrés… Seule Bordeaux n'avait pas trop souffert mais le commerce était descendu au dixième des riches années d'avant…

En pensée, il revécut sa participation à la renaissance du Pontet :

… Dans le convoi d'une dizaine de chariots s'éloignant de la porte Saint Julian, personne ce jour-là n'était d'humeur à fêter cette première année de paix. Personne non plus ne songeait à maugréer contre les nombreuses ornières du chemin qui les éloignait de Bordeaux.

La petite troupe de paysans misérablement vêtus cheminait au contraire dans un étrange silence, encadrant les chariots où s'entassaient pêle-mêle leurs maigres possessions.

Ils n'avaient connu pour toute terre que les rares espaces libres des faubourgs de Bordeaux. Leurs aïeux étaient venus s'y entasser tout au long de l'interminable guerre, cherchant l'abri rassurant des imposantes murailles de la ville, après que leurs villages avaient été détruits une énième fois par un passage de soldats ou d'une bande de routiers vivant de rapines entre deux engagements dans un camp ou dans l'autre.

Presque miraculeusement, une opportunité de quitter la misère qu'ils connaissaient pour la plupart depuis leur naissance était apparue : Pey Berland, le bon archevêque, avait discrètement prévenu quelques-uns d'entre eux que le roi de France, leur nouveau maître, avait chargé la commune, confirmée dans ses droits sur l'administration de la banlieue, de mettre en valeur les terres des seigneurs bannis ou enfuis en Angleterre. Il fallait faire revivre, le plus rapidement possible, les dizaines de hameaux, parfois à quelques lieues à peine de Bordeaux, que cette si longue guerre avait laissés abandonnés.

Les riches bourgeois bordelais, qui se relevaient déjà des années maigres, avaient ainsi acquis à peu de frais des fermages sur des terres parfois délaissées des décennies, à charge pour eux de les remettre en culture au plus vite. Au-delà de la renaissance des campagnes, le bénéfice était double : si les vignes étaient déjà prometteuses de vendanges généreuses, le blé, lui, était encore rare tant la guerre avait dépeuplé les campagnes et le pain manquait dans la cité ; autre avantage, l'organisation de ces convois abaissait du même coup la surpopulation inquiétante des faubourgs.

Seuls des couples jeunes et ne rechignant pas à la peine avaient été choisis. Pourtant, chacun savait que, pour leur petit groupe livré à lui-même, le danger serait grand et la tâche rude les premières années ; et leur silence, tandis que la ville disparaissait derrière eux, attestait de la gravité des pensées qui les étreignaient.

Thomas, qui ouvrait la marche à la tête de la petite troupe de miliciens formant l'escorte, se souvint même s'être à ce moment tourné à demi sur sa selle pour s'assurer qu'aucune bande de malandrins ne les suivait de loin. La forêt était sur le point de cacher définitivement les plus hautes tours de Bordeaux à leurs regards. Contemplant le convoi qui le suivait pesamment, il avait été frappé de n'en voir aucun regarder une dernière fois la ville qui avait pourtant représenté pour eux la sécurité tout au long de ces années de guerre.

Thomas sourit en regardant du coin de l'œil le vieil homme perdu lui aussi dans des pensées sans doute proches des siennes. Tout de même : un village ! Un drôle de cadeau qu'il lui avait fait là!

Louis XI venait de rendre aux Bordelais quelques-uns de leurs droits coutumiers [7] retirés par Charles VII en représailles de l'appel au secours lancé aux Anglais par la commune de Bordeaux en 1452. Parmi ces coutumes retrouvées figurait le droit d'élire les membres de la jurade. En juillet de l'année précédente, Aymon Tullier, apprécié de tous et ayant su se préserver des intrigues et des clans dans une ville prompte à s'enflammer, avait été ainsi tout naturellement élu.

---

7   Droits coutumiers : Droits et exemptions accordés à une commune, par exemple Bordeaux était exemptée de taxes sur le commerce des vins et percevait par contre une taxe sur tous les vins "du haut pays" transitant par la ville ou sur le fleuve.

Outre son élection comme jurat, il avait également acquis la charge de prévôt de la comté d'Ornon et tandis que les convois de repeuplement se préparaient de toutes parts, il n'avait eu de cesse que son neveu accepte de prendre à ferme[8] un des territoires confiés à la commune. Il lui avait ensuite généreusement avancé de quoi doter ses manants d'outils, d'une paire de bœufs pour tirer la charrue, de quelques vivres pour attendre la prochaine récolte, et d'une petite escorte pour gagner sans encombre l'abri de la clairière qui leur avait été octroyée. Il leur faudrait travailler dur les premières années pour rembourser le prêt consenti, mais ensuite ils ne seraient plus liés à Thomas que par le versement annuel du cinquième de leurs récoltes, accord dûment enregistré devant un des nombreux notaires de la ville.

- Arnaud, fouette un peu ces fainéants de bœufs, je veux nous voir sortis du chemin de Compostelle avant la nuit, on y rencontre bien trop de drôles de pèlerins qui, hélas, ne s'y trouvent pas pour faire pénitence de leurs existences de tueries et de pillages ! Faudrait pas leur donner trop envie ! Avait-il crié, plus pour marquer maladroitement son autorité que par réelle crainte : sa petite troupe était bien armée et suffisamment aguerrie pour ne pas redouter les quelques malandrins qui hantaient encore le Cernès[9].

Thomas savait maintenant qu'il n'avait nul besoin de s'affirmer en maître sur son petit groupe de pionniers. Pendant les quelques jours qu'il allait passer avec eux il apprendrait vite à les apprécier : honnêtes et courageux autant qu'il était possible de l'être dans leur misérable condition. Malgré ses origines bourgeoises et ses tout juste dix-huit ans, ils n'allaient pas tarder à l'accepter, percevant en lui quelqu'un animé du sincère désir de les aider plutôt que le représentant de l'éternel pouvoir avide de taxes et autres privilèges.

Ils avaient ainsi avancé d'un bon pas plusieurs lieues avant de bifurquer dans un chemin plus étroit. Hors de vue de la route de Compostelle, ils s'étaient installés pour la nuit dans une petite clairière bientôt gagnée par l'obscurité. Tous les voyageurs, recommandables ou non, préféraient la nuit l'asile des auberges aux loups et autres créatures

---

8 Prendre à ferme : ici, Thomas reçoit de la commune le droit d'exploiter les terres des environs du village pour un nombre déterminé d'années, contre une somme versée à la commune au moment de l'affermage.
9 Forêt au sud de Bordeaux traversée par le chemin de Compostelle.

plus ou moins maléfiques de la forêt. Ils avaient donc allumé un petit feu au centre du cercle formé par leurs chariots sans trop craindre d'attirer les maraudeurs. Thomas se souvint avoir rejoint Arnaud, le premier homme qu'il avait choisi pour peupler le village, un solide et calme gaillard d'à peine trente ans. Il connaissait celui-ci, ouvrier forgeron chez un des nombreux artisans forgeurs d'armes de Bordeaux, pour avoir reçu de lui la solide épée qu'il portait à la ceinture, et le soin qu'il avait mis à son travail lui avait valu l'amitié de Thomas. Mais la guerre terminée, les fabriques avaient fermé les unes après les autres et le travail s'était fait rare, plongeant Arnaud et sa famille dans la misère.

Il était un peu à l'écart, seul, observant le front soucieux ses compagnons. Il posa une main amicale sur l'épaule du garçon qui sursauta :

- Demain tu verras ton village et le travail fera s'envoler tes craintes…

- C'est une bien lourde responsabilité que vous m'avez donnée là, Thomas… Maire de votre village et de tous ces gens…

- Nous les avons choisis ensemble : Regarde-les, ils sont aussi graves que toi, pleins d'espoir et redoutant d'échouer… Ils donneront le meilleur d'eux-mêmes pour ne pas retourner à la misère des faubourgs.

- Il nous faudra bien des années pour vous rembourser les outils et ces bœufs…

- Tu étais avec nous devant le notaire : rappelle-toi l'accord que nous avons signé, mon oncle vous achètera vos récoltes et se remboursera chaque année d'une part raisonnable. Sois sans crainte, il est juste et bon. Rebâtissez votre village, subvenez à vos besoins, le reste viendra en son temps…

Il l'avait quitté pour faire la tournée des archers affectés à la garde et avait à son tour regardé ses protégés frileusement serrés par couple autour du feu. Il n'avait aucune peine à imaginer ce qu'allaient être pour eux les premières semaines : travailler sans relâche de l'aube au coucher du soleil, poussés sans cesse par la nécessité de l'hiver qui approcherait trop vite. Le soir, ils s'endormiraient inquiets de tous les sons nocturnes de la forêt, bien effrayants pour qui avait toujours vécu en ville. Blottis dans leurs chaumières, ils courberaient les épaules sous les bourrasques faisant craquer les branches, et apprendraient à calmer les enfants terrifiés par les hurlements des loups venus rôder autour du village…

Dans la nuit maintenant tout à fait tombée, une femme endormait à voix basse son enfant d'une mélodie si tendre et paisible qu'il fut ému par leur force et leur courage. Il le leur cachait soigneusement, mais lui aussi se trouvait bien jeune pour une telle responsabilité et de se savoir épaulé par son calme et solide oncle ne diminuait guère ses inquiétudes. Ces gens étaient maintenant les siens, il en avait la charge, et l'engagement qu'il avait pris devant la jurade de rendre de nouveau productif le village n'était rien devant sa responsabilité envers eux. Il la sentait déjà peser lourdement sur ses épaules. Il avait ce soir autour de lui soixante êtres dépendants de son bon vouloir, il pouvait les écraser de taxe, les tuer au travail, s'enrichir à leurs dépens, il ne voyait pourtant ce soir que le devoir de les rendre autant que possible heureux. Ne trouvant pas de mots pour les rassurer, il s'était assis simplement près d'eux devant le feu.

Quelques semaines auparavant, il avait battu la campagne, poussant son cheval dans les chemins envahis de broussailles, et lui seul savait à quel point le hameau où il les conduisait était loin d'être un havre de repos : à l'exception d'un puits encore en eau mais qu'il allait falloir curer, des murs en pierre d'une chapelle qui feraient un bon abri provisoire quand la toiture serait refaite, de quelques fruitiers bien mal en point, et de quelques vieux ceps de vigne, il ne voyait rien de plus encourageant à leur offrir... Alors il était resté simplement là, assis parmi eux, gagné lui aussi par leur silence...

Le lendemain ils étaient arrivés dans ce qui allait être leur village.

La forêt avait repris ses droits partout. Entourant les ruines de la chapelle, les masures de bois et de torchis incendiées plusieurs décennies auparavant étaient à peine visibles, envahies de taillis et de ronces. Les parcelles anciennement cultivées ne se distinguaient plus que par leurs bosquets un peu moins hauts, et la vigne ne se devinait encore que par les murets à demi éboulés, retenant la terre de la pente exposée au sud sur laquelle elle avait été plantée.

Ils avaient fait l'exploration de leur domaine, lâchant quelques rares commentaires : tel arbre allait devoir être arraché, tel autre gardé, telle parcelle serait la première défrichée. Sans plus discuter, ils se mirent à la tâche.

Contre la chapelle, ils avaient construit un abri dans lequel ils avaient déchargé les chariots, tandis que les miliciens se partageaient entre la garde et l'exploration des alentours.

Au fil des jours, Thomas avait pris conscience de l'aventure fascinante à laquelle il participait. Les colons, venus de faubourgs différents apprenaient à se connaître, des affinités se créaient, tandis que le village commençait à réapparaître. La chapelle avait été bientôt couverte et dotée d'une solide porte, et quoiqu'ils y fussent bien entassés, ils s'y sentiraient du moins les premiers temps dans une relative sécurité. La vieille vigne, défrichée, offrait enfin à son tour au soleil la promesse de grappes en suffisance.

Le temps s'était écoulé ainsi. Les étonnantes ressources développées par les nouveaux villageois émerveillaient Thomas un peu plus chaque instant. Au bout d'une dizaine de jours, le puits de nouveau abreuvé d'une eau fraîche et limpide leur avait permis d'arroser le potager déjà ensemencé contre le mur sud de la chapelle. Bientôt, légumes frais et légumes secs pour l'hiver pousseraient à l'abri des palissades de branches entrelacées ; deux arcs rudimentaires fabriqués à la veillée avaient commencé à leur fournir quelques pièces d'un gibier qui ne manquait pas, et cadeau inestimable de la providence, ils avaient découvert un ruisseau à quelques dizaines de pieds de leur hameau ; ils parlaient déjà de la façon dont ils allaient descendre les pierres des ruines d'un castelet trouvées par un milicien sur une hauteur voisine pour bâtir une petite retenue qui leur permettrait peut-être d'irriguer leurs cultures…

Thomas avait su que le moment était venu de les quitter. Même si sa présence et celle des miliciens les rassuraient, il les avait sentis pressés de se retrouver entre eux. Ses hommes, privés de leurs épouses depuis plus d'une semaine, commençaient à serrer d'un peu trop près les jeunes paysannes lorsque leur compagnon s'éloignait. Et aussi actifs qu'ils aient été pendant ces jours passés à assurer fébrilement la survie immédiate du village, leur différence de condition créait entre eux un fossé difficile à combler : les miliciens étaient tous les cadets de petits commerçants ou d'artisans qui ne pouvaient ou ne souhaitaient pas travailler avec leur père, et leurs origines beaucoup plus aisées que celle des paysans issus des faubourgs miséreux les séparaient irrémédiablement. À la veillée, seul Thomas était admis à leurs discussions, tandis que les miliciens jouaient bruyamment leur solde dans un autre coin de la chapelle en lorgnant les femmes…

Le lendemain Thomas et la petite escorte s'étaient préparés à rentrer à Bordeaux. Thomas cachait mal sa culpabilité de ne pas les aider plus longtemps, ni son inquiétude. Les villageois eux-mêmes avaient adouci son embarras en égayant leur séparation de railleries et de rires amicaux, tandis que les miliciens s'éloignaient déjà au petit trot.

Le lendemain il s'était retrouvé en compagnie de son oncle dans cette même pièce :

- Alors, Thomas, ce petit séjour à la campagne ? avait plaisanté Aymon.

- Ne riez pas mon oncle, ces pauvres gens ont bien du courage…

- Ils étaient miséreux des faubourgs, les voilà au travail sur leur terre, n'est-ce pas une grande chance pour eux ?

À son retour, Thomas avait regardé bien différemment la foule animée qui se pressait dans les rues des alentours de la ville. Bien sûr il avait vu l'inévitable faune de tire goussets, de vendeurs de fausses reliques assaillir les pèlerins de passages ; bien sûr les prostituées aguichaient les passants à l'entrée des ruelles, mais beaucoup parmi les pauvres hères précipités là par la guerre étaient dignes, vêtus de hardes usées, rapiécées, mais propres ; d'ailleurs les passages entre leurs masures étaient enguirlandés de linge étendu d'une façade à l'autre.

La misère était grande, hors des murailles, et les bateaux ne seraient jamais assez nombreux dans le port ni les vignobles assez vastes autour de la ville pour donner du travail à tous. Thomas comprenait sans peine que la guerre était finie, et que ces gens devaient les premiers retrouver leurs destins de fermiers.

- Sont-ils heureux, du moins ?

- Ils travaillent de l'aube au coucher, leur village sera prêt à affronter l'hiver, j'en suis sûr, si aucune troupe de loups, hommes ou bêtes, ne vient les anéantir… Ne peut-on les aider plus, les protéger ?

Le vieil homme avait soupiré :

- Ils sont si nombreux… Il nous faut les installer sur des terres au plus vite et ils n'ont plus rien, plus d'outils, plus de bêtes… Même si la fin de la guerre nous a laissé du fer en abondance pour forger leurs outils, le bétail et les semences sont rares et bien chers… Mais tu as raison, je vais essayer de faire augmenter l'effectif de la milice de quelques honnêtes hommes qui sillonneront la banlieue… Là, cela te convient-il ?

- Merci, mon Oncle, si vous le désirez, je serais heureux…

- Je sais, Thomas, que ton bon cœur t'incline à te dévouer pour ces pauvres gens, mais tu verras qu'ils ne sont pas si démunis… Dans cinq ans ils voudront être maîtres-laboureur ou que sais-je, et les égaux de nos meilleurs artisans… Ce qui sera un bien, car cela signifiera que le blé abondera de nouveau et que le pain sera de retour sur les tables de tous les Bordelais…

Thomas avait adressé un regard affectueux à son oncle. Il n'était à son service que depuis un an, depuis l'exil de ses parents à Bristol, mais il appréciait de plus en plus le gros homme à la trogne rouge comme le vin de Bordeaux qui ne manquait jamais de garnir sa table.

La mère de Thomas, comme beaucoup de filles de négociants en vin bordelais pendant l'époque de la domination anglaise, avait épousé le fils d'un riche marchand anglais : ils étaient nombreux alors à venir "apprendre le métier" dans la capitale de la Guyenne. Les mariages étaient fréquents, et que rêver de mieux pour le commerce ? Mais l'heure de la défaite avait sonné et elle avait suivi son Anglais de mari, contraint à rentrer chez lui à Bristol où accostaient les bateaux chargés de marchandises en provenance de Bordeaux. Un an s'était écoulé, le commerce reprenait déjà avec les anciens maîtres de Bordeaux, qui, soit dit en passant, n'avaient laissé que de bons souvenirs aux marchands bordelais ; malheureusement, s'il avait rapidement compris que le commerce avec l'Angleterre était une source non négligeable de revenus pour le royaume, Charles VII n'avait pas encore autorisé les marchands anglais à revenir physiquement sur le sol.

Thomas n'avait pu se résoudre à suivre ses parents. Aux charmes des brumes britanniques, il préférait ceux des brunes bordelaises… À dix-huit ans, on ne pouvait lui en vouloir et ses parents avaient accepté qu'il reste chez son oncle, sans lui cacher qu'ils comptaient bien le voir devenir à son tour le correspondant de futurs échanges commerciaux.

Le marchand extirpa justement son imposante bedaine de derrière sa table de travail et s'approcha de la fenêtre en toussant à fendre l'âme, ce qui eut pour effet de sortir Thomas de sa rêverie.

Maître Tullier avait fait rajouter un étage à la grande maison qu'il possédait dans une petite rue parallèle au port de la Lune. De cette fenêtre, il profitait à loisir d'une vue parfaite sur le fleuve. Le port, une simple grève incurvée le long des remparts bordant le fleuve, grouillait de son agitation habituelle. La marée remontait la Garonne bien au-del de Bordeaux et cette grève en pente douce sommairement pavée, était recouverte d'une boue limoneuse épaisse dans laquelle pataugeaient les journaliers affairés au chargement des nombreux bateaux. Les plus petites embarcations à voile utilisées pour les transports le long du fleuve étaient alignées au bord, les nefs et les caraques plus imposantes construites pour se risquer sur l'océan devaient rester au milieu, dans le chenal.

Maître Tullier était un des rares marchands bordelais à posséder ses propres bateaux. Les joyaux de sa flotte étaient justement là, dominant nettement les autres caraques. Tout juste sortis des chantiers navals de La Rochelle, les innovations dont avaient été dotés les deux voiliers de près de cent tonneaux étaient l'orgueil de l'opulent marchand. Leurs trois mâts leur donnaient une vitesse suffisante pour échapper aux pirates de plus en plus nombreux et menaçants aux abords de l'estuaire et les châteaux avant et arrière donnaient un avantageux surplomb aux archers en cas d'attaque. L'équipage pouvait aussi y dormir plus à l'aise que sur le pont ou dangereusement entassé dans la cale au milieu des marchandises.

- J'attends d'un instant à l'autre une cargaison de pastel[10], qui me descend de Toulouse… Tiens, regarde, les voilà !

Une flottille de gabares[11] approchait au milieu des tourbillons de neige, à peine portée par la marée presque étale. Les marins habitués aux épais remous du fleuve les guidèrent adroitement le long des deux imposants voiliers.

- J'espère que vous n'allez pas cette fois encore m'envoyer traverser l'océan… Je détesterai avoir à naviguer par ce temps…

- Un marchand doit être toujours prêt à mettre sa besace à l'épaule… Et quand il exerce sa science dans un port… Mais rassure-toi, ces bateaux partiront sans toi. C'est d'une autre affaire, sérieuse et d'ailleurs te concernant, que je souhaite t'entretenir. Revenons à ton village, il y a longtemps que tu es passé au Pontet ?

- À l'automne, il y a quelques mois à peine, au moment de la

---

10 Pastel : Ou guède. Plante très cultivée au moyen âge dans la région de Toulouse, utilisée, entre autres usages, pour colorer les tissus en bleu. Après fermentation, les feuilles étaient moulées en forme de boules: les "coques" dont le commerce fit la fortune de la région ; d'où l'expression pays de cocagne.
11 Gabare: Embarcation à fond plat utilisée pour les transports sur le fleuve.

récolte... Ils ont obtenu sept boisseaux et demi pour un semé... Un miracle, six pour un est déjà une bien bonne récolte sur ces terres.

- Ne parlons pas de miracle, ils doivent leur réussite à leur travail... Mais j'ai bien peur qu'ils n'aient des ennuis : trois femmes ont disparu sur la route de Compostelle il y a de cela deux jours... à proximité du Pontet...

- Des femmes du hameau ? fit-il soudain alarmé.

- Non, rassure-toi... D'un autre domaine, un peu plus loin, celui de Montignac, le père du marchand de bois.

- Laisser des femmes à la nuit sur un chemin pareil... Mais quel rapport avec le village ?

- Elles ont disparu après avoir quitté l'auberge où elles s'étaient arrêtées un instant se réchauffer, on n'a retrouvé que leur mule au matin, tournant en rond à deux pas du chemin qui mène au Pontet... Les bourgs des environ ne parlent plus que de cela...

- C'est l'aubergiste qui alimente les conversations ?

- Savoir... Tu le connais?

- Ça ne serait pas dans son intérêt... Les villageois viennent souvent à l'auberge, elle est à deux pas du village et c'est leur seule distraction. D'ailleurs ils lui vendent à peu près tout ce qu'il ne produit pas lui-même : son vin, son pain, un peu de gibier... Il m'a l'air d'un brave homme qui ne dédaigne pas de boire un godet de clairet avec eux à l'occasion... Et puis si la rumeur s'étend, que les pèlerins prennent peur et font un détour, il va perdre ses meilleurs clients... Vous dites que le sénéchal est venu vous en avertir ?

- Messire Montignac[12] en personne s'est plaint auprès du sénéchal. Les femmes vivaient sur son domaine... Ses paysans commencent à s'échauffer, la route de Compostelle est leur seul accès à Bordeaux et plusieurs d'entre eux disent y avoir été pourchassés par un loup-garou... Chaque fois près du Pontet...

- Je serais bien surpris que le Pontet ait quelque chose à voir avec ces

---

12 Après la guerre de Cent Ans, on assiste à l'émergence d'une nouvelle classe sociale : la bourgeoisie. À Bordeaux, les riches marchands, commencèrent à louer ou acquérir les domaines laissés libres par le bannissement des nobles "compromis" avec les Anglais, et devinrent une classe avec laquelle le pouvoir dut compter, d'autant que le roi avait bien compris l'intérêt qu'elle présentait pour la richesse du royaume.

histoires, répondit Thomas, il faut cependant faire la lumière au plus vite, ces affaires prennent vite des proportions déraisonnables si on les laisse s'envenimer. Mais vous ne m'avez pas répondu, mon oncle, ces disparitions sont-elles si importantes que le sénéchal en personne se déplace vous avertir ?

– Il semblerait que messire Montignac ait été fort agité lorsqu'il l'a rencontré. Je dois t'avouer que j'ai déjà promis à messire le sénéchal que tu allais enquêter là-bas… En qualité de procureur, très officiellement nommé par le prévôt de la comté d'Ornon, fit-il en se tapant vigoureusement la poitrine d'un doigt nerveux. En retour, le sénéchal t'offre les services du jeune Gauriac, officier de la sénéchaussée.

- Je vois : une offre qui ne se refuse pas ? Mais encore une fois, en quoi ces disparitions le concernent-elles au point de coller à mes chausses un de ses plus dévoués serviteurs ? Elles sont de votre seul ressort, puisqu'elles se sont passées sur la comté dont vous êtes le prévôt ! Même s'il s'était agi de meurtre, et l'on peut encore espérer que cela ne soit pas, l'affaire aurait été du ressort de la cour de Saint-Eloi[13], et non de celle du sénéchal au palais de l'Ombrière. Il me semble bien que seuls les procès impliquant des étrangers à la commune et à sa banlieue le concernent, non ?

- Il apparaît que messire Montignac n'a pas confiance en la justice de la Jurade pour sauvegarder ses intérêts… Quant à ce Jean Gauriac, j'ai eu par le passé quelques broutilles avec son père, commerçant lui aussi, mais nous ne sommes plus en concurrence maintenant et son fils est, paraît-il, un de tes amis.

- Jean ? Ami est vite dit, je le connais peu, il est comme moi sans cesse sur les routes, lui pour le sénéchal, moi pour vos affaires… Sa présence n'interdit pas celle de Paul à mes côtés tout de même ?

- J'attendais cette question ! Toujours inséparables ! Bien sûr, vous faites du bon travail ensemble… Tiens ! Prends cette bourse, pour vos frais de bouche et vos équipements. Je ne sais comment vous serez accueillis au village… Ne restez pas longtemps sans me faire parvenir de nouvelles. Jean Gauriac souhaite partir dès demain, ne le faites pas attendre ; le Sénéchal m'a assuré lui avoir donné des ordres pour qu'il te

---

13 Cour de Saint-Eloi : Cour de justice de la municipalité (la jurade), se tenant dans la paroisse de Saint-Eloi où la municipalité avait sa "maison".

laisse démêler cette histoire à ta guise, mais tâche de le ménager, s'il est aussi ombrageux que son père...

* * *

La chambre de Thomas était, contrairement à celle de son oncle, tournée vers la ville. Il contempla un moment les toits de tuiles blanchis par la neige bien à l'abri derrière leur enceinte régulièrement ponctuée de tours massives. Çà et là, les clochers des nombreuses paroisses s'élevaient dans les quelques flocons qui voletaient encore, bien plus haut que la petite nappe de fumée qui stagnait au ras des toits. Thomas s'assit devant la cheminée, un gobelet de vin chaud à la main. L'affaire était grave. Les accusations de sorcellerie devenaient de plus en plus fréquentes, la répression de plus en plus féroce. Une sombre psychose semblait s'être emparée des foules. Chaque fois qu'un exalté lançait l'épouvantable chasse, les bûchers naissaient, de plus en plus nombreux. L'inquisition ne sévissait plus comme au début du siècle, mais dans les campagnes, les villageois eux-mêmes dressaient les sinistres brasiers, terrifiés par les pouvoirs immenses que le diable pouvait avoir donnés à ses représentants. Représentants d'autant plus sournois et inquiétants qu'ils vivaient parmi eux, sous la forme de leurs voisins peut-être... Si Montignac faisait partie de ces esprits enflammés, le danger était grand pour Le Pontet.

"... Et si la folie s'était réellement emparée du village ? Si le diable ou un de ses démons en avait pris possession, isolé au milieu de la forêt comme il est, sans curé pour guider et protéger les âmes de ses habitants ?"

Thomas se signa rapidement. Piochant au hasard un capulet sec dans un coffre, il sortit de sa chambre pour grimper un escalier de bois, une échelle de meunier en fait, avant de traverser les combles. Il redescendit un peu plus loin dans l'autre aile du bâtiment, avant de toquer à la porte de Paul. Le garçon qui lui ouvrit lui ressemblait du tout au tout : même taille, mêmes boucles rousses, même port éclatant de force et de vitalité. Sauf que le " garçon " était une fille.

L'année précédente, Thomas avait accompagné une cargaison de pastel et de chanvre à Bruges. Après la vente du précieux colorant aux

38

drapiers flamands, ainsi que celle du chanvre destiné aux cordages des nombreux bateaux du florissant port de la mer du Nord, Thomas devait revenir, les cales pleines d'étoffes destinées au lucratif marché espagnol. Un voyage banal qui n'aurait pas dû nécessiter la présence de Thomas sans la grosse commande d'ambre, passée par un joaillier bordelais. Le paiement s'était effectué, comme pour toutes les marchandises, par lettre de change auprès d'un banquier flamand ce qui évitait de voyager avec d'importantes sommes d'argent, mais le voyage de retour était périlleux pour une marchandise tellement plus facile à voler et à dissimuler qu'une pleine cale de draperies : Thomas avait donc été chargé de la sécurité de la cassette d'ambre.

Les pirates sévissaient toujours. Pour se protéger, les navires marchands prenaient la mer en convois allant parfois jusqu'à deux cents navires. Thomas dut patienter plusieurs jours avant que ses bateaux ne puissent se joindre à un convoi descendant vers le sud. Il occupait ses soirées dans les tavernes, parmi la joyeuse population de la jeunesse dorée brugeoise ou à des soirées privées dont le simple nom de son oncle avait suffi à lui ouvrir les portes.

C'est au cours d'un de ces dîners, mortellement ennuyeux celui-là, donné par le joaillier avec qui il était en affaires, qu'il vit pour la première fois Paula. Silencieuse, comme habitée d'une immense tristesse, elle ne parla pas de la soirée, se contentant de lui jeter de temps à autre des regards furtifs.

Le dernier jour, en passant prendre l'ambre, il lui avait bien semblé la voir, mais une porte s'était refermée implacablement sur elle.

Le soir même, rentrant tardivement à son auberge, il avait eu la surprise de la découvrir, qui l'attendait dans un coin sombre de la salle. Bien qu'elle fût vêtue comme un garçon, il la reconnut immédiatement.

À voix basse, elle lui raconta son histoire : la femme du négociant était sa marâtre. Celle-ci la détestait et avait fini par convaincre son époux de la destiner à un couvent. Son départ était imminent, elle le suppliait de l'emmener avec lui à Bordeaux.

Il tenta de la raisonner, mais ne tarda pas à se laisser convaincre. La nuit tombée, il la fit monter secrètement à bord. Pendant le voyage de retour, elle resta cachée dans la minuscule cabine de Thomas, ignorée de tous.

Au fil de la traversée, il découvrit une fille débordant de vitalité, audacieuse, que l'on ne pouvait imaginer cloîtrée dans un couvent.

Le temps d'arriver à Bordeaux, elle avait convaincu Thomas de la laisser continuer à se cacher sous son déguisement de garçon pour ne pas risquer d'être reconnue par un voyageur brugeois de passage à Bordeaux.

Paula vécut les premiers mois cachée dans les faubourgs chez une amie de Thomas, une de ces amies que l'on rencontre aux étuves[14], de petite vertu, mais loyale et habituée à garder pour elle les petits secrets de ses clients.

Quelques mois plus tard, elle s'exprimait dans un gascon à peine coloré d'un accent indéfinissable et pouvait sans crainte affronter la ville. "Paul", parrainé par Thomas entra au service d'Aymon Tullier. Malgré les réticences de celui-ci à tromper la confiance de son oncle, il avait finalement cédé à sa crainte d'être renvoyée à Bruges et accepté qu'elle continue à être pour tous Paul, jeune Picard (pour la pointe d'accent) aux mystérieuses origines.

* * *

Planté derrière la fenêtre de la chambre de Paula, Thomas soupira.

- Je ne sais si je fais bien de t'entraîner dans cette histoire…

- Nous avons aussi nos " hitilhera "[15], en Flandre nous les appelons withe-wroukin : les dames blanches qui s'attaquent aux voyageurs imprudents… Ce sont bien souvent de pauvres femmes qui connaissent quelques plantes et finissent brûlées vives par ceux-là même qu'elles aidaient…

- Prends garde à ne pas laisser entendre ce genre d'idées… Quand ce ne sont pas les villageois qui sont effrayés par le Démon au point de tuer des innocentes, ce sont les tribunaux de l'Inquisition qui débusquent chaque année les possédés par dizaines…

- Les inquisiteurs peuvent se tromper ! dit-elle sur un ton de défi. Fouetté, brûlé aux fers, les os broyés, qui n'avouerait pas avoir participé à un sabbat ? Qui ne dénoncerait pas le village entier si c'était possible pour éviter de mourir brûlé vif ?

---

14 Étuves : Établissement de bains. Au moyen âge, les étuves étaient parfois fréquentées par des prostituées. On pouvait aussi y commander des repas.
15 Hitilhera : jeteuse de sort en occitan

- Je comprends que tu n'aies pas voulu entrer au couvent ! Se moqua-t-il, mais je t'en prie, sois très prudente… Si quelqu'un découvre quelle sorte de garçon tu es, ils auront tôt fait de faire de toi une sorcière…

- J'ai tout raconté à notre confesseur à Saint-Eloi, il me presse de ne " plus vivre dans le mensonge ", mais il me donne la communion chaque dimanche… Il leur dira que je ne suis pas une sorcière !

- Personne, pas même le bon père Antoine, ne se risque à contredire un inquisiteur…

- Rassure-toi, je n'ai pas oublié la folie des hommes, dit-elle tristement, je n'ai aucune envie de connaître les cachots de l'inquisition… Je sais bien que le diable peut être niché en chacun…

- Je ne t'oblige pas à venir, se radoucit-il, je ne serai pas seul, Jean Gauriac sera aussi du voyage…

- Gauriac… Pourquoi l'as-tu choisi ? Je ne vous savais pas amis…

- Je ne l'ai pas choisi, c'est le sénéchal qui me l'adjoint comme officier pour le représenter… Il faudra bien que nous supportions sa présence…

Paula, restée un moment pensive, agita la main comme pour écarter une pensée inopportune.

- Je vais enfin connaître ce village dont tu me rebats sans cesse les oreilles, il faudrait plus qu'un Jean Gauriac pour me tenir enfermée ici !

- Je suis bien heureux que tu acceptes, voyager seul avec lui doit être d'un ennui mortel ! Descendons dîner, il faut se lever tôt demain et les journées à venir seront longues, j'en ai bien peur…

* * *

4

- Enfin, Thomas, tu les connais, tu dois bien savoir s'il y a quelque suppôt de Satan parmi eux...

- Je te répète que beaucoup de nouveaux sont arrivés au village ces derniers mois... Et pourquoi voudrais-tu que ce soi-disant loup-garou vienne forcément de chez eux ?

- C'est ce qu'on dit...

Thomas haussa les épaules :

- Gardons-nous des on-dit...

Paula qui chevauchait devant eux depuis Bordeaux venait de se laisser rattraper.

- C'est messire Montignac qui souhaite tant voir le coupable au Pontet ?

- Non, c'est ce que disent ses paysans, Messire Paul...

- Des jaloux de leur indépendance !

- Le Pontet est tout proche de l'endroit où les femmes ont disparu...

-... Ce qui ne constitue pas une preuve ! Tout juste une piste... Mais Thomas saura bien découvrir la vérité, n'ayez crainte Messire Gauriac ! lança-t-elle en éperonnant son cheval pour se replacer quelques pas devant eux.

- Ton assistant est bien grincheux ce matin Thomas...

- Paul préfère que nous travaillions seuls, fit Thomas, mi-figue mi-raisin.

- Il faudra bien nous accoutumer les uns aux autres... Et mes arbalétriers ne seront peut-être pas de trop, répondit l'officier de la sénéchaussée en faisant un signe par-dessus son épaule en direction des deux cavaliers qui fermaient la marche.

- Ils me semblent bien nerveux, ils épient les vignes comme si tous les démons de l'enfer allaient en surgir...

- Tircelin et Guilhem peuvent aussi être des loups... Ils se sont, paraît-il, battus seuls contre une troupe de vingt routiers... et les ont mis en déroute. Ce sont des hommes simples, leur loyauté ne peut être mise en doute, mais ils n'aiment pas beaucoup les diableries, finit-il en se signant.

Après deux heures sur le chemin enneigé, ils pénétrèrent dans le sous-bois.

- Nous sommes encore à deux bonnes lieues du domaine de Montignac… Qu'est-ce qui a bien pu pousser ces paysannes à faire tout ce chemin à pied dans la neige ?

- La misère Jean, la misère… Je ne sais ce qu'elles sont allées vendre au marché de Bordeaux, peut-être un mouton, quelque volaille ou quelques légumes ayant échappé à la neige… Ce dont je suis sûr, c'est qu'elles auraient préféré le manger elles-mêmes, entourées de leurs familles dans leurs chaumières… Ils ont sans doute eu quelque taxe à acquitter à leur maître et la rareté des provisions à Bordeaux l'hiver permet d'y vendre plus cher…

Ils atteignirent enfin le sous-bois. Bien qu'il fût à peine midi, il y régnait une clarté uniformément grisâtre. De chaque côté du chemin, les arbres fondus entre eux sans aucun relief semblaient former une barrière de troncs, sombre et compacte.

- Nous serons bientôt au chaud, l'auberge n'est plus très loin…

- Ne nous y attardons pas trop, Montignac nous offre généreusement le gîte et le couvert dans son château…

Thomas eut un geste coupant.

- Pour toi et tes hommes si tu le désires ! Je logerai en ce qui me concerne à l'auberge avec mon aide : C'est ici que tout a commencé, Le Pontet n'est pas bien loin et nous les visiterons demain. Pour finir, je ne veux passer aux yeux de personne pour l'enquêteur de messire Montignac, je suis là sur ordre de la sénéchaussée, qui me permet pour l'heure de conduire cette enquête à ma guise…

Jean Gauriac sembla prêt à défendre sa cause, puis se ravisa avec un éclat de rire bizarrement étouffé par le tapis de neige.

- Tout doux, l'ami, Montignac ne cherche qu'à se montrer courtois. Mais faisons à ta guise… s'il reste des logements pour tous à l'auberge.

Lorsqu'elle apparut, exactement face à eux, ils ne virent tout d'abord qu'une porte sombre se dégageant de la grisaille, comme suspendue entre le ciel blafard et le sol couvert de neige. En approchant, ils finirent par distinguer les contours des bâtiments soigneusement chaulés, bâtis sur une petite proéminence contournée par le chemin. Saisis par l'étrangeté du lieu, ils se regroupèrent à quelques pas de l'hôtellerie.

Un filet de fumée s'élevait au-dessus du toit de chaume couvert de neige et soulignait d'une note paisible l'endroit, pourtant auréolé d'une atmosphère pesante. Thomas réalisa qu'un silence inhabituel était la cause de leur malaise.

– Tircelin, Guilhem en position, vite ! Jean Gauriac venait de sentir lui aussi l'étrangeté de la situation. Les deux hommes d'armes mirent pied à terre et s'abritèrent derrière leurs chevaux couchés d'un geste. Les autres plongèrent à l'abri des arbres. Rien ne bougea plus alentour.

Courbé dans la neige épaisse, Thomas rejoignit Paula.

- Qu'en penses-tu ?

Elle répondit d'une moue dubitative.

Un chien se mit à aboyer derrière l'auberge. La lourde porte s'ouvrit en grinçant. Les poings des arbalétriers se crispèrent sur leurs armes. Personne n'apparut sur le seuil, seul un petit tourbillon de neige sembla naître là avant de s'évanouir dans la clairière. Thomas se signa, remarquant du coin de l'œil que les autres faisaient de même.

- On y va, chuchota Jean à ses hommes.

Délaissant leurs chevaux, les deux miliciens se ruèrent en avant et se plaquèrent en un instant de part et d'autre de la porte béante, surveillant cette fois la forêt. Les trois autres les rejoignirent. Jean risqua un œil par la fenêtre. Il ne vit que le foyer presque éteint, diffusant une lueur mourante sur des rangées de tables désertes.

Guilhem entra, balayant la salle de son arbalète, suivi par les autres qui se bousculèrent à l'intérieur.

Personne.

Escorté des deux gardes, Thomas se dirigea vers le fond de la pièce où il savait trouver la cuisine. Barrant la porte de la remise, l'aubergiste et son aîné gisaient au sol dans une mare de sang. Thomas se précipita. L'homme portait sur tout le corps des estafilades monstrueuses.

- Ils sont morts. Vite, trouvons les autres : ils étaient cinq…

Au fond de la remise, la porte du potager battait. Au-delà, le chien continuait à aboyer frénétiquement, leur vrillant les nerfs. Ils poussèrent prudemment la porte. Le chien se mit à gronder, protégeant les trois corps allongés dans des auréoles de neige écarlates.

Tircelin gémit :

- Leurs blessures… Ce sont des griffes, Sire Thomas ! Énormes !
C'est un loup-garou…

Thomas repoussa la porte sur l'affligeant spectacle du chien léchant
le visage de sa maîtresse étendue dans la neige. Il s'approcha de
l'aubergiste. Les lacérations semblaient bien provenir de pattes d'une
largeur impressionnante, munies de griffes longues et effilées.

Jean s'approcha, déjà revenu de l'étage.

- Personne là-haut. Qu'a-t-il bien pu se passer ?

Jetant un œil à l'aubergiste :

- Ces plaies… Je n'ai jamais vu un loup avec des pattes pareilles…

Paula s'approcha.

- Ils sont morts sans combattre, il n'y a aucun désordre dans la
cuisine…

- Ils étaient pourtant deux contre le… loup-garou…

- Ce n'étaient pas des soldats, Messire Jean, juste un aubergiste…
Face à un loup-garou, je crois qu'ils auraient fui en tous sens terrorisés.
Au lieu de ça, le père et son aîné ont essayé de retenir leur agresseur, le
temps que sa femme et les petits s'enfuient par-derrière…

- Messire Paul, vous dites qu'ils n'ont pas combattu, puis qu'ils ont
essayé de retenir leur agresseur ! ironisa Jean Gauriac.

- Je dis qu'ils ont été tués dès qu'ils se sont interposés devant la porte.

- Mais ils étaient deux contre…

- Contre deux au moins ! Finit Thomas, revenant de l'extérieur, deux,
assassinés presque instantanément ici, et dehors, la femme et le plus petit
étendus à quelques pas de la porte, la plus grande un peu plus loin,
presque arrivée à la forêt…

Les soldats qui les écoutaient en silence se regardèrent nerveusement,
et ce regard, venant d'hommes aguerris comme ils l'étaient, en disait
long.

- Deux loups garous… Le danger est grand Messire Jean…

- Pensez-vous toujours rester ici, Thomas ?

Thomas explosa, regardant fixement Paula comme pour chercher un
soutien, au moins d'un regard.

- Ce n'étaient pas des loups garous, cria-t-il… Je n'ai jamais entendu
dire que les loups garous attaquaient le jour… Ni qu'ils allaient par deux !
Mais quand bien même loup-garou il y aurait, c'est ici que nous les
trouverons !

- Il nous faut découvrir pourquoi ces braves gens sont morts… Dit Paula. La disparition des paysannes est déjà bien loin alors que l'assassinat de cette famille vient d'être commis, sans doute par les mêmes, loups-garous ou pas… Thomas a raison, nous avons plus de chances de trouver une piste ici.

Jean Gauriac acquiesça d'une inclinaison de la tête :

- Il nous faut donner une sépulture à ces pauvres gens…

- Il y a une petite grange dans le jardin, en barricadant la porte ils devraient y être à l'abri des bêtes sauvages. Nous demanderons plus tard au curé de la paroisse de pourvoir chrétiennement à leur salut… Dit Thomas avant d'entraîner discrètement Paula devant l'auberge :

- As-tu remarqué les traces de pas dans la clairière ? La neige a cessé de tomber quand nous passions l'hôpital de Cayac, pourtant il n'y avait pas la moindre trace sur le chemin avant d'arriver ici. Par contre, il y en a de nombreuses qui descendent vers Compostelle. Je vais essayer de rattraper un de ces pèlerins si pressés de continuer sa route. Dis à Jean que je serai de retour demain. Par ce temps ils ne peuvent aller bien loin, c'est bien le diable (il se signa) si je n'en trouve pas un à la prochaine auberge. En attendant, laisse Jean organiser la défense, et…

- Je devrais venir avec toi… Je n'aime pas te savoir seul sur ce chemin maudit…

- Tu parles de la Voie Turonensis, Paula, la très sainte voie que les plus pieux d'entre nous empruntent depuis des siècles, de Paris jusqu'au vénéré Tombeau de Saint-Jacques… Tu devrais mesurer tes paroles, ajouta-t-il doucement, tu cours un grand danger à proférer de tels blasphèmes…

- Cinq personnes viennent de mourir sur ta Sainte Route et trois ont disparu sans laisser la moindre trace, n'est-ce pas une malédiction ?

- Nous leur ferons justice, et nous devons tout faire pour empêcher que d'autres ne succombent à leur tour… Il tourna son regard vers le sud comme s'il s'adressait aux manants du Pontet, derrière les arbres enneigés à quelques lieues de là, avant de continuer… et garder les innocents de trop hâtifs courroux…

- Tu ne crois pas plus au diable que moi, n'est-ce pas Thomas…

- Hérétique maintenant ! Ne pas croire au diable, c'est réfuter l'existence de Dieu… L'un ne va pas sans l'autre, que t'a donc appris le père Antoine ? Mais si tu veux savoir si je crois aux loups – garous, je ne sais pas, je n'en ai jamais vu… Pourtant j'imagine le diable assez malin pour choisir une apparence moins manifeste… Il n'a pas besoin de se travestir en loup pour accomplir sa sinistre besogne, il m'a semblé le reconnaître bien des fois, parfois même dans le cœur d'hommes que je croisais chaque dimanche à la messe… Mais, il s'interrompit comme s'il craignait d'aller trop loin et reprit après un instant : Pourquoi ces craintes, j'ai survécu à de bien pires aventures, ne me caches-tu rien ?

- C'est Jean… Un soir, à la taverne, il m'a serrée d'un peu trop près… Comme s'il cherchait à me séduire… Je redoute de rester avec lui sans toi… C'est comme s'il avait deviné que je ne suis pas vraiment le Paul que je suis censé être…

- Ce qui serait fâcheux… Il sourit, à moins qu'il n'aime les jeunes garçons un peu efféminés dans ton genre, ce qui ne m'étonnerait pas plus que cela ! D'accord, le temps presse, allons les prévenir de notre départ…

* * *

Ils partirent au trot, les yeux rivés sur les traces de pas. Elles n'étaient guère nombreuses, cinq ou six tout au plus, et seulement celles de piétons.

- Il a neigé jusqu'à ce matin ; ces pèlerins bien pressés sont passés depuis, les traces des paysannes ont été recouvertes par la neige depuis longtemps…

Thomas observa la sombre forêt de chênes et de hêtres.

- C'est par ici qu'elles ont dû disparaître, aucune chance de savoir ce qui s'est réellement passé…

Sortant son épée il trancha d'un geste rageur une branche basse.

- Continuons… Quelle folie d'avoir traversé cette forêt la nuit, aussi esseulées !

Ils passèrent leur chemin tandis que Thomas tendait l'oreille vers les bruits du village qu'il savait un peu plus loin derrière une grosse dune couverte d'arbres. Peut-être étouffé par la neige, aucun son ne lui parvint.

- Allons, dit-il cachant mal sa nervosité, ne perdons pas de temps, ceux que nous poursuivons ont beau être à pied, ils n'en ont pas moins plusieurs heures d'avance sur nous…

Une demi-lieue après, une large clairière s'ouvrit devant eux. Après quelques champs aussi déserts et immaculés que la forêt, un hameau apparut dans la grisaille. Ils s'engagèrent entre les chaumières. Là aussi, le silence était pesant, l'absence de vie angoissante. À l'autre extrémité de la rue, un homme traversa en se hâtant pour disparaître dans une masure.

- Ils savent… Ils ont peur. Je ne t'ai pas encore amenée ici ; ce bourg s'appelle Le Petit Bordeaux… C'est le plus gros village avant Le Barp, si on y ajoute le bourg de Camparian qui lui est collé. Il y a une auberge un peu plus loin, à côté de l'hôpital St Jean, nous pourrons y demander des nouvelles de nos voyageurs si pressés…

- Un hôpital ?

- Une halte où les pèlerins les plus éprouvés peuvent recevoir quelques soins d'une petite communauté de moines. Les Hospitaliers de Cayac ne peuvent accueillir que quatre malades, ici il y a beaucoup plus de lits… La présence de cet hôpital est sans doute pour quelque chose dans la taille du bourg… Il doit être bien rassurant de savoir ces moines juste à côté, prêts à vous secourir.

L'auberge apparut enfin à la sortie du village de Camparian, lui aussi désespérément inanimé, juste avant les bâtiments de l'hôpital étrangement érigés un peu à l'écart.

Thomas poussa la porte de la chaumière.

La salle était sombre et vide. Il eut un soupir agacé. Il ne pensait pas vraiment trouver ses pèlerins l'attendant bien sagement autour d'un pichet de clairet, mais on peut toujours espérer un miracle…

- Holà ! Il n'y a donc personne dans cette gargote ?

Un petit homme replet surgit au fond, restant prudemment près de la porte de son logis.

- Que puis-je pour vous, Messires ?

- À boire et à manger pour nos chevaux, ils n'ont rien eu depuis Bordeaux et nous non plus !

Tandis qu'un vieil homme à demi demeuré sortait s'occuper des chevaux, Paula et Thomas s'assirent près du feu.

Les murs de la bâtisse étant de bois et de torchis, l'âtre n'était qu'une surface de pierres plates au centre de la pièce, la fumée s'échappant tant bien que mal par un trou au sommet du toit de chaume ; avec ce temps de neige, le tirage se faisait plutôt mal et la pièce était envahie de volutes de fumée. Thomas leva les yeux vers les poutres massives sous les chaumes :

- Tes jambons doivent être fumés à souhait l'ami ! Poses-en donc un là et assieds-toi, tu ne me sembles pas débordé par le travail.

Paula versa à l'aubergiste un godet du médiocre clairet coupé d'eau qu'il venait de poser devant eux.

- Tu devrais avoir honte de servir pareille horreur !

Le nabot loucha sur les épées aux côtés de ses vis à vis.

- C'est celui pour les pèlerins… Mais j'en ai un autre… Pour les connaisseurs ! ajouta-t-il onctueusement en se levant à reculons.

- Tu ne dois pas crouler sous les visiteurs, tout Bordeaux recommande d'éviter ton auberge tant le vin et la nourriture y sont infâmes…

- Beaucoup de pèlerins s'arrêtent chez moi ! Ils restent même souvent plusieurs jours ! protesta-t-il.

- Quand ils ont un compagnon à l'hôpital ! Ne mens pas, tout Bordeaux te connaît, te dis-je… Mais parlons d'autre chose, as-tu eu d'autres clients aujourd'hui ? Il y avait devant nous un groupe de pèlerins…

- Ils ne se sont pas arrêtés, dit-il piteusement, et devant les sourires narquois de l'autre côté de la table : ce n'est pas ça, on aurait dit qu'ils avaient le feu aux fesses…

- Un feu du diable, ironisa Paula, notant au passage les signes de croix enchaînés par le tenancier. Le village est bien calme aujourd'hui, pourtant la neige a cessé…

- Ne plaisantez pas avec ça, Messire. À votre place je ferais comme ces pèlerins et je passerais mon chemin sans attendre mon reste…

- Que se passe-t-il ?

Il les considéra d'un regard finaud :

- Qui êtes-vous ? Mais qu'importe, je crois que vous en savez au moins autant que nous… Trois paysannes ont été dévorées par un loup-garou peu après l'auberge que vous avez dû dépasser avant d'arriver ici… Il y a trois nuits de cela… Les gens ont peur… Les hommes se sont réunis hier soir pour décider d'une grande battue quand la neige sera fondue. Beaucoup disent que le garou se cache au Pontet… Ils veulent aller y mettre le feu, on n'aime pas beaucoup les gens du Pontet par ici, ce n'est qu'un ramassis de crapules sorties des fossés de Bordeaux…

- Pourquoi dites-vous qu'elles ont été dévorées : nul ne sait ce qu'il est advenu d'elles ! Et pour ce qui est des paysans du Pontet, ce sont des gens comme vous, qui peinent à vivre tout comme vous… et qui, ce soir, isolés dans la forêt, auront bien plus peur du garou que vous… Il se leva, portant la main à son épée d'un geste menaçant :

- Vous ne semblez pas me connaître, je suis Thomas Russ et ce village est sous ma sauvegarde. De plus, le sénéchal m'a chargé de trouver les coupables, et pour l'instant je ne crois pas beaucoup à ce loup-garou… Vous pouvez cependant dire une chose à vos compagnons : faites votre battue si vous en avez le courage, mais ne touchez pas au Pontet, sinon c'est à votre village que je mettrai le feu… Allons-nous en Paul.

De nouveau en selle, Paula adressa un regard étonné à Thomas :

- Je ne t'avais jamais vu si susceptible… Voilà deux fois aujourd'hui que je te vois en colère… Cette fois, j'ai bien cru que tu allais embrocher ce pitoyable filou !

- Il répondait trop bien à mes inquiétudes… Lorsqu'ils ont peur, les humains sont prêts à accepter n'importe quelle ineptie, pourvu qu'elle les réunisse… Qu'un chien se mette à grogner, bientôt tout le village aboie !

- Tu lui as dit que tu ne croyais pas aux garous…

- À CE garou… Je comprends que les pèlerins aient tous quitté précipitamment l'auberge sitôt la fin de la neige, mais pourquoi sont-ils passés ici si vite, sans prendre le temps de se restaurer ? En outre, ils vont avoir bien du mal à atteindre Le Barp avant la nuit sur ce chemin enneigé…

Ils retrouvèrent rapidement le sous-bois, de plus en plus sombre à mesure que le jour déclinait. Un carrefour apparut devant eux. Une plaque de bois grossièrement gravée indiquait le bourg de Léognan sur la gauche, le hameau de Canéjan sur la droite, tandis qu'une coquille Saint-Jacques gravée sur une borne marquait la direction de Compostelle.

Paula arrêta Thomas d'un geste :

- Les pas…

Deux voyageurs, au lieu de continuer avec le reste du groupe, étaient partis vers Canéjan.

- Le tavernier ne nous a pas parlé de deux groupes…

- Ils voyageaient donc ensemble et se sont séparés ici…

Thomas observa pensivement les deux chemins déserts :

- Les tenures[16] de Montignac sont par-là, à une lieue à peine en limite de la seigneurie de Veyrines qui ne fait pas partie de la banlieue administrée par la jurade…

- Il a fait sillonner ces bois par ses gardes depuis deux jours sans trouver trace des trois femmes… Ces pas pourraient bien n'être que les leurs… répondit Paula avec découragement.

- Je ne pense pas qu'ils se risquent seulement à deux dans des bois qu'ils croient infestés de loups-garous ! Ils ont encore beaucoup d'avance, nous devons nous décider vite…

- Suis-les Thomas, je vais rattraper tes pèlerins.

- Seule ?

- Ce ne sont que des pèlerins, le danger sera de ton côté.

- Ne quitte pas le chemin, nombreux sont les voyageurs qui se sont perdus dans la lande. Galope sans t'arrêter jusqu'à l'hôtellerie du Barp. Si tu sens nos pèlerins menaçants, retourne sans hésiter à l'auberge. Tâche quand même de me ramener le plus causant. Et hâte-toi, la nuit sera bientôt là, et les loups sont nombreux cet hiver…

Thomas lui jeta un regard inquiet, hésitant à la laisser partir.

- Nous voilà voyageant seuls, encore plus fous que ces pauvres femmes qui ont disparu…

- Il le faut bien si nous voulons suivre ces deux pistes tant qu'elles sont encore chaudes… Où trouverais-je mes pèlerins ? dit-elle pour couper court aux craintes de Thomas.

- Les jacquets[17] s'arrêtent ordinairement à l'hôtellerie de Saint-Jacques à l'entrée du Barp, tu les trouveras là, de toute façon ne les poursuis pas plus loin, et retourne demain à l'auberge du Pontet ! lui cria-t-il tandis qu'elle s'éloignait au galop.

* * *

La nuit tombait. Les traces devenaient difficiles à distinguer. Une compagnie de sangliers réveillée par la soudaine irruption de Thomas traversa la route, effrayant son cheval. Très vite, le chemin longea le mur entourant les terres de messire Montignac, tandis que la forêt continuait

---

16   Tenure : En régime féodal, mode selon lequel on tenait une terre. Par extension : cette terre elle-même.

17   Jacquets : nom donné aux pèlerins de Saint-Jacques.

52

sur la gauche de Thomas. Il s'arrêta peu après devant la porte massive, surmontée d'un blason où figurait justement le sanglier censé sans doute symboliser le courage du propriétaire du domaine. De nombreuses traces de pas allant et venant dans la direction de Canéjan brouillaient définitivement celles qu'il suivait. Il resta un moment indécis, regardant machinalement le blason "le beau courage, en vérité, venir ainsi se soustraire au monde, entouré de hauts murs…"

Il fallait prendre une décision : continuer vers Canéjan en supposant que les deux fuyards allaient par-là, rejoindre Paula au Barp ou entrer profiter de l'asile proposé par messire Montignac à Jean Gauriac. L'évocation du lieutenant de la sénéchaussée le fit sourire : "Je l'entends déjà ricaner quand je lui raconterai où j'ai finalement soupé !"

Il choisit cette dernière solution, espérant surprendre ses mystérieux voyageurs en compagnie de Montignac, la réaction du vieux propriétaire serait probablement des plus édifiantes en ce cas… Il referma derrière lui le vantail de chêne. À l'intérieur, une allée bordée d'arbustes soigneusement taillés menait à un élégant castel, au milieu d'une prairie agrémentée de quelques grands arbres. Du portail où se tenait Thomas, un autre chemin, bordé lui aussi de près ou de parcelles cultivées, la différence était difficile à faire sous la neige, menait à un hameau un peu à l'écart de la demeure du maître. Au-delà du hameau, derrière le mur ceinturant le domaine, la masse sombre de la forêt visible tout autour indiquait que les terres de Montignac formaient une immense clairière gagnée sur la forêt.

Les traces, nombreuses, continuaient dans les deux directions. En soupirant, il se dirigea vers le manoir.

Passant sous un porche, il arriva tout d'abord dans une cour entourée des communs, écurie, grange, enclos pour la meute de chiens de chasse, logement des serviteurs. Alerté par les aboiements de la meute, un valet apparut à la porte du logis. Thomas s'étant présenté, le valet disparut avant de revenir l'inviter à le suivre. À travers un couloir glacial, il le conduisit jusqu'à la pièce principale de la demeure. Elle ne différait guère de celle d'une chaumière, si ce n'était par le plus grand nombre de meubles et par la tapisserie qui ornait une paroi. La cheminée, monumentale et plaquée contre un mur au lieu d'être au centre de la pièce comme dans les chaumières de bois ou de torchis, dispensait une lumière vacillante. Près du feu, assis dans l'unique siège à accoudoirs, un homme devisait avec un ecclésiastique qui n'avait eu droit, lui, qu'à un tabouret.

- Messire Russ, je vous attendais plus tôt !

L'homme se leva pour accueillir Thomas. Il devait être âgé de plus d'une soixantaine d'années à en juger par son visage creusé de rides, mais il se tenait droit et avançait avec autorité vers lui.

- Qu'avez-vous fait de vos compagnons ? Jean Gauriac ne vous accompagne pas ? Asseyez-vous je vous prie, vous connaissez frère Étienne, vicaire général de l'abbaye de Sainte-Croix ?

Thomas ne le connaissait que trop bien. Sa simple présence ici en compagnie de Charles Montignac lui confirmait les craintes que la désignation de Jean Gauriac à ses côtés pour l'enquête avait fait naître en lui. Deux clans étaient apparus au sein de la jurade : D'une part les modérés, pour la plupart anciens partisans de la présence anglaise en Aquitaine, en particulier pour la liberté de commercer et les nombreux privilèges que les rois d'Angleterre avaient accordés à Bordeaux durant leur "domination" ; ceux-ci, maintenant, ne cherchaient plus qu'à obtenir du roi de France qu'il revienne sur les dures conditions imposées aux Bordelais après la défaite. L'autre faction, plus violemment opposée au roi, était constituée des fidèles du précédent roi Charles VII et de l'archevêque mis en place par lui, fidélité motivée surtout par les avantages personnels qu'ils avaient pu ainsi récolter. Depuis son avènement, Louis XI, qui avait entretenu une longue discorde avec son père Charles VII, s'employait à faire payer à ceux-ci leur soutien à son père. Au point de transformer les plus anti-anglais parmi les fidèles de Charles VII en un groupe bien près d'accepter le soutien de l'Angleterre contre lui.

Thomas observa en silence les deux hommes, tout en prenant place près d'eux devant le feu. " Voilà donc ce Montignac, dont on dit qu'il n'a pas ménagé son soutien à Charles VII pour faire oublier la sympathie envers les Anglais de son père… Et qui semble dans les meilleurs termes avec le vicaire de Sainte-Croix, dont chacun sait qu'il attise ouvertement les rancœurs du clergé contre Louis XI… L'un sans doute payant son soutien à Charles VII, l'autre mécontent des tentatives du roi pour s'emparer des richesses du clergé… Une bien belle paire de comploteurs en somme…" pensa-t-il.

- Frère Étienne nous a fait l'honneur d'être présent à la messe dite pour le retour de mes pauvres paysannes... Soupira Montignac avec la mine affligée de circonstance.

- Une bien terrible histoire... Continua l'ecclésiastique. Messire Thomas, vous allez débarrasser au plus vite la région du... mal qui dévore nos gens, n'est-ce pas ? Nous sommes prêts à vous apporter toute l'aide dont vous aurez besoin.

- Je vous en remercie mon frère, je ne manquerai pas de vous solliciter s'il le faut...

- Pardonnez-moi d'être si direct, Thomas, mais mes paysans comme ceux des terres que possède l'abbaye aux alentours de Camparian pensent que le loup-garou pourrait bien venir du Pontet... Vous avez les bénéfices de ce hameau du domaine royal et votre oncle en achète toutes les récoltes. Vous n'ignorez donc pas d'où viennent ces manants... livrés à eux-mêmes, dans la forêt, ils sont probablement devenus, hélas, des proies faciles pour le Malin...

- Je les ai choisis moi-même et nombreux viennent des faubourgs, il est vrai... Mais, savez-vous quelle est la première chose qu'ils ont faite, sitôt leur subsistance assurée ? Ils ont reconstruit leur église... Et ils attendent depuis cinq ans que l'archevêché leur envoie un curé... Ils vont chaque dimanche communier à la chapelle des hospitaliers de Sainte-Marie de Cayac, car les gens de leur paroisse leur ont été hostiles dès leur arrivée... Mais vous avez raison, j'irai dès demain leur rendre visite, se radoucit-il, ne voulant pas envenimer si vite leur échange.

Messire de Montignac rompit le premier un silence qui s'éternisait :

- Vous ne m'avez pas répondu, Jean Gauriac n'est pas avec vous ?

Le regard perdu dans les flammes, Thomas choisit sans réfléchir un demi-mensonge :

- Il s'est installé à l'auberge du Pontet avec ses hommes tandis que je continuais jusqu'ici...

Il lui sembla que les deux hommes avaient brièvement échangé un regard.

Le silence retomba, peuplé des crépitements du feu et des bruits discrets des serviteurs dressant la table derrière eux.

Le grand vieillard se leva soudain :

- Dînons : poularde, chevreuil, même le vin, tout provient de mon domaine ou de la forêt qui l'entoure, et, pardonnez-moi ce trait, j'ai une faim de loup !

Au cours du repas, ils évitèrent de parler de la disparition des paysannes. Le vin aidant, Montignac s'envola dans une évocation lyrique où son amour de la forêt n'avait d'égal que son attachement paternel à ses manants. Thomas en profita pour le questionner :

- Vous étiez, je crois, un négociant prospère il n'y a guère… Pourquoi vous retirer ainsi hors de Bordeaux… Vous ne commercez plus ?

- J'ai abandonné les échoppes bordelaises à mon fils sitôt qu'il a montré des dispositions pour le commerce… Il fallait quelqu'un ici pour s'occuper du domaine. Mon père y a construit notre fortune, j'y ai vécu enfant… La forêt, Messire Thomas, est la source de bien des richesses… Notre négoce se limite pratiquement à elle. Les tonneaux, le charbon de bois pour les forges des fabricants d'armes de la rue des Faures, les poutres, solives des charpentes et des moulins, les manches des outils, le bois est partout, indispensable, irremplaçable… Toute la forêt de ce côté-ci du chemin fait partie du domaine ; maintenant que je me suis retiré ici, je choisis moi-même l'arbre qui fournira le bois dont les clients de mon fils ont besoin.

- Qu'allaient donc vendre vos paysannes à Bordeaux alors ?

- Un sanglier, Messire, le seul sanglier bienvenu sur ces terres est celui de mes armoiries ! Ces animaux sont nombreux par ici et dévastent les sous-bois. Nous faisons de nombreuses battues, je leur laisse vendre les bêtes, à charge pour eux de m'acquitter dix sols par tête.

Le repas se termina en considérations diverses sur le gibier et les multiples ressources de la forêt. Quand ils furent retournés au coin du feu, Thomas hasarda un retour à son enquête :

- Tout de même, c'était bien imprudent de laisser trois femmes ainsi seules à la nuit…

- J'ai interdit à mes manants de s'attarder à l'auberge dorénavant, répondit sèchement le vieillard, et le sermon que le curé de Canéjan a fait lors de cette messe va leur enlever l'envie de traîner les chemins pour longtemps, je crois !

- Il m'a pourtant semblé que deux hommes étaient devant moi sur le chemin…

- Impossible ! Tout mon monde était à la messe aujourd'hui… À part quelques gardes restés au domaine…

Thomas scruta le visage du vieux marchand tourné vers le foyer. Le regard fixe perdu dans les flammes qui dansaient sur les énormes bûches, Montignac semblait habité d'une implacable volonté. Un imperceptible mouvement animait les mâchoires serrées ; le nez, long et droit rendait plus tranchant encore le profil figé et les longs cheveux uniformément blancs bouclant coquettement sur les larges épaules ne parvenaient pas à adoucir l'ensemble. Ils se tournèrent dans un grand raclement de chaises pour présenter leur dos à la chaleur des flammes. La grande salle, désertée par les serviteurs, était plongée dans la pénombre. Perdu dans ses pensées, Thomas ne songeait plus à tenter d'extirper du vieillard de nouveaux indices. Que pouvait-il donc se cacher dans cette demeure ? Montignac, et peut-être le frère Étienne dont il semblait si proche, paraissaient farouchement accrochés à la thèse du loup-garou, pourtant plus aucun esprit éclairé, membre du clergé compris, ne croyait encore vraiment à l'existence de ces êtres mi-hommes mi-loups ; et si les paysans étaient encore convaincus de l'existence du monstre, ce n'était que pour donner un visage à leurs angoisses, une silhouette sombre, fugitive, puissante et cruelle, à la mesure des peurs créées par leur isolement et leur vulnérabilité.

Il fut tenté de demander sans ambages au religieux son opinion sur les loups-garous, mais se retint, par peur d'attirer sur lui quelque soupçon d'impiété ; au contraire, il fit mine d'accepter leur affirmation en demandant à Montignac s'il comptait organiser prochainement une battue sur ses terres pour venir à bout du monstre.

- Je pourrais, ce jour-là, conduire les paysans du Pontet pour ratisser les rives du chemin de Compostelle, tandis que les gens du Petit Bordeaux remonteraient jusqu'au carrefour... La bête ne pourra pas nous échapper...

La manœuvre était habile, du même coup elle innocentait les paysans du Pontet en les faisant participer à la traque et les protégeait en privant Montignac de toute excuse pour s'égarer hors de son domaine.

L'attaque vint de l'abbé. Qu'elle fut préméditée et savamment calculée ou brutale perte de contrôle due au vin et à l'exaspération, elle fut en tout cas soudaine et incroyablement violente. Se levant, le religieux vint se planter devant Thomas qui se sentit rétrécir sur son tabouret inconfortable.

- Messire Russ, je ne sais ce qui vous pousse à protéger le ramassis de vauriens qui habite le Pontet, mais il y a ici, au Petit Bordeaux et à

Camparian des dizaines de bons chrétiens qui voient bien que le Pontet est une verrue qu'il faudra un jour ou l'autre extirper du visage de cette contrée ; prenez garde Messire Thomas Russ de ne pas être, vous et votre si généreux oncle, emportés par la tourmente !

Reprenant ses esprits un instant vacillants, Thomas répliqua calmement en se levant lui aussi :

- Pour ma part, je ne sais ce qui vous pousse à médire ainsi de ces gens que vous ne connaissez sans doute que par d'infâmes ragots. Je ne peux que vous inviter à m'accompagner au Pontet quand il vous plaira. Vous jugerez ainsi par vous-même du travail accompli par ces gens dont le seul tort est peut-être de réussir mieux que d'autres, parce que, travaillant pour un homme qui les respecte, ils mettent un peu plus de cœur à l'ouvrage que ceux à qui on laisse à peine de quoi survivre en les pressurant de taxes et de redevances. Une dernière chose, que j'ai déjà signifiée à l'imbécile qui tient lieu d'aubergiste à Camparian : ne vous avisez pas de faire du mal à ces gens sans en avoir une excellente raison... Il se pourrait que vous dussiez en encourir la colère du roi dont ils sont les très respectueux sujets. Maintenant, une longue journée m'attend demain, et si vous voulez bien m'excuser, j'aimerais que vous m'indiquiez un endroit où dormir, une litière de foin sec près de mon cheval me conviendra tout à fait.

Montignac lui répondit d'un ton glacial :

- Je vous souhaite d'avoir raison Messire Russ... Pour l'heure, on va vous mener à votre chambre. Demain, vous pourrez interroger qui vous voudrez ici. Je ne sais pas si vous allez trouver mes bûcherons et mes charbonniers aussi à plaindre que vous ne semblez l'imaginer, vous constaterez en tout cas qu'ils sont bien heureux ces jours-ci d'être à l'abri derrière mes murs.

* * *

La chambre était plus agréable qu'il ne l'avait craint en considérant l'austérité de la grande salle. S'il n'y avait pas de cheminée, le lit était confortable et pourvu d'épaisses couvertures. Luxe rare, les fenêtres derrière les lourds contrevents étaient garnies de vitres comme dans les plus riches demeures de Bordeaux.

Sans parvenir à comprendre leurs propos, il entendit son hôte et l'abbé entretenir une conversation animée quelque temps encore dans la salle du rez-de-chaussée, puis le silence se fit sans qu'ils semblent avoir gagné les chambres voisines de la sienne. Intrigué, il resta un long moment à scruter le silence avant de s'endormir.

Inhabituels pour lui, les bruits de la campagne le réveillèrent au lever du jour. Quelqu'un avait déposé un pichet et une cuvette sur une petite table près de son lit. Après s'être aspergé le visage d'eau glacée, il poussa les contrevents et contempla un instant la beauté du petit village entouré de champs couverts de neige. Il remarqua presque aussitôt l'unique cheminée qui fumait au-dessus des chaumières et nota mentalement son emplacement, se promettant de commencer par-là sa visite aux paysans. Refermant la fenêtre il admira au passage la transparence du verre, beaucoup plus lisse et moins coloré que celui de la demeure de son oncle. Avoir des vitres à ses fenêtres était un luxe rare et il n'y avait que les plus riches qui avaient pu en garnir leurs façades bordelaises. Il jeta un regard circulaire dans la pièce. Un coffre de dimensions modestes s'ajoutait au lit et à la petite table pour constituer tout l'ameublement de la chambre ; méditant sur la richesse du marchand, il s'habilla rapidement dans le froid glacial de sa chambre, et rejoignit l'odeur de soupe qui venait de la grande salle.

Il avala avec appétit deux écuelles d'un bouillon brûlant où nageaient une large tranche de pain et quelques lambeaux de volaille. Nulle trace de Montignac ni de l'abbé. La servante qui s'agitait autour de lui en l'épiant du coin de l'œil depuis qu'il s'était attablé, ne répondait à ses questions que par des grognements incompréhensibles. Il sortit dans la cour sans rencontrer personne. Faisant mine de chercher les écuries, il observa les bâtiments entourant la cour : sur un côté de la demeure du maître, les habitations des serviteurs, un chenil ; à l'autre extrémité de la bâtisse principale une petite tour, curieusement sans porte donnant sur la cour ; Collée à celle-ci à angle droit, une remise ouverte, emplie de bûches soigneusement calibrées et d'un empilement considérable de sacs de charbon de bois. Il visita enfin une grange avec quelques charrettes et divers outils coûteux mais ne lui apprenant rien, avant de " trouver " son cheval qui, l'ayant reconnu, hennissait pourtant depuis un bon moment. Une assez longue habitation, collée au porche ouvert, finissait de clore la cour du manoir. Passant sous la voûte, il entr'aperçut un visage qui l'épiait dans ce qui devait être le logement des gardes. Le lieu n'était pas aussi désert qu'il y paraissait. Il paria intérieurement que d'autres devaient avoir pareillement surveillé sa visite des communs.

Il se dirigea vers le petit hameau. Les chaumières de torchis et de bois noirci contrastaient violemment avec la solide demeure de pierre de Montignac. Le village se réduisait à un simple alignement de masures grises le long du chemin et semblait presque abandonné tant il était mal entretenu. Dans un poulailler délabré accolé à une maison, un coq salua timidement le lever du soleil.

À l'entrée du village, des hommes étaient déjà au travail dans deux granges sans portes. Dans l'une, des menuisiers s'affairaient à tailler avec précision les douelles qui seraient vendues aux tonnelleries bordelaises, tandis que dans l'autre une série de cuves attirèrent son attention. Il observa un instant les ouvriers qui entassaient dans l'une d'elle des monceaux de fougère sèche, tandis que d'autres remuaient une boue noirâtre dans la cuve voisine. L'un d'eux lui expliqua qu'ils étaient en train d'extraire la potasse contenue dans les cendres de fougères par un fastidieux cycle de lavages successifs. " Pour avoir une misérable poignée de potasse, on brûle assez de fougère pour chauffer le village la moitié de l'hiver " commenta l'homme à voix basse, en jetant un œil sombre au manoir… De la potasse. Avec le sable, l'un des deux éléments principaux entrant dans la composition du verre. Décidément Montignac semblait dépenser une part des plus importantes de son énergie, et de ses revenus, à cette activité… Continuant son chemin, il s'engagea entre les deux rangées de masures. Il retrouva sans peine la chaumière d'où s'élevait toujours la fumée. Une femme en sortait, s'arrêtant pour échanger quelques mots avec une autre qui, elle, arrivait.

Mettant pied à terre, il s'approcha d'elles, mais aussitôt, l'air affairé, elles reprirent leur chemin en lui jetant des regards furtifs.

Il remarqua qu'elles portaient des chaudrons de soupe, fumante pour celle qui sortait, encore froide pour l'autre.

Il la suivit jusqu'à la porte que celle-ci venait de franchir, la laissant entrouverte. Contrastant avec l'impression de tristesse de l'extérieur, un tumulte de conversations, d'où fusaient même quelques rires, s'échappait de la masure. Une dizaine de femmes, debout dans une grande pièce nue et enfumée, papotaient, réunies autour du foyer rougeoyant au centre de la salle. Il entra. Tandis que le silence se faisait autour de lui, il comprit que cet unique feu était allumé le matin, au bénéfice de tout le village, pour venir y réchauffer la soupe ou la bouillie de céréales.

Comme il questionnait la plus proche sur cette économique habitude, il reçut pour toute réponse un silence pesant et des regards méprisants. Lorsqu'il réitéra sa question, ce fut un homme, sur le pas de la porte, qui y répondit :

- Cela vous étonne, Messire, que nous n'ayons pas assez de bois pour allumer un feu dans chacune de nos maisons avec tant d'arbres autour, c'est ça ?

Il acquiesça d'un hochement de tête.

- Vous devez être celui que messire Montignac nous a annoncé…

Il hocha une fois encore la tête.

- Le bois, même les souches pourries qu'il nous laisse pour notre chauffage, c'est de ça qu'il vit Montignac…

- Vous voulez dire qu'il vous fait payer le bois ?

- Bien cher… Paraît que c'est pour qu'on l'économise… Malgré cela il en vend tellement, sans compter ce qu'il brûle au château, que la clairière s'étend maintenant jusqu'au ruisseau…

Thomas trouva le paysan un peu trop virulent pour continuer devant les femmes. Semblant s'en apercevoir, l'homme le prit par le coude :

- Venez, je vais vous montrer.

Il l'emmena derrière le hameau, où une porte s'ouvrait dans le mur clôturant la propriété.

- C'est par-là que nous allons dans les bois. Avec celle du château, ce sont les deux seules ouvertures par lesquelles on peut sortir d'ici. On les ferme la nuit, à cause des loups…

Poussant la porte il lui montra l'étendue de la coupe réalisée.

- La clairière s'étend si vite que bientôt le domaine sera aussi nu que le dos de la main… Et nous, on deviendra quoi après ?

- Cette forêt est votre revenu, il faut bien qu'il vende pour vous payer !

- Avec ce qu'il nous donne ! Mais c'est pas étonnant, il brûle plus pour son verre qu'il ne vend, soyez-en sûr ! Les charbonniers entassent les sacs dans la grange mais il en part bien peu pour les forges de Bordeaux !

- Vous ne semblez pas… Commença Thomas.

- L'aimer beaucoup ? J'ai mon petit qui est malade ; la nuit on le serre entre nous pour le réchauffer… Mais le jour… ? Faut travailler, le jour !

- La vie est dure… ?

- Sans ce froid, on serait pas malheureux, on travaille du lever au coucher du soleil, mais on manque pas de viande, et si on le laisse en paix, Montignac n'est pas un mauvais bougre, pourvu qu'on brûle pas ses arbres pour pas mourir gelé !

Il y eut entre eux un silence, qui se serait éternisé si un loup n'avait hurlé dans la forêt, tout proche. Le paysan tressaillit, se signa.

- Ces saletés viennent de plus en plus près… Murmura-t-il. Si cela continue, nous devrons rester enfermés derrière nos murs du matin au soir…

- J'ai proposé à votre maître d'organiser une battue.

- Pas inutile… Ils sont devenus si nombreux qu'il ne se passe pas une semaine sans que j'en voie un en travaillant dans les bois…

- Les trois femmes qui ont disparu, vous les connaissiez ?

Le bûcheron le regarda un moment, comme s'il le jaugeait. Il sembla visiblement hésiter, puis se tournant vers le village parut sur le point de clore la discussion.

- M'ouais… L'une d'elles est ma bru… Mon fils dit qu'il ne ressortira que pour foutre le feu au Pontet…

- Vous ne croyez pas que ce soient des loups qui les aient emportées ?

- Sais pas… D'autres les ont pourtant vus ces loups…

Thomas revit les horribles zébrures des habitants de l'hostellerie.

- Je peux parler à votre fils ?

- Suivez-moi, mais je vous préviens, il est pas commode depuis l'autre soir…

Thomas suivit l'homme jusqu'à sa chaumière.

- Attendez-moi là, je vais voir si… Il disparut à l'intérieur en grommelant la fin de sa phrase.

Un homme massif s'encadra dans l'ouverture de la porte. À son teint écarlate et à ses yeux cernés et injectés de rouge, on devinait sans peine qu'il devait noyer sa rage dans le clairet depuis la disparition de sa compagne. Il chancela, se raccrocha au chambranle.

- Vous venez chasser le loup-garou ? On n'a pas besoin de vous, attaqua-t-il, on va faire un tour au Pontet, et on va leur régler leur compte nous-mêmes…

Thomas commençait à perdre patience :

- Mais enfin qu'avez-vous tous après le Pontet, pourquoi le loup-garou viendrait-il de chez eux ? Et d'abord, comment êtes-vous si sûrs qu'il s'agit bien d'un loup-garou ?

L'homme sembla un instant chercher dans ses souvenirs embrumés :

- Cela fait à peine dix ans qu'ils sont établis là, et ils sont déjà chacun plus riches que nous tous réunis ! Vous ne croyez pas qu'il y a de la sorcellerie là dessous ? Ma sœur y est allée sans rien nous dire le mois dernier, chercher des remèdes pour le petit frère, paraît qu'ils ont déjà un pressoir et un moulin pour leur grain, sur la rivière…

Thomas sursauta :

– Vous allez donc au Pontet ?

- Quand il y a une sorcière quelque part, les femmes sont les premières à le savoir. Maintenant, par sa sottise, le petit est encore plus malade et le garou a emporté ma femme…

- Comment ça ?

- Quand je l'ai su, j'ai empêché ma sœur d'y retourner… La sorcière du Pontet nous a jeté un sort, pour se venger c'est sûr… Et puis le curé l'a dit hier, c'est pas des gens fréquentables, il les connaît lui…

Thomas commençait à comprendre. Tout y était pour susciter la haine. Des "étrangers" arrivent, en quelques années ils sont riches, peu importe que cela soit par leur travail ou par la chance de s'être vu confier des terres pour repeupler un village abandonné, parmi eux une guérisseuse qui a tôt fait de passer pour une sorcière, et les voilà bien vite cause de tous les maux…

- Vous vous trompez, j'en suis certain… Mais sachez que dès demain j'irai au Pontet : si vous dites vrai, la sénéchaussée punira les coupables ; sinon ceux qui excitent la haine contre mes gens devront cesser de gré ou de force !

- Le curé nous avait prévenus que vous les défendiez, méfiez-vous…

Il commençait à être menaçant. Thomas posa la main sur son épée et continua sans faiblir :

- Cela suffit ! Expliquez-moi plutôt ce qui vous fait dire que votre femme a été tuée par un loup-garou ; y avait-il des traces dans la neige ?

L'homme continuait à agiter nerveusement ses poings mais semblait fasciné par l'épée que Thomas avait dégagée de sa cape.

- La Johanna l'a vu, dit le paysan avant de s'interrompre

brusquement.

- Il y avait donc une quatrième femme avec elles ?

Il s'empêtra dans des explications confuses :

- Non… elle n'était pas… c'était une autre fois…

- Elle a vu le loup-garou une autre fois ? Et malgré cela, elles ont pris le chemin en pleine tempête de neige par une nuit de pleine lune ?

- Non, non, je ne dois rien vous dire… Il se mit brutalement à hurler : partez ! Vous ne voyez pas qu'on n'a pas besoin de vous ? Elle n'est plus au village de toute façon ! Il ne vous l'a pas dit Montignac qu'il allait s'occuper de tout ça ?

Des hommes qui se dirigeaient vers la porte du domaine pour commencer leur journée de travail dans les bois s'étaient arrêtés. Ils commençaient à revenir, balançant leurs outils, inquiétants.

Le père sortit précipitamment de sa masure.

- Partez, Messire, pendant que vous le pouvez encore. Ayez pitié de nous, nous ne sommes que des pauvres gens…

Thomas se dirigea vers son cheval qu'une enfant lui apportait déjà.

Sans un mot, mais que pouvait-il dire pour les guérir de leur aveuglement, il passa près d'eux au pas, considérant pensivement leurs mauvais vêtements de laine grossière et leurs houseaux[18] de peau bien trop fine pour ce temps glacial. Sitôt sorti du village, il partit au galop vers le chemin de Compostelle. La matinée était déjà bien avancée ; Jean Gauriac devait commencer à s'impatienter à l'hostellerie. Il avait hâte aussi d'être rassuré sur le sort de Paula.

* * *

---

18   Houseaux : Chaussure de peau à semelle de bois, lacée autour du mollet.

- 5 -

Paula, revenue depuis peu à l'hostellerie du Pontet, faisait justement face à la mauvaise humeur de Jean Gauriac.

- Puisque je vous dis, Jean, que messire Thomas n'avait pas du tout prévu de se rendre chez Montignac ! D'ailleurs, il n'a peut-être fait que passer devant le domaine, il cherchait à rattraper les deux hommes qui accompagnaient les pèlerins...

- Et vous, Messire Paul, où sont-ils, vos pèlerins ? Puisque vous dites les avoir poursuivis jusqu'à Belin, les avez-vous rattrapés ?

Paula haussa les épaules :

- L'auberge de Belin était pleine à craquer... Mais curieusement, personne ne venait d'ici... Ils m'ont tous juré être passés par La Sauve et avoir traversé la Garonne par le gué plus au sud... Ceux que je suivais se sont volatilisés...

- Une belle chevauchée pour rien en somme ?

Paula haussa les épaules pour mettre fin à ce qui lui paraissait un peu trop être un interrogatoire :

- Nous verrons ce que nous ramènera Thomas...

- Il me semble que nous aurions mieux fait de tomber à l'improviste sur le Pontet, plutôt que de courir après d'inoffensifs pèlerins !

Paula conduisit son cheval vers l'étable sans répondre, Jean Gauriac toujours attaché à ses pas.

- Mais que pensiez-vous donc découvrir, à la fin ? Continua-t-il tandis qu'elle dessellait, vous avez parcouru dix lieues sans raison, alors qu'ici les loups-garous avaient toute chance de revenir à la nuit...

- Mais ils ne l'ont pas fait !

- Qu'en savez-vous ? maugréa-t-il en s'approchant.

- Ils ne pouvaient être ici puisque nous les poursuivions ailleurs!

- Messire Thomas et son jeune assistant à la poursuite des deux loups garous qui viennent d'occire en un instant tous les habitants d'une hostellerie ! Ta chair me paraît aussi tendre que celle d'une donzelle, ils

65

n'en auraient fait qu'une bouchée, dit Jean en tendant la main vers la joue de Paula.

- Ne vous avisez pas d'en juger par vous-même, Messire, vous pourriez la trouver plus coriace que prévu, dit-elle en l'évitant, retournons à l'auberge attendre messire Thomas, peut-être vous approcherez-vous moins des jeunes garçons devant les deux archers de la sénéchaussée ?

Thomas ne tarda pas à arriver. Tout en chevauchant sur le chemin du retour, il s'était employé à ordonner ses pensées. Il lui paraissait évident que Montignac et son compère de l'abbaye de Sainte-Croix étaient trop acharnés à la perte des paysans du Pontet pour que cela ne cache pas quelque chose. Mais quoi ? Avaient-ils un intérêt à tirer de la ruine du village ? Ils ne pouvaient être animés de la jalousie qu'ils avaient si bien su allumer chez leurs villageois, et la concurrence des paysans du Pontet ne pouvait être redoutée par Montignac, l'exploitation des forêts du domaine royal leur étant interdite. Rien ne permettait de penser que Montignac était l'instigateur des disparitions, mais l'occasion de salir les habitants du Pontet et d'utiliser ensuite ses amitiés avec le gouverneur pour accroître son domaine au-delà du chemin lui paraissait peut-être bien tentante. Le bûcheron lui avait dit ce matin que la forêt du domaine de Montignac diminuait à une vitesse terrifiante... En tout cas, la présence de l'abbé lui avait au moins permis de faire le rapprochement entre Montignac et le clan des anciens alliés de Charles VII au sein de la jurade, et l'appartenance notoire de Jean Gauriac à ce clan en faisait, sinon un ennemi, du moins quelqu'un dont il faudrait se méfier. Subsistait la raison pour laquelle Montignac s'était adressé au sénéchal, dont la fidélité à Louis XI ne pouvait être mise en doute... Un mystère de plus à éclaircir. Restait à savoir lequel d'entre eux lui permettrait de retrouver les malheureuses disparues assez tôt pour éviter que toute la région n'ait le temps de se décider à anéantir le village...

En pénétrant dans la grande salle de l'auberge, Thomas perçut, en même temps que la chaleur de la flambée entretenue sans compter par les archers, la froideur des relations entre Paula et le lieutenant de la sénéchaussée. Assise devant le foyer, Paula se réchauffait après sa chevauchée matinale : le jour s'était levé sur un ciel uniformément bleu accompagné du froid vif si caractéristique des belles journées d'hiver ; debout à l'autre extrémité de la pièce, Jean Gauriac avait, lui, ouvert une fenêtre et paraissait profondément absorbé par la contemplation du jardin enneigé scintillant sous le soleil.

Thomas s'assit sur le rebord du foyer et se frotta longuement les mains au-dessus des flammes. L'officier referma bruyamment la fenêtre tendue de parchemin huilé, plongeant la pièce dans la pénombre.

- Messire Montignac se porte-t-il bien ?

- Je ne l'ai pas vu ce matin, mais il m'a semblé hier soir débordant d'énergie, et fort acharné à débarrasser cette forêt de tout ce qui pourrait lui nuire…

- Vous avez donc bien passé la nuit en son manoir ! Après vos grands airs d'hier à propos de votre indépendance !

- Ce sont les circonstances et la poursuite d'individus qui pourraient bien avoir trouvé refuge sur son domaine qui m'ont mené chez lui.

- Vous êtes revenu seul… Les avez-vous laissés à la garde de Montignac ? ironisa Jean.

- Évanouis… Leurs traces se perdaient à l'entrée du domaine…

- Quelle malchance ! Disparus comme les pèlerins de votre assistant…

- La nuit tombait, je me suis invité, continua Thomas sans paraître remarquer les moqueries de Gauriac, j'ai passé une soirée intéressante, à défaut de chaleureuse…

- Comment messire Montignac a-t-il réagi à ces cinq nouveaux meurtres ?

- Nous avons eu une si passionnante discussion hier soir que j'ai oublié de lui en faire part ! mentit Thomas, je comptais m'en entretenir avec lui ce matin, mais je n'ai rencontré qu'une vieille servante à demi stupide…

Jean, surpris, resta silencieux, réfléchissant visiblement aux motivations de Thomas.

- Que comptez-vous faire maintenant ? Allons-nous continuer à tenir cette hostellerie tandis que vous courrez après des chimères ou pouvons-nous enfin commencer sérieusement cette enquête en rendant visite à ce maudit village ?

- Commencez par me raconter ce que vous avez dû découvrir ici…

- Rien que vous n'ayez vu vous-même hier, le père a combattu les bêtes avec son aîné pour couvrir la fuite de sa femme avec les enfants. Quand ils ont succombé, les garous ont fini leur besogne en les rattrapant dans le potager…

- Pas d'autre victime dans les chambres, pas de vol, aucune trace suspecte, rien ?

- Rien…

- J'ai rencontré ce matin le compagnon d'une des trois femmes disparues ici… Il prétend que c'est une sorcière du Pontet qui s'est vengée en tuant sa femme… Mais eux, pourquoi sont-ils morts ?

- Il faut y aller Thomas, je ne suis pas acharné à leur perte quoi que tu sembles en penser, mais tout les désigne…

- Laisse-moi le temps de voir ce que Paul à découvert auprès des voyageurs, et nous y allons…

Paula venait de sortir. Il la vit qui traversait le jardin, contemplant tristement les carrés de terre bien alignés où les malheureux aubergistes avaient fait pousser année après année les fèves, les oignons, les herbes qui agrémentaient les plats destinés au réconfort des pèlerins épuisés. Il la rejoignit alors qu'elle atteignait la lisière. Le ruisseau s'enfonçait là dans les bois, presque totalement recouvert de glace.

- Je n'ai pu convaincre personne de parler… Aucun n'était, semble-t-il, passé par ici… Ils mentaient, je l'ai vu dans leurs yeux ! Alors je leur ai dit que les aubergistes avaient été tués… Ils tremblaient de peur, il fallait les voir ! Qu'est-il arrivé, Thomas ? S'ils avaient été effrayés par un loup-garou ils me l'auraient dit, ils sont loin du danger maintenant…

- Ils ont peut-être justement eu peur que tu ne les obliges à revenir…

Elle hésita un moment à parler des avances de Jean.

- Et toi ? Finit-elle par dire.

Il lui raconta sa visite chez Montignac.

- Montignac nous cache quelque chose… Le mari d'une des paysannes disparues s'est embrouillé et m'a chassé pour ne plus avoir à me répondre… Les pèlerins ne veulent pas non plus parler… Je ne crois décidément guère à cette histoire de loups-garous !

Il lui expliqua les luttes d'influences qui unissaient Gauriac et Montignac au sein d'un même clan de la Jurade :

- Méfie-toi de lui…

- Doublement et depuis notre première rencontre, répondit-elle.

- Que veux-tu dire ?

- Rien, dit-elle pour le rassurer, craignant qu'il ne la renvoie à Bordeaux, des broutilles…

- S'il te menace, il faut me le dire, que s'est-il passé ?

- Je le sens seulement de plus en plus pressant…

- Aurait-il éventé ton déguisement ? Ou bien…

- Je ne sais, dit-elle, cachant sa gêne d'un rire bref.

- Veux-tu que je lui parle ? S'il a cherché à…

- Il n'osera rien, je crois, tant qu'il ne sait pas…

Thomas resta silencieux, piétinant pensivement une petite surface de neige.

- Il faut le comprendre, tu es bien jolie… Même lorsque tu te fais passer pour un garçon…

- Merci, fit-elle, à la fois amusée et surprise d'entendre Thomas lui faire compliment, avant de continuer avec un début de colère : comment peux-tu dire cela ! Le comprendre ! Un porc qui ne contient ses instincts contre nature que parce que je suis ton assistant !

- Pardonne-moi… C'est une sotte parole qui oubliait ce que toi, tu pouvais ressentir…

Paula se tut, étonnée de sa trop facile victoire.

- Laissons Gauriac, fit-elle en le regardant à la dérobée, ce n'est pas le premier débauché que je dois tenir à distance, sais-tu ?

- À Bordeaux ? Sous ton déguisement de garçon ? Fit-il, scandalisé, pourquoi ne m'as-tu rien dit ?

- Peut-être parce que nous autres filles sommes plus habituées que vous à être importunées… Chuchota-t-elle, le déguisement de garçon ne change rien à cela. En outre, tu sembles oublier que, grâce à tes leçons, Paul est tout à fait capable de se défendre, fit-elle, une main sur l'épée, l'autre lui caressant la joue en un geste mi-apaisant mi-moqueur.

Il écarta sa main, la gardant tout de même un peu plus qu'il ne convenait à un geste d'agacement :

- Ne prenons pas le risque d'apprendre à Gauriac ce qu'il serait trop content de savoir…

- Viens, retournons là-bas, ils nous attendent… Conclut-elle avant qu'un silence trop embarrassant ne s'installe.

* * *

Ils arrivèrent en début d'après-midi au Pontet. Thomas s'était placé en tête de leur petite colonne en compagnie de Paula. Derrière eux un archer chevauchait au côté de Jean Gauriac, le deuxième soldat de la sénéchaussée fermait la marche. Si Jean et ses hommes avaient marqué quelques signes de nervosité durant le court trajet en forêt depuis l'auberge, leur arrivée au village les rassura bien vite. Les paysans étaient pour la plupart dehors, mettant à profit le retour du soleil pour travailler. Reconnaissant Thomas, ils abandonnèrent l'un après l'autre leurs occupations pour l'accueillir avec de larges sourires. Une nuée d'enfants délaissa les batailles de boules de neige pour les entourer : beaucoup n'ayant jamais quitté le village contemplaient, bouches béantes, les armes et les uniformes des deux archers. D'un peu plus loin, les femmes avaient, elles aussi, relevé la tête de leur ouvrage et regardaient la scène, grondant de loin ceux de leurs enfants qui s'enhardissaient trop. Thomas mit pied à terre, suivi de Paula, pour donner l'accolade aux hommes. Les gestes des paysans étaient francs, chaleureux, naturels, et s'ils jetaient quelques regards curieux aux soldats restés à cheval, l'arbalète à la main, on n'y lisait néanmoins aucune crainte.

"Ils ne savent rien des deux drames advenus pourtant à moins d'une demi-lieue de chez eux... Sinon la vue des soldats et de tant d'étrangers qui m'accompagnent les inquiéterait... Ils doivent penser que je me suis arrêté les saluer en passant sur le chemin pour quelque affaire ne les concernant pas..."

Thomas se tourna vers Jean :

- Jean, lieutenant de la sénéchaussée de Bordeaux, présenta-t-il, Jean, ce solide gaillard est Arnaud, le maire du Pontet...

- Venez, Messires, laissez vos chevaux, il y a là suffisamment de petites canailles pour vous les garder, que diriez-vous d'un gobelet de notre clairet ?

Jean, bien obligé de constater l'évidente absence d'hostilité du village, descendit de cheval en faisant signe à Guilhem et à Tircelin d'en faire autant.

- Merci, mais mes hommes vont rester avec eux, dit-il avec froideur, plus pour asseoir son ascendant que par méfiance.

Les habitations occupaient le bas et le flanc nord d'une petite dépression. Face à eux, le versant exposé au sud était planté de vignes soigneusement taillées le long de hauts piquets. Pour Thomas qui y était le matin même encore, le contraste avec le hameau des paysans de

Montignac était terrible : une nombreuse volaille caquetait à leurs pieds, une chèvre trônait fièrement au sommet d'un tas de fumier derrière une maison, et dans un pré voisin des enfants chaudement vêtus surveillaient un petit troupeau de moutons. L'aisance, sinon la richesse des paysans du Pontet était manifeste : ici, chaque chaumière était accompagnée de son petit tas de bûches soigneusement empilées et possédait sur l'arrière un jardinet protégé de palissades ; on pouvait même deviner sous la neige les parterres de fleurs ou de plantes aromatiques décorant le devant des maisons.

Suivant Arnaud ils entrèrent dans la chaumière située au sommet de la butte. Le maire du Pontet jeta quelques branches dans l'âtre.

- Il est encore tôt pour allumer le feu, mais un gobelet de clairet chaud sera le bienvenu, pas vrai ?

Ils trouvèrent chacun un tabouret qu'ils tirèrent près du feu. Bien qu'il ait promis à Thomas de le laisser mener leur visite à sa guise, Jean, peu au fait des choses de la campagne, s'enquit naïvement de la raison de ce feu éteint par un si cruel hiver :

- Pourquoi laisser le feu s'éteindre, le bois ne manque pourtant pas par ici !

- C'est que la forêt appartient au roi, comme vous le savez sans doute... Et nous arrivons au bout des défrichements qui nous ont été permis... Il reste quelques mauvais arbres à couper, encore faut-il en demander l'autorisation, et payer les taxes... Mais nous ne nous plaignons pas, nous pouvons ramasser le bois mort sur deux cents arpents autour du village et si des hivers aussi rudes que celui-ci ne reviennent pas trop souvent, nous avons bien de quoi si nous savons nous montrer sages...

Thomas, se réchauffant les mains à son gobelet fumant, saisit l'occasion :

- Vous ne devez pas quitter le village souvent par ce fichu temps ?

- C'est sûr, nous n'allons à Bordeaux qu'à la belle saison vendre nos légumes et nos récoltes... Le reste du temps nous ne manquons de rien depuis que nous avons notre moulin... Je crois bien que personne n'a quitté le village depuis dimanche matin lorsque nos femmes et quelques hommes sont allés à la messe à Cayac !

Dimanche... Songea Thomas, deux jours avant la disparition des paysannes... On était samedi, aucune raison qu'ils soient au courant...

- Vous n'avez pas eu de visite cette semaine ?

- Nous sommes à l'écart du chemin des pèlerins et nous ne recherchons pas les visites… Sauf les vôtres, Messire Thomas, bien sûr !

Paula insista :

- Vous allez tout de même bien boire un godet à l'auberge à l'occasion !

- À l'occasion, oui, c'est-à-dire lorsque nous allons vendre un mouton ou du gibier à l'aubergiste ou lorsque nous passons devant en allant à Bordeaux… Mais pourquoi toutes ces questions, Messires ?

Jean Gauriac, que Thomas voyait s'agiter depuis leur arrivée au village, perdit brutalement patience :

- Cessez de nous amuser, paysan, tout s'est passé à moins d'une demi-lieue d'ici, tôt ou tard nous saurons ! Et ce jour-là vous pourriez bien vous balancer aux branches de ces si beaux chênes avec le reste de vos villageois !

Le maire du petit hameau se tourna vers Thomas, brusquement alarmé :

- Que se passe-t-il, qu'avons-nous fait ?

Avant que Thomas n'ait pu répondre, Gauriac prit un ton glacial :

- Vous allez l'apprendre. Appelez-les tous, je veux tout le village devant cette maison immédiatement, par ordre du roi !

Thomas eut un geste de découragement. *Le vrai visage de Gauriac n'aura pas tardé à apparaître… Pensa-t-il, il est en train de faire de ces gens nos ennemis… Ils vont maintenant avoir si peur que nous n'en tirerons plus rien…* Il esquissa un geste pour tenter d'atténuer les effets de la violence de l'officier, mais profitant de ce que Gauriac sortait appeler ses archers, Paula lui posa la main sur le bras :

- Laisse, Thomas. Le mal est fait… Ne nous querellons pas devant eux… Tu leur expliqueras plus tard… quand tu auras remis cet imbécile à sa place… *Chuchota-t-elle.*

Thomas se leva, se composant à l'attention du paysan un masque qui se voulait rassurant :

- Faites ce qu'il dit, Arnaud, ne craignez rien…

L'angoisse pesant dans sa démarche, Arnaud redescendit chercher ses compagnons. Thomas rejoignit Jean devant la maison. Les deux archers étaient déjà en position à ses côtés, un carreau engagé dans la rainure de leurs arbalètes.

- Modérez-vous, Jean, je ne crois pas qu'en venir si vite à la violence apporte grand-chose… De plus ils doivent être vingt fois plus nombreux que nous…

- Auriez-vous peur, Thomas ? Il faut de temps en temps rappeler à ces gens qui commande… Leur indépendance aurait tôt fait de leur monter à la tête !

- Bien sûr, bien sûr… Mais vous n'apprendrez rien d'eux de la sorte…

- Que m'importe de comprendre ! Mon devoir est de faire cesser ces meurtres ! Nous devons assurer la sauvegarde des pèlerins, riches ou pauvres ; et les gens des domaines alentour ont le droit de vivre en paix sans craindre on ne sait quelle diablerie ! S'il faut mettre le feu à ce village pour ça, nous le ferons, avec ou sans vous !

- Mais s'ils sont innocents… Risqua Paula.

- Innocents ! Regardez cette richesse, comment ont-ils bien pu l'obtenir en si peu d'années ?

Thomas se plaça face au lieutenant :

- Pour l'heure, je vous rappelle que le lieutenant général de la sénéchaussée a accepté de me laisser conduire l'enquête, tant qu'elle concerne ce village. Terrorisez ces pauvres gens si cela peut vous distraire, mais je vous avertis que je ne vous laisserai pas toucher un seul de leurs cheveux. Si le coupable est ici, nous l'arrêterons et il aura droit comme tout sujet de la commune à un procès à la cour de Saint-Eloi… Fit-il pour rappeler à Gauriac qu'il était assurément en dehors de sa juridiction et qu'il n'avait accepté sa présence que par courtoisie envers le sénéchal.

Les villageois arrivaient par petits groupes mi-inquiets mi-curieux. Ils finirent par être tous là, quelques pas en arrière de leur maire qui semblait avoir repris quelque peu d'assurance.

- Voilà, nous sommes tous là, pas un ne manque ! Dites-nous vite ce qui vous amène et partez, nous avons du travail, Messire, et nous ne sommes pas habitués à perdre notre temps…

- Voyez cela ! Sur quel ton me parle ce paysan !

- Je suis maître-laboureur et la prévôté a confirmé ma charge de représentant des habitants du Pontet. Si vous avez quelque chose à nous reprocher, dites-le sans détour, vous verrez bien que nous sommes d'honnêtes gens seulement préoccupés par leur labeur…

- Très bien… Je vous répète la question que je viens de poser à votre maire : lequel d'entre vous a-t-il quitté le village depuis dimanche ?

Les paysans se regardèrent les uns les autres toujours aussi désorientés.

Gauriac laissa durer le silence plus que nécessaire se tournant à demi vers Thomas comme pour dire "voyez, il n'y a rien à attendre de ces gens par la douceur".

Thomas comprit qu'il devait prendre les choses en main. Il n'avait que trop tardé.

- Des filles du domaine de Montignac ont disparu près de la taverne mardi soir. J'ai été chargé de l'enquête par maître Tullier votre prévôt à la demande du lieutenant général de la sénéchaussée. L'affaire est grave. Nous ne souhaitons pas vous alarmer, mais plus vite nous trouverons le coupable, plus nous éviterons à certains la bêtise de se retourner contre des innocents… Je pense que vous me comprenez ?

Arnaud fit un pas en avant :

- Je vous l'ai dit, Messire, personne n'a quitté le village depuis la messe !

- Nous ne t'avons pas interrogé, laboureur, laisse tes compagnons parler ! L'interrompit Jean.

Les paysans, qui connaissaient les jalousies qu'ils suscitaient dans le voisinage, prirent peu à peu conscience de la menace qui s'abattait sur eux. Le murmure s'enfla en un brouhaha de questions, de protestations :

- Pourquoi serait-ce nous ? – Elles se sont enfuies, voilà tout ! C'est la misère chez Montignac ! Tout le monde le sait ! – Pourquoi serions-nous sortis par ce temps ? – Qui a dit que nous étions pour quelque chose dans leur disparition ?

Thomas leva la main en un geste qui se voulait apaisant :

- Personne ne vous accuse, mentit-il, mais on a retrouvé leur mule près d'ici… Ce sont trois paysannes qui rentraient seules de l'auberge à la nuit qui ont disparu…

Des protestations jaillirent :

- Ce n'est pas un meurtre ! Les loups pullulent cet hiver, ils ont dû les traîner au fond de la forêt pour les dévorer tranquillement, on n'y peut rien !

- Laissez-moi finir… Certains, au domaine de Montignac d'où viennent les femmes parlent d'un loup-garou qui vivrait… Thomas ne se résolut pas à dire "au Pontet"… près de chez vous.

Le silence retomba d'un coup, si brutalement que Thomas en resta un moment interdit. Jean Gauriac en profita pour reprendre l'initiative:

- Ce n'est pas tout ! L'aubergiste et toute sa famille ont été tués à leur tour hier matin. Oserez-vous prétendre encore ne rien savoir, alors que huit personnes viennent de mourir à deux pas de chez vous ?

Un nouveau silence s'abattit sur le groupe de villageois. Restés indifférents à la disparition des femmes de Montignac, les paysans cette fois étaient consternés par l'annonce du massacre de la famille d'aubergistes. Ceux-là, ils les connaissaient, si bien même qu'ils les considéraient parfois comme faisant partie de leur communauté, la plus proche de l'auberge, même si leur situation sur le chemin de Compostelle les plaçait en dehors du domaine confié à Thomas. Thomas vit çà et là des femmes éclater en sanglots silencieux, tandis que les visages des hommes se crispaient, luttant contre l'émotion.

- Stupidité ! cria une voix dans la foule, tout le monde sait que nous fournissons presque tout ce que l'on peut manger ou boire à l'auberge ! Pourquoi les aurions-nous tués ?

Thomas se reprit :

- Personne ne dit que vous les avez tués… Les corps des paysannes de Montignac n'ont pas encore été retrouvés, mais j'ai vu ceux de l'auberge… Si c'est un loup qui les a tués, il doit être énorme… Personne du village n'a vu une telle bête ? Personne n'a été attaqué ?

Comme un silence angoissé était retombé, Thomas comprit que plus rien ne pourrait les décider à parler, du moins en la présence menaçante du lieutenant et de ses archers.

* * *

Thomas réussit finalement à convaincre Jean de l'inutilité de ses efforts. Un peu avant de partir, il put s'isoler un instant avec Arnaud :

- Je n'approuve pas le lieutenant… Lui avait-il dit, il est de ces gens sans finesse qui ne savent résoudre leurs problèmes que dans la contrainte et la violence… Je ferai mon possible pour vous en protéger… Mais pour cela il ne faut rien me cacher… Il est du parti de Montignac… S'il découvre un prétexte pour vous nuire, soyez sûr qu'il le fera.

- Nous savons que Montignac dresse ses gens contre nous... Qu'y pouvons-nous ?

- Mais pourquoi ? Que vous reproche-t-il ? Il convoite vos terres ? Il ne peut exploiter vos forêts, elles appartiennent au roi et je doute qu'il les obtienne de Louis XI aussi facilement que Charles VII ne lui a permis d'agrandir son domaine !

- Depuis quelque temps, notre village semble le déranger... Nous ne savons pourquoi...

- Je dois retourner à Bordeaux. Nous avons pris pour l'instant possession de l'auberge. Je repasserai vous voir demain à mon retour... En attendant, réfléchissez bien, vous avez sûrement remarqué quelque chose qui peut nous aider... Et prenez garde à vous... Ne quittez pas le village sans impérieuse raison...

Gauriac approchait, ils se séparèrent à la hâte, renonçant tacitement à leurs habituelles effusions amicales. Apparemment, Arnaud faisait toujours confiance à Thomas. Ce soir, à la veillée, il bataillerait sans doute pour convaincre le reste du village d'en faire autant. S'il n'y parvenait pas, si les paysans effrayés se repliaient sur eux-mêmes, choisissant de rejeter Thomas en même temps que Jean Gauriac, ils seraient alors seuls : face à Gauriac, à Montignac et à son ami le moine de Sainte-Croix, à tous les villageois envieux du voisinage, seuls face aux loups.

* * *

Thomas ne décolérait pas. Sitôt qu'ils furent éloignés du village, il avait poussé son cheval pour rattraper Gauriac qui chevauchait loin en tête avec Tircelin, sans doute pour éviter l'orage qu'il sentait couver.

- Peut-on savoir quel résultat vous pensiez obtenir en violentant ainsi ces paysans ?

- Ce sont des manants, Thomas, je les connais : ils sont tous semblables, ce langage est le seul qu'ils comprennent. Quelques coups de fouet, un ou deux pendus s'ils renâclent encore, et ils plient, ils plient toujours lorsque le maître montre les dents... Dieu les a faits pour obéir, s'ils l'oublient il suffit de bien peu pour le leur rappeler...

- Je vous en prie, Jean, ne mêlez pas Dieu à des spéculations qui semblent surtout apaiser bien aisément votre conscience !

- Regardez où nous ont conduits vos largesses et celles de votre oncle à leur égard : une sorcière, des meurtres, une insolence incroyable tout à l'heure, ce village est resté trop longtemps livré à lui-même, il est grand temps de les rappeler à leur devoir…

- Nos prétendues largesses ne sont responsables que de la jalousie et de l'envie de plus pauvres et plus malheureux qu'eux… Ils n'ont pour Maître Tullier que respect et obéissance, car ils savent que lui-même les respecte. En fait de largesses, nous ne faisons que leur laisser de quoi vivre décemment et ne nous en portons pas plus mal pour autant, car ils obtiennent de leurs terres le meilleur rendement de la région…

Gauriac ricana ironiquement :

- Traitez-les en égaux, bientôt ils s'inviteront à votre table !

- Puisque vous parlez si doctement de leur nature, je crois, moi au contraire, qu'elle est de ne pas chercher sans cesse à maintenir leurs semblables en servage ni de vouloir s'approprier le bien d'autrui. Ils ne restent ce qu'ils sont, non par prédisposition à l'obéissance, mais par dégoût des pathétiques efforts développés autour d'eux par certains pour obtenir toujours plus de pouvoir. Leur servitude, ils ne risquent pas de l'oublier, des gens comme vous se chargent bien assez souvent de la leur rappeler ! Mais s'ils restent ce qu'ils sont, c'est peut-être parce qu'ils n'ont pas la naïveté de croire qu'ils y échapperont en s'élevant. Leur situation ne leur demande ni courbette, ni flatterie, ni bassesse dans les couloirs du château de l'Ombrière pour obtenir les faveurs de tel ou tel puissant : leur travail suffit à satisfaire leur maître.

- Ils sont donc parfaitement heureux à leur place ! N'est-ce pas ce que je vous disais ? fit Gauriac semblant ne pas percevoir l'attaque personnelle, et il est de notre devoir de les y maintenir ! continua-t-il.

- Peut-être, mais avez-vous besoin de les accabler de votre mépris ? Ne voyez-vous pas que ce sont eux qui nous permettent de vivre si confortablement ? Eux et non pas celui qui nous redistribue des miettes de la fortune qu'il tire de leur labeur. Voulez-vous savoir, Messire Gauriac, ce qui m'étonne le plus chez ces pauvres gens ? C'est de les voir courber l'échine devant des gens comme vous ! Il faut que leur dégoût du combat pour le pouvoir soit bien grand pour qu'ils y consentent ! Mais ne vous y trompez pas, il n'y a nulle lâcheté dans leur apparente docilité, c'est seulement que le poids de votre poing sur leur épaule ne leur est pas encore intolérable… Lorsqu'il le sera devenu, et cela viendra, car s'il est une nature humaine que j'observe à chaque instant c'est bien l'aveuglement qui conduit les gens comme vous à asservir toujours plus durement leurs sujets, oui, lorsque votre cynisme et votre mépris leur resteront en travers de la gorge, leurs dos se redresseront et ils vous renverseront d'autant plus facilement que vous avez pesé lourdement sur eux. Ils vous écraseront, s'essuieront les pieds sur vos visages, et retourneront paisiblement au travail, justice faite, sans même tenter d'occuper votre pitoyable charge…

- Cessez de m'irriter les oreilles en prenant la défense de ces bandits ! Savez-vous pour quelle raison je vous ai accompagné aujourd'hui ? Parce que je ne voulais pas croire Montignac lorsqu'il nous racontait à quel point ces gens s'étaient enrichis depuis leur installation au Pontet. Maintenant je l'ai vu. Enfin, Thomas, regardez la vérité en face ! En dix années les voilà déjà avec troupeau, pressoir et moulin !

- Une mauvaise meule qui leur use les dents tant elle laisse de sable dans leur pain !

- Ces gens ne peuvent être que des coupe-jarrets, continua Gauriac, qui profitent de leur isolement au bord de la route de Saint-Jacques, pour assassiner la nuit les voyageurs isolés, voilà comment ils ont obtenu leur richesse !

- Avez-vous rencontré Montignac depuis les meurtres ?

- Le lieutenant général m'a fait chercher pour me mettre au courant de l'affaire lorsque Messire Montignac est venu le trouver… Par chance, j'étais justement au palais de l'Ombrière à ce moment pour une autre affaire… Mais cessez donc de voir des conspirations partout ! On m'a confié la mission de faire retrouver sa sécurité à cette partie du chemin, je n'ai pas d'autre but.

- L'idée que les gens du Pontet soient innocents et puissent au contraire nous être utiles ne vous a pas effleurée ?

Gauriac secoua la tête théâtralement, comme découragé.

- Je ne comprends pas votre attachement à cette racaille… À propos, votre oncle a-t-il beaucoup d'intérêt pour ce village ?

- Croyez-vous qu'il ait besoin des bien minces rapports de son commerce avec ces gens pour subsister ! Mais vous, Jean, votre père a-t-il beaucoup d'amitié pour messire Montignac ?

- Oh, oh ! Voilà qui place notre affaire sur un autre terrain, Messire

Russ ! Je crois que le moment est venu pour moi de vous conseiller de me laisser régler cette affaire seul, à ma façon... Pourquoi ne retourneriez-vous pas surveiller les cargaisons de votre oncle, c'est une tâche dans laquelle vous excellez, dit-on...

Thomas ne releva pas l'insulte à peine voilée ; un duel n'arrangerait pas les affaires des paysans du Pontet. Plus tard peut-être, pensa-t-il.

- Écoutez, Jean, cela fait dix ans que je les connais, c'est moi qui les ai installés ici...

- La belle idée !

Thomas força la voix.

- Je les ai installés ici, répéta-t-il, puis je suis passé les voir année après année, j'ai vécu avec eux leur angoisse lors de leur arrivée, je les ai vus travailler, douter les années difficiles, travailler encore, j'ai vu le village s'épanouir les années fastes... Je ne peux pas croire ce que vous dites d'eux. Je ne les abandonnerai pas. Quant à cette enquête, il m'avait semblé comprendre que c'était à moi qu'elle avait été confiée... Il y a certains éléments que je voudrais vérifier à Bordeaux, j'en profiterai pour demander au lieutenant général ce qu'il en est exactement. Paul m'accompagnera, nous serons de retour demain soir. Ne profitez pas de mon absence pour importuner les paysans du Pontet. Souvenez-vous qu'ils sont sujets du roi, sur un domaine qui lui appartient et qui m'a été confié pour que je le fasse fructifier...

Il ralentit l'allure de son cheval. Paula arriva à sa hauteur. Les branches perdaient leurs derniers paquets de neige à leur passage, quelques flocons finissaient de fondre dans les courtes boucles rousses de son amie. Il soupira.

- Nous retournons à Bordeaux. Peut-être y trouverons-nous meilleure compagnie. Allons-y !

Ils partirent au galop, heureux d'évacuer par la griserie de la vitesse la tension des dernières heures. Ils firent ainsi la course sur le chemin enneigé jusqu'à l'hospitalet de Cayac.

Le chemin passait entre la petite église Sainte-Marie, vieille de deux siècles, et les bâtiments des moines. Ils mirent pied à terre.

Par une petite porte dans un mur entourant le jardinet, ils virent un religieux vêtu de sa longue chasuble blanche d'hospitalier occupé à tailler des arbres fruitiers. Un peu plus loin d'autres moines entretenaient les allées.

De l'autre côté du chemin, une porte s'ouvrit dans le bâtiment jouxtant la petite église et un moine entre deux âges, d'allure énergique, s'approcha d'eux.

- Soyez les bienvenus, Thomas, et vous aussi, qui que vous soyez.

Thomas fit un geste vers Paula, adressant mentalement une courte prière en pénitence de son demi-mensonge.

- Mon assistant, Paul. Content de vous revoir, Père Francis.

Ils traversèrent le minuscule cimetière qui séparait l'église de l'hôpital. Derrière le religieux glissant silencieusement dans ses sandales, leurs bottes sonnèrent incongrûment dans le couloir. Aux murs brûlaient des torches qui répandaient une fraîche odeur de pin. Sur les côtés s'ouvraient trois portes.

- Notre hôpital, expliqua le religieux à l'attention de Paula, avant la guerre les hospitaliers pouvaient accueillir huit malades : quatre dans la grande salle, et quatre autres dans deux chambres de deux personnes.

Une toux interminable suivie de borborygmes prononcés d'une voix caverneuse résonna dans l'une des pièces comme venue d'outre-tombe, et les stoppa net.

- Rassurez-vous, j'ai bon espoir de le remettre sur le chemin d'ici quelques semaines, bien que je n'y croyais guère quand il nous est arrivé ! Un peu de chaleur, ces torches de résine pour purifier l'air comme le préconise le grand Arnaud de Villeneuve, et les tisanes de plantes séchées que le Seigneur a la bonté de faire pousser dans notre herbarium, commencent à faire leur effet : il délire encore lorsque la toux déchire sa poitrine, mais la fièvre tombe ; peut-être pourra-t-il continuer sa route et rejoindre ses compagnons à Compostelle…

Il s'approcha du malade, lui prit le pouls, posa la main sur le front brûlant de fièvre.

- Il fait un temps bien rude pour arpenter les chemins, dit-il en humectant les lèvres de l'homme encore à demi-inconscient, je me demande parfois quel péché oblige à une si cruelle pénitence… Venez, laissons Dieu et une bonne nuit dans un lit confortable se charger du reste…

Ils regagnèrent, de l'autre côté du chemin, les bâtiments occupés par les moines. Un long couloir s'ouvrait sur ce qui devait être le réfectoire des hospitaliers. Ils prirent place à une des tables.

- Depuis la fin de la guerre, les pèlerins recommencent à passer, et même si beaucoup de voyageurs s'arrêtent à l'hôpital saint James de Bordeaux, il est bien rare que nous n'ayons pas quelque mal en point dans nos murs… Mais tu reviens du Pontet, Thomas, et je te vois soucieux, ils n'ont pas d'ennuis au moins ?

- Hélas ! Je le crains, mon père…

Bien que l'hôpital fût administré conjointement par la Jurade et l'évêché de Bordeaux, le supérieur avait su rester en dehors des querelles politiques qui secouaient la ville depuis le départ des Anglais. Son amitié pour Thomas devait d'ailleurs sans doute beaucoup à ce qu'ils partageaient la même aversion pour les intrigues.

- Je sais que je peux vous parler sans crainte, mon père, mais nos amis du Pontet sont entraînés dans une tourmente qui me force à pratiquer un terrain que nous n'aimons guère l'un et l'autre…

- Approche – toi Thomas, je deviens un peu sourd et je dois laisser cette porte ouverte pour surveiller mon malade… Vous aussi, mon fils, ou devrais-je dire, ma fille ?

Un éclair de panique traversa le regard de Paula, pourtant réfugiée dans l'ombre d'un pilier.

- N'ayez crainte, votre "déguisement" est parfait, il se trouve simplement que le père Antoine, votre confesseur de Saint Eloi est un de mes plus chers amis, dit-il avec un bon sourire, et il n'a commis cette petite indiscrétion que parce qu'il sait mon affection pour Thomas… Vous pourrez lui en faire le reproche à votre prochaine confession, mais gardez-lui votre confiance, il la mérite… Si je le trahis à mon tour ce n'est que pour préserver entre nous une limpidité que le mensonge brouille toujours, dit-il avec un regard sévère à l'encontre de Thomas. Pardonnez-moi, le confesseur n'a pu s'empêcher de transparaître ! Mais allez-y, je devine hélas, que ce que vous avez à me dire est plus important que mes sermons de vieux radoteur.

Leurs têtes rapprochées comme celles de trois comploteurs, Thomas raconta. Quand il eut fini, l'hospitalier se rejeta en arrière sur sa chaise et resta un long moment silencieux, le regard perdu, fixé loin au-delà du grand christ de bois qui veillait sur eux au mur du réfectoire. Sans doute priait-il pour l'âme des malheureuses victimes, peut-être aussi cherchait-il un secours, partagé entre son rejet des intrigues et l'aide dont avaient besoin les paysans du Pontet.

- Ce que tu me racontes est bien triste… Finit-il par dire. Je vais envoyer tout de suite quatre ou cinq frères chercher cette malheureuse famille d'aubergiste… Quelle folie ! S'emporta-t-il, pourquoi s'en prendre à eux ! Ils avaient toujours un coin de grange et une soupe à offrir aux pèlerins démunis ! Et comment imaginer qu'un loup-garou, ou une quelconque créature démoniaque se soit installé au Pontet ? Ils sont tous là chaque dimanche, dimanche dernier encore nous avons célébré un mariage ! Enfin, Thomas, tu les connais, tu le sais, toi, que ce n'est pas possible ! Il retomba dans un long silence. La présence de cet abbé de Sainte-Croix chez messire Montignac m'inquiète… Tu as raison, Thomas, c'est une bien vilaine affaire…

Paula crut que l'hospitalier ne désirait pas prendre parti.

- Nous ne cherchons pas à vous entraîner contre votre gré dans cette horreur… Mais c'est vous qui les connaissez le mieux, vous l'avez dit : rejetés par la paroisse c'est ici qu'ils assistent aux offices, qu'ils se marient, qu'ils se confessent sans doute, vous savez bien quelque chose qui nous permettra de les aider ! Il faut au plus vite les innocenter, tout à l'heure, j'ai cru que Gauriac allait ordonner à ses archers de tirer sur eux…

- Ton amie n'y va pas par quatre chemins ; il rugit de nouveau : comment pouvez-vous croire que je vais rester là, à ne rien faire ? Alors selon vous je vais laisser ce Montignac les massacrer et vous avec ? Demain, nous enterrerons ces pauvres aubergistes, à la messe ensuite je parlerai aux gens du Pontet, je saurai s'ils me cachent quelque chose… Mais que puis-je faire d'autre ?

- Savez-vous… Commença Thomas en hésitant, nous retournons à Bordeaux, je dois faire museler ce Gauriac, mais je n'entends rien aux subtilités des couloirs de l'Ombrière, savez-vous pourquoi l'administrateur de Sainte-Croix semble si acharné à soutenir Montignac contre les paysans du Pontet ? Pourquoi se fréquentent-ils ?

Le père Francis secoua la tête.

- Peut-être devrais-je également me tenir un peu plus au fait. Demain, après la messe j'irai moi aussi à Bordeaux, fit-il dans un profond soupir, arrêtez-vous à votre retour, nous verrons bien ce que nous pourrons faire…

* * *

Cayac était à peine à deux lieues de Bordeaux. La journée avait été longue, ils profitèrent de ce court instant de répit pour savourer la beauté et le calme de la fin de cette belle journée d'hiver. Gardant leurs montures au pas, ils reprirent en silence le chemin encore couvert de neige, traversant les palus qui marquaient l'approche de la ville. L'un comme l'autre, bercé par le pas nonchalant des chevaux, était plongé dans une profonde rêverie. Paula rompit le silence la première :

- Crois-tu que le lieutenant général soit mêlé à quelque manigance avec Montignac ?

- Je crois plutôt que son souci est de maintenir le calme… Le roi cherche à retrouver la confiance de tous. Son désir est la prospérité de Bordeaux et les devises que le commerce peut apporter au royaume. Charles VII avait placé des partisans à la tête de l'évêché et de la ville. Ils sont encore nombreux et puissants, et la volonté de Louis de prendre sa revanche sur les partisans de son père a dû plus que jamais les réunir, même s'ils doivent se faire moins arrogants…

- Pourquoi te mettre Gauriac dans les jambes alors ?

- Pour apaiser à bon compte Montignac ou son ami de Sainte-Croix, peut-être… Ou quelque autre…

- L'Ombrière n'acceptera donc pas de retirer Gauriac du jeu pour de si maigres griefs…

- Mon oncle va devoir hâter la fin de sa convalescence. Même s'il ne se mêle pas plus que moi de politique, le Pontet court aujourd'hui un grand danger.

- Tu avais déjà décidé de rentrer à Bordeaux avant les incidents au village, n'est-ce pas?

- Je dois parler à mon oncle. Il y a trop de choses que je ne comprends pas dans cette affaire…

- Elle me semble pourtant simple : Montignac veut agrandir son domaine, il convoite les bois de l'autre côté du chemin, autour du Pontet, s'il parvient à faire fuir les paysans ou à fomenter un massacre il ne lui restera plus qu'à te "convaincre" de lui céder ton fermage…

- Impossible ! Le gouverneur ne m'a confié qu'une toute petite partie de la forêt… À peine quelques arpents autour des terres en culture. Le reste est administré par la Jurade mais appartient au roi. S'il tient tant à exploiter la forêt autour du Pontet il lui faudra en demander les droits au gouverneur et le massacre du village ne l'avancera pas…

- Alors, que veut-il ?

- Je ne sais… Peut-être ne cherche-t-il qu'à satisfaire le fanatisme religieux du frère Étienne. Il était effrayant hier soir… et tellement pressé de lancer sa grande chasse au loup-garou…

- À t'entendre, le Grand Inquisiteur est descendu à Sainte-Croix !

- Ne plaisante pas. Je tremble à l'idée de te savoir entre leurs mains s'ils découvrent…

- Que je suis une fille ? Elle le dévisagea un moment d'un air railleur, messire Thomas s'inquiète pour son petit assistant Paul ?

- Ne te moque pas, te dis-je, tu cours un bien grand danger ; quand cette affaire sera finie, il faut que tu redeviennes ce que tu es vraiment.

- Et que deviendrai-je ?

- Mon oncle t'aidera…

- Je ne pourrai plus t'accompagner… Tu m'imagines avec une longue robe et ce ridicule chapeau que les femmes portent à grand-peine dans les couloirs du palais de l'Ombrière ? C'est cette vie qui me plaît, sur les chemins… à tes côtés, ajouta-t-elle plus doucement.

Thomas resta silencieux, soucieux, mais aussi rendu songeur par la dernière phrase de Paula. Se pouvait-il que… ? Lorsqu'ils étaient sur le bateau les ramenant de Flandre, contraint de vivre plusieurs jours dans la minuscule cabine où il la cachait, il n'avait pas même songé à profiter de sa détresse. Par la suite, sous ses habits de garçon, avec ses goûts peu féminins pour l'aventure, il avait fini par ne plus voir en elle que Paul, son assistant. Un assistant, il est vrai, sur lequel il veillait avec la tendresse et l'affection qu'il aurait pu avoir pour un plus jeune frère.

Paula avait retenu sa monture, comme pour marquer ses distances par rapport aux suggestions de Thomas ou vouloir lui laisser le loisir de réfléchir. Agacé, il se contraignit à continuer sans se retourner. Le moment était mal choisi pour réfléchir à tout cela. Paula dut en venir à la même conclusion, car elle le rejoignit alors que les murailles de la ville apparaissaient devant eux.

- Je devrais retourner là-bas, dit-elle, tant pis s'il me faut encore affronter Gauriac. Je crains qu'il ne mette à profit notre absence pour tenter quelque chose contre le Pontet…

- Tu ne dois plus rester seule avec eux. Il fit un geste en direction des pierres des remparts éclairées d'orange pâle par la lumière du couchant.

- D'ailleurs il est trop tard, la nuit sera là dans peu de temps.

* * *

85

- 6 -

La soirée était bien avancée. Aymon Tullier avait écouté sans mot dire Paula et Thomas raconter une fois encore les événements. Quand ils eurent terminé, quand la relation calme et chronologique des deux derniers jours eut cédé la place à un flot plus confus de questions, d'indignation, de craintes aussi, le vieux marchand esquissa un geste d'apaisement.

- Je vois bien que vous vous sentez un peu seuls face à Montignac et à ses alliés, mais que me suggérez-vous ? De vous adjoindre une escorte qui finira tôt ou tard par en venir aux mains avec les deux guerriers de Gauriac ? Il secoua la tête.

- Non, il n'osera pas s'en prendre à vous. Il s'attaquera au Pontet peut-être, en utilisant la folie des villageois d'alentour... Vous n'êtes pas si seuls, vous avez tout le Pontet avec vous...

- Mais s'ils sont coupables ?

- Vous venez de passer la soirée à me parler de leur innocence ! Faites un peu plus confiance à vos sens : quel est votre sentiment ? Y a-t-il oui ou non un loup-garou au Pontet ? Bien sûr que non, répondit-il à leur place. Et Montignac, tu étais avec lui hier soir, que penses-tu de lui, Thomas ?

- Il m'a semblé... Il m'a semblé surtout vouloir la perte du Pontet.

- Ça, je l'ai compris. Mais coupable ? Innocent ? Le loup-garou, c'est lui ?

- Impossible, il est encore vaillant, mais pas au point de massacrer une famille !

Le marchand leva les yeux au ciel tandis que Paula esquissait un sourire devant la candeur de Thomas.

- Je m'en doute, il doit avoir plus de soixante-quinze ans ! Je te demande si tu le crois derrière ces meurtres...

- J'ai eu l'impression qu'il cachait quelque chose... Ses paysans aussi d'ailleurs. L'un d'eux s'est embrouillé comme s'il allait m'en dire

87

trop.

- Voilà ! Tu as répondu toi-même à tes questions : il y a d'un côté tes braves gens du Pontet que tu crois innocents, et de l'autre Montignac qui cherche un peu trop à en faire des coupables et ne te dit pas tout ce qu'il sait…

Tandis que ses deux enquêteurs digéraient la démonstration, Aymon Tullier arpentait son bureau, se parlant à lui-même :

- Je croyais bien le vieux Montignac retiré de tout… On a beaucoup parlé de lui, mais il y a si longtemps… Jeune, il était une sorte d'alchimiste, en tout cas il faisait le désespoir de son père, qu'il a bien failli ruiner par ses expériences…

Thomas l'interrompit dans ses souvenirs :

- Quelle sorte d'expériences ?

- Je ne sais… Il partait en voyage pendant des mois, laissant son épouse et ses enfants seuls, se souciant à peine de son commerce, même après que son père soit décédé… Il a évité la proscription on ne sait comment, il avait pourtant été de ceux qui ont œuvré pour le retour de Talbot[19]…

Thomas rendu irritable par la fatigue l'interrompit :

- Pardonnez-moi, mon oncle, mais tout cela ne me dit pas comment empêcher Gauriac de s'en prendre à vos paysans… Ne peut-on demander au lieutenant général du roi de le rappeler ?

- Il ne peut pas le faire et il ne le fera pas… Devant les mines découragées de ses deux interlocuteurs, il continua avec un ton résigné : tout au plus obtiendrai-je que Gauriac limite pour un temps son action à la garde de cette partie du chemin… J'irai demain à la grand-messe de Saint-André, peut-être m'accordera-t-il un moment à la sortie, fit-il modestement, sachant pertinemment que le premier représentant du roi en Aquitaine était toujours prêt à écouter un des plus importants marchands de la ville. Allons, il semble que je doive hâter la fin de ma convalescence !

- Merci, mon oncle, si nous pouvions gagner une ou deux semaines

---

19   De juin 1451 à octobre 1452 Bordeaux était passée sous la domination des Français. Appelé par les Bordelais, Talbot reprit la ville en octobre 1452. Bordeaux resta de nouveau anglaise jusqu'en octobre 1453, date à laquelle elle redevint française peu après la bataille de Castillon qui mit fin à la guerre de cent ans.

de tranquillité…

- Je doute que Montignac en reste là si longtemps… Il vous faut faire vite. Paul, ne peut-on savoir ce qui a fait fuir vos pèlerins ? Les traces qui quittent le groupe à l'embranchement de Canéjan étaient peut-être après tout celles d'honnêtes habitants d'un village des environs que vous pourriez essayer de retrouver.

Paula fit une moue abattue :

- Il faudrait visiter chaque village, gagner la confiance de paysans peu enclins à se livrer aux étrangers, je crains que nous n'ayons pas le temps… Non, je ferais mieux de retourner à Belin, peut-être l'un d'entre eux a-t-il parlé avant de continuer son chemin… Qu'en penses-tu, Thomas ?

- Il est vrai que nous avons bien peu d'autres pistes… Tant que les manants de Montignac nous cachent ce qu'ils savent… À ce propos, le mari d'une des femmes disparues a parlé d'une Johanna qui aurait vu le loup-garou, elle n'est plus au village a-t-il dit. Si nous pouvions la retrouver… Peut-être quelqu'un les connaît-il, dans les auberges autour du marché… Nous nous y rendrons demain… Ensuite, nous déciderons s'il faut retourner à Belin…

- Ne retournez pas à l'auberge du Pontet. Quand vous en aurez fini à Bordeaux, allez directement au village et restez-y. Vous retrouverez leur confiance et votre présence fera hésiter Gauriac à commettre quelque folie.

- Il sera furieux, et son compère Montignac encore plus…

- Ignorez-les quelque temps… Les habitants de Camparian m'inquiètent plus qu'eux. Il serait peut-être sage de préparer les villageois du Pontet à se défendre… Bon, Thomas, je vois ton assistant qui s'endort sur sa chaise, allez vous coucher mes enfants, profitez de vos chambres, la grange que vous occuperez demain au Pontet sera sans doute moins confortable…

* * *

Les bruits de la ville réveillèrent Paula peu après l'aube. Les cloches des nombreuses églises de Bordeaux rappelaient les unes après les autres aux paroissiens que c'était dimanche, jour de grand-messe. Dans la rue

89

un groupe de cavaliers passa, se rendant sans doute au palais de l'Ombrière tout proche…

Encore lovée sous ses couvertures, Paula, à mesure que ses pensées s'ordonnaient, sentait grandir en elle une angoisse confuse. Elle fit soudainement le lien entre les bruits qui l'avaient réveillée et son malaise. La messe, les cavaliers : le Pontet était en danger ! Ce matin, comme chaque dimanche, les paysans allaient déserter le village pour se rendre à la messe de la petite église des hospitaliers de Cayac. Gauriac resté seul là-bas ne pouvait pas manquer l'occasion de tenter quelque chose. Thomas avait à faire à Bordeaux, et le temps leur était compté. Par ailleurs, il ne la laisserait pas retourner au village sans lui. En un instant elle prit sa décision, Thomas serait furieux, mais on verrait cela plus tard ; Gauriac n'oserait pas s'en prendre à elle, par sa présence au Pontet elle l'empêcherait d'agir. Elle se vêtit rapidement et dévala les marches. Sur le seuil, l'odeur de pain frais la fit hésiter à faire un détour par les cuisines. Elle jeta un regard en l'air, vers la fenêtre de Thomas. Le lourd contrevent en était encore fermé. Ne voulant pas prendre le risque de le rencontrer, elle se précipita silencieusement vers les écuries et secoua un palefrenier encore endormi dans un tas de paille :

- Tu diras à Messire Russ que je vais au Pontet pour assister avec ses paysans à la messe de Cayac. Je suis curieuse de leurs réactions au prêche que le père Francis ne va pas manquer de leur offrir. Je l'attendrai au Pontet. S'il ne peut y être ce soir, qu'il m'envoie un messager. Tu as bien compris ?

Le jeune garçon l'aida à seller son cheval en baillant, la tignasse encore piquetée de brins de paille, jetant à la dérobée des regards envieux sur ce jeune messire, à peine plus âgé que lui peut-être, enveloppé dans une chaude cape doublée de fourrure, et chaussé de longues et confortables bottes.

- Qu'as-tu à me regarder ainsi ? dit-elle, craignant toujours de voir son déguisement d'homme deviné.

Ce qu'il voulait lui dire, c'était son envie de courir comme lui les chemins, une épée au côté, de galoper au petit matin à travers les champs couverts de neige… Il se tut, il est des choses que l'on garde pour soi lorsqu'on est palefrenier…

- Rien, Messire Paul, dit-il enfin, il a fait grand froid cette nuit, prenez bien garde à la glace…

- Tu es nouveau ici, comment t'appelles-tu ?

- Bertrand, Messire.

- Merci du conseil, Bertrand. Et n'oublie pas mon message ! dit-elle en se baissant sur l'encolure pour franchir le seuil.

Sitôt dans la rue, elle se hâta vers la porte Saint Julien d'où le chemin de Compostelle quittait Bordeaux.

Quand elle fut sortie de la ville, le soleil finissait de se lever derrière les coteaux descendant vers le fleuve sur la rive droite. Le froid était vif, et le ciel dégagé annonçait une aussi belle journée que la précédente. Elle finit de déchirer à belles dents la boule de pain qu'elle avait achetée à un étal de la rue Sainte-Catherine, et accéléra l'allure. La messe ne tarderait pas à sonner à Cayac, au Pontet les paysans devaient déjà se préparer à se mettre en chemin.

Malgré les glissades périlleuses de son cheval, elle fit le chemin en un temps record, et traversa Cayac alors que l'office venait tout juste de commencer. Le message laissé à Thomas n'était bien sûr destiné qu'à le rassurer pour qu'il n'abandonne pas ce qu'il devait faire à Bordeaux, et elle continua sans ralentir l'allure vers le Pontet. Quand elle fit irruption dans le village, tout était silencieux. Comme elle s'y attendait, tout le monde semblait être parti pour la messe. Elle s'arrêta au beau milieu de l'espace qui tenait lieu de place, indécise. Son cheval fumant renâclait bruyamment. Elle chercha du regard une grange où elle pourrait le bouchonner et le protéger du froid glacial. Elle perçut du coin de l'œil un mouvement furtif dans une chaumière. Elle mit pied à terre et se dirigea tranquillement vers l'étable qu'elle avait enfin repérée.

La présence qu'elle avait entrevue ne semblait pas décidée à se manifester. S'étant rapidement occupée de son cheval, elle sortit par une petite porte pour retourner sans bruit vers la chaumière où il lui avait semblé voir bouger. Quand elle poussa la porte, une jeune fille, recroquevillée dans un angle de l'unique pièce, poussa un hurlement de terreur.

- Vas-tu te taire à la fin ? Ne me reconnais-tu donc pas ? Je suis l'ami de Thomas, j'étais avec lui hier, je ne te veux aucun mal !

La fille semblait ne pas vouloir entendre raison. Elle fixait Paula d'un regard terrifié, la suppliant de partir, de l'épargner, elle le jurait, elle ne dirait rien à personne, elle ne raconterait pas ce qu'elle avait vu. Ses cris et ses appels à l'aide déchiraient les oreilles de Paula qui ne savait comment la faire taire, qui ne comprenait pas ce qu'elle pouvait avoir de si effrayant.

- Es-tu sourde ? Je te dis que je suis venu pour vous aider… Tu n'as rien à craindre…

Comme pour la faire mentir, des chevaux pénétrèrent dans le village au grand galop. Tandis qu'elle se précipitait sur la fille pour étouffer ses cris, et tout en se berçant de l'illusion d'une arrivée précipitée de Thomas, Paula savait déjà qu'elle avait vu juste : Gauriac n'avait pu résister à une si belle occasion.

Traînant la fille tout en la bâillonnant d'une main, elle s'approcha d'une fenêtre. Entrebâillant prudemment le cadre tendu de peau huilée, elle en vit assez pour détruire ses derniers espoirs.

- Cette fois, si tu ne te tais pas, nous risquons vraiment des ennuis… Les méchants ce sont eux, tu peux me croire… Chuchota-t-elle contre l'oreille de la fille qui se calma soudain.

- Tu m'as compris cette fois ?

Paula put observer plus tranquillement les agissements des intrus. Les trois montures tournoyèrent un instant sous le chêne vénérable au centre du village, laissant à Paula le temps de voir leurs cavaliers, masqués et vêtus de longues capes noires. Il lui sembla pourtant que ni Gauriac, ni ses hommes ne figuraient parmi eux.

- Tu les connais ? Souffla-t-elle à la fille, qu'elle tenait toujours fermement.

Elle secoua négativement la tête.

- Ils entrent chez la Fréchou… Dit la fille, retrouvant la parole.

Deux des cavaliers étaient descendus de leurs montures et poussaient du pied la porte d'une masure à l'extrémité du village. Ils disparurent à l'intérieur tandis que le dernier, resté à cheval, continuait à virevolter, surveillant les alentours.

Non loin, dans la forêt, un enfant s'extirpa prudemment de l'abri de branchages où il s'était tapi jusque-là. Rampant silencieusement, il se laissa glisser au fond d'un fossé gelé où il put se relever. Courbé pour rester caché des regards, il s'éloigna rapidement sur la glace épaisse…

Dans la chaumière, Paula et sa captive observaient toujours le visiteur resté en selle.

- Elle est là, la Fréchou ?

- Non, non, à la messe, avec les autres, souffla la fille.

Aux craquements et autres bris de poterie, on imaginait aisément l'état dans lequel la pauvre femme retrouverait son logis.

- Pourquoi s'en prennent-ils à elle ? C'est qui la Fréchou ?

- Quand elle était jeune, elle travaillait chez un Anglais, à Bordeaux, un pharmacien ou un médecin, je crois, qui lui a appris les plantes et un peu de médecine… Quand il est parti, elle a été obligée de se vendre pour survivre, la pauvre, avant de venir avec nous… Je crois qu'elle est un peu cousine d'Arnaud, notre maire, à moins qu'il ne l'ait " rencontrée " un jour de marché…

- C'est donc elle, la sorcière dont parlait le bûcheron de Montignac… Elle fournit des remèdes aux femmes des environs, c'est bien ça ?

Elle entraîna sa compagne contre le mur, le cavalier redescendait vers leur cachette. Arrivé à la porte derrière laquelle elles se dissimulaient, il sembla hésiter un moment, mais se décida finalement à faire demi-tour.

- Et toi, pourquoi n'es-tu pas à la messe ? souffla-t-elle.

La fille se remit à trembler.

- J'ai peur, ils vont me tuer, comme les autres… Hier soir, après votre départ, j'ai fait croire que j'étais devenue folle, je voulais qu'ils me laissent au village et en profiter pour m'enfuir, me cacher à Bordeaux… Vous êtes arrivé auparavant…

- Mais qui pourrait bien vouloir te tuer ? Et pour quelle raison ?

Chez la Fréchou les bruits de mise à sac continuaient, l'écho des ustensiles et des meubles fracassés résonnant sous les arbres.

La paysanne se livra soudain, comme pressée de se délivrer du fardeau de son secret :

- Je les ai entendus, les aubergistes. Elle se mit à pleurer silencieusement. José, le fils de l'aubergiste, c'était mon amoureux… Mon père, il ne voulait pas que je le voie, il veut me marier au maître vigneron, parce que sa femme est morte l'hiver dernier et que c'est un beau parti… L'autre matin on avait rendez-vous, José et moi, j'étais près de l'auberge, je l'attendais sous la neige. Ça a été horrible. Je les ai entendus se battre, crier en fuyant derrière le bâtiment, la forêt vibrait de leurs hurlements… J'ai couru jusqu'au village, je me suis cognée contre un arbre, je suis tombée, je suis arrivée à la maison en sang, dit-elle en montrant les entailles de son front, j'ai dû tout raconter à mon père… Il a surtout été furieux que je voie José ! Il m'a interdit de recommencer à quitter le village seule…

- Il n'a prévenu personne, n'a pas couru à leur secours ?

- Non… Il y a souvent des bagarres à l'auberge, il ne m'a pas cru, il a pensé que je m'inquiétais pour mon José ce qui l'a mis encore plus en colère… Il m'a dit d'aller me faire soigner par la Fréchou et de ne plus l'importuner avec ça… Il était trop tard de toute façon… Il y eut un long silence pendant lequel la fille sembla traversée d'horribles pensées. Vous ne croyez pas que c'est lui qui les a fait assassiner pour que je ne me marie pas avec José, n'est-ce pas ?

– Pour te répondre, il faudrait que je le connaisse, dit-elle doucement, il est violent, il te bat ?

- Parfois… Mais il ne peut pas avoir fait une chose pareille…

- Et ton promis, le maître vigneron ?

- Regardez, Messire !

Les deux hommes étaient sortis de la petite chaumière. Ils remontèrent vivement en selle. Derrière eux, quelques volutes de fumée commencèrent à s'échapper de la porte béante. Activées par l'appel d'air, les flammes éclairèrent de leurs langues mouvantes l'intérieur du logis de la rebouteuse. Quand les cavaliers passèrent au galop devant les deux jeunes femmes, le toit de chaume s'embrasa d'un coup.

- Il faut aller éteindre !

Paula la retint.

- Attendons qu'ils s'éloignent, on ne peut plus rien…

Elle entrouvrit la porte. On n'entendait déjà plus les sabots des chevaux. Elles se risquèrent au-dehors, longeant les murs. Les flammes chauffaient déjà leurs visages quand une silhouette noire surgit devant elles. Elles se retournèrent pour fuir. Les deux autres sinistres compères avançaient tranquillement vers elles. Elles n'eurent pas même le temps de se réfugier dans la plus proche maison, ils fondirent sur elles, en un instant elles étaient prises. Ils les poussèrent sans ménagement vers leurs montures qu'ils avaient abandonnées à l'entrée du village pour revenir silencieusement les surprendre.

* * *

Thomas ne décolérait pas depuis que le jeune palefrenier lui avait appris le départ de Paula. Sa première réaction fut de partir immédiatement à sa poursuite. Les cris et les lamentations de Christina, la cuisinière de son oncle qui le gavait comme s'il était son propre fils, le contraignirent à rebrousser chemin jusqu'à la cuisine. Attablé devant une soupe épaissie d'une large tranche de pain, il eut bien du mal à faire taire sa fureur. Son calme retrouvé il avait presque réussi à se convaincre de continuer malgré tout à rechercher Johanna à Bordeaux quand il prit à son tour conscience de l'opportunité qui s'offrait à Gauriac. Il poussa un juron qui fit s'enfuir les servantes qui s'activaient autour de lui à préparer le repas dominical du maître.

- L'imbécile, maugréa-t-il, elle est allée se jeter dans la gueule du loup. Croit-elle retenir Gauriac de sa seule présence ? S'il lui vient à l'esprit de tenter quelque chose contre Le Pontet, il va la faire disparaître après Dieu sait quels tourments et on n'entendra plus jamais parler d'elle…

Il prit à peine le temps de s'envelopper dans sa cape et se rua vers l'écurie.

- Tu diras à maître Tullier que j'ai dû retourner au Pontet, jeta-t-il au jeune palefrenier, je reviens dès que possible ! Finit-il en criant, déjà dans la rue.

Le chemin lui parut interminablement long. Il savait avoir tant de retard sur Paula qu'il arriverait sans doute trop tard si Gauriac attaquait le village pendant la messe. À Cayac, il eut confirmation de ses craintes : devant la petite église, les femmes et les enfants du Pontet se tenaient étrangement silencieux, tous les regards tournés vers un point que les murs du monastère lui cachaient encore. De l'autre côté de la route, quelques hospitaliers piétinaient autour de la haute silhouette du père Francis.

- Hâtez-vous Messire, les gens du Pontet ont des ennuis ! cria celui-ci de loin dès qu'il le reconnut.

- Que se passe-t-il ? demanda Thomas sans quitter sa monture.

Le supérieur leva le bras, désignant la colonne de fumée au-dessus des arbres :

- Quand ils viennent à la messe, ils laissent un guetteur caché dans la forêt. Si le village a " de la visite " il peut ainsi couper à travers bois jusqu'ici les avertir… Les hommes sont partis au beau milieu de la messe, quelqu'un a mis le feu chez eux… Je suis bien heureux que vous soyez de retour, à vrai dire, nous ne savions trop que faire…

- J'y vais, avez-vous vu Paul ?

Les moines se regardèrent en secouant négativement la tête.

- Puis-je faire quelque chose pour vous, Thomas ?

- Vous rendez-vous toujours à Bordeaux ce jour, mon Père ?

- Je vous l'ai promis, non ?

- Alors, allez voir mon oncle et dites-lui de m'envoyer un ou deux hommes, cria-t-il en s'éloignant déjà, qu'ils m'attendent ici ce soir !

Piquant des éperons Thomas poursuivit sa route, insensible au froid vif qui lui giflait le visage encore plus férocement maintenant que les arbres enserrant le chemin masquaient le soleil.

Il passa devant l'auberge sans y voir âme qui vive, et continua au même train d'enfer jusqu'au chemin du Pontet.

Un homme venait vers lui, courant dans la neige, criant aux quatre coins de la forêt :

- Catherina ! Catherina !

Comme il passait près de lui sans même sembler le voir, Thomas l'arrêta :

- Attends, qui cherches-tu ?

- Ah ! C'est vous, Messire... C'est ma fille... Elle n'est pas venue à la messe avec nous... Elle n'est plus là... Ils disent que les hommes en noir l'ont emmenée... Pourquoi ils auraient fait ça ? C'est après la Fréchou qu'ils en avaient, ils n'ont mis le feu qu'à sa maison ! Elle a dû s'enfuir, elle se cache dans la forêt, vous ne l'avez pas croisée, Messire ?

- Je n'ai vu personne, hélas...

L'homme continua vers la route de Compostelle, ses appels angoissés résonnant lugubrement entre les troncs...

Thomas reprit sa course folle vers le village, espérant encore que Paula serait là, sous le chêne de la petite place, balayant d'un rire ses remontrances... Mais il savait déjà que le pire était arrivé, si une fille avait disparu, Paula était avec elle, mais où ? À coup sûr elles n'étaient pas cachées dans la forêt, elles seraient déjà revenues au village...

Il déboucha enfin dans la clairière, au pied de la petite butte sur le flanc de laquelle les chaumières s'étageaient. Au fond, là où la forêt recommençait, les ruines béantes de la maison de la Fréchou ne fumaient plus que faiblement, tout ce qui pouvait brûler ayant été réduit en cendres.

Arnaud tentait de faire retrouver leur calme à ses administrés.

- Je prends la Fréchou chez nous, tant que nous ne lui avons pas reconstruit un toit... Maintenant, retournez chercher les femmes et les enfants, ensuite nous nous réunirons. Ah ! Messire Thomas, je vous croyais à Bordeaux...

Thomas vit la perplexité sur le visage du maître laboureur.

- Pouvons-nous parler un moment, Arnaud ?

Le maire du Pontet lui fit signe de le suivre chez lui.

Près du feu, une femme pleurait doucement, presque pudiquement.

- C'est la Fréchou, dit Maître Arnaud, c'est à sa maison qu'ils ont mis le feu...

Elle leva vers eux un regard absent et las, des yeux embués de larmes. Pour elle ce malheur n'était que le dernier en date d'une vie qui partait à la dérive... Elle croyait avoir enfin trouvé un havre ici, le répit n'avait été hélas que de courte durée...

- Tout est de ma faute, n'est-ce pas, Arnaud ? Ils vous reprochent d'avoir une sorcière parmi vous...

Arnaud ne put s'empêcher de gronder :

- Tu n'aurais pas commercé avec les manants de Montignac, rien ne serait arrivé !

Elle secoua la tête, accablée :

- Tu savais ça ? Comment l'as-tu appris ?

- Crois-tu que nous ne voyions pas les femmes te rendre visite le soir, arrivant en catimini par la forêt... ?

- Demain je retournerai à Bordeaux, ils vous laisseront quand ils verront que je ne suis plus là...

- Tu vas rester ici, se radoucit-il, cet été nous reconstruirons ta maison.

- Aujourd'hui ils brûlent ma chaumière, demain ce sera le village tout entier si je reste...

- Qui nous soignera, si tu pars ?

Tout en tentant de se réchauffer à l'énorme souche qui rougeoyait dans l'âtre, Thomas écoutait la conversation, impatient de demander des nouvelles de Paula. Arnaud dut s'en rendre compte, car il se tourna vers lui :

- Je vous écoute Thomas, qu'avez-vous à me dire ?

- C'est vrai, je devrais être à Bordeaux, commença-t-il, et il lui raconta sa matinée, terminant par la question qui le tenaillait depuis son arrivée :

– Vous n'avez pas vu Paul, n'est-ce pas ?

- Simon l'a vu, je crois, venez, allons le trouver…

Simon, le petit paysan laissé dans la forêt pour surveiller le village, était parmi ceux qui s'activaient déjà dans les ruines encore fumantes de la maison de la Fréchou. Le bois était précieux, les coupes dans la forêt étant strictement réglementées, aussi fallait-il au plus vite éteindre les morceaux de poutre encore utilisables, mettre de côté le reste pour alimenter les foyers. D'autres fouillaient les décombres, cherchaient les rares ustensiles qui avaient résisté au brasier et au saccage, puis alignaient sur un pan de mur effondré les pots brisés où la Fréchou avait abrité herbes et potions.

- Simon, raconte à Messire Thomas ce que tu as vu…

- Une question avant tout, Paul mon assistant, l'as-tu bien vu hier ?

- Nous l'avons tous vu bien sûr… Il semblait si jeune pour courir les routes à vos côtés, pourtant il était prêt à tirer l'épée sans crainte quand ce Gauriac s'est échauffé… Vous voulez savoir s'il est venu au village ce matin pendant la messe, c'est cela ?

Thomas hocha la tête :

- Parle vite, le temps presse !

- Il y était, le premier même, pas bien longtemps avant les trois autres… Il a tranquillement logé son cheval dans l'étable là-bas, comme s'il comptait rester au village un moment, puis il est allé directement chez Gavaudin, à croire qu'il savait que Catherina était restée…

- J'ai rencontré un pauvre homme qui cherchait une Catherina en arrivant, ce sont eux ?

- Oui, elle était mélancolique depuis le début de la semaine, rien n'a pu la décider à nous accompagner à la messe… Elle aurait pourtant mieux fait !

- Continue, qu'as-tu vu ensuite ?

- Les trois hommes sont entrés chez la Fréchou, ou plutôt deux, il y en a un qui faisait le guet dehors en tournant en rond sur son cheval, ils sont restés un moment à tout briser là-dedans, j'en ai profité pour filer prévenir les autres… Quand je suis arrivé à Cayac, on voyait la fumée au-dessus de la forêt, on a tous cru que le village brûlait…

- Tu les as vus ? Tu les as reconnus ? Ils étaient là hier ?

- Ils étaient tout en noir… et masqués comme des démons… Mais ce n'étaient pas ceux d'hier, j'étais loin, Messire, mais ils étaient en pleine lumière, je crois que je les aurais reconnus si ç'avait été eux…

- Mène-moi à l'étable.

Le cheval était bien celui de Paula. Tout en réfléchissant, Thomas caressa distraitement l'encolure de la petite jument grise qui semblait se demander ce qu'elle faisait là en compagnie des deux bœufs du maître-laboureur.

- En revenant, vous n'avez rien vu de particulier ? Pas de traces ? Rien d'inhabituel en passant devant l'auberge ?

- Pas âme qui vive…

- Gauriac ou Montignac sont pourtant derrière tout ça, réfléchit-il tout haut, et je ne crois pas qu'ils aient pris un tel risque uniquement pour effrayer votre guérisseuse en incendiant sa maison… Il a dû s'écouler bien peu de temps entre leur départ et votre retour, ils agissent avec toutes les audaces comme s'ils étaient pressés ou inquiets de ce que nous pourrions découvrir…

Mettant de côté pour l'instant les raisons du coup de main contre le village, il se décida soudainement. Chaque instant qui passait diminuait les chances de retrouver les deux femmes. Si Gauriac n'était pas avec les hommes en noir, il était possible que, surpris par elles et ne sachant qu'en faire, quelque homme de main engagé par eux ait choisi de les emmener pour le laisser décider de leur sort. Une fois tombées entre ses mains, Thomas ne se faisait guère d'illusion, Gauriac traînait dans les tavernes de Bordeaux une solide réputation de dépravé sans scrupule… Il fallait les retrouver au plus vite.

Détachant la jument de Paula, il se dirigea vers sa propre monture : s'il retrouvait les deux captives, il n'aurait pas trop des deux pour s'enfuir.

En selle, il jeta un regard circulaire, cherchant Arnaud. Un éclat de lumière dans les cendres attira son œil.

- Qu'est ceci ?

- Quoi, Messire ?

- Ce qui brille si fort dans la maison de la Fréchou…

Simon se précipita et leva un morceau de verre étincelant d'un demi-pied de côté.

- Du verre Messire, La Fréchou s'en servait de miroir, elle l'avait sans doute amené de Bordeaux… Elle avait demandé à Guyot de le lui encadrer… Le cadre a dû brûler, il n'en reste rien… Regardez, Messire, il y en a un autre, que la chaleur a brisé… En dégageant le deuxième morceau, un petit tas de chaumes à demi calciné glissa d'un tronçon de poutre encore planté sur un pan de mur.

- Attention !

Cinq ou six fragments de vitre vinrent se planter aux pieds de Guyot venu examiner celui que tenait Simon.

- Voilà qui confirme ce que je pensais, dit-il, ce n'est pas le morceau que j'ai encadré… l'était bien plus épais !

- Ils étaient cachés sur cette poutre… Pourquoi ?

Ramassez-les, dit-il, puis avisant le maire qui passait un peu plus loin : Arnaud ! Je vais à l'auberge voir ce qu'y mijote Gauriac. Demande donc à la Fréchou quel usage elle a de ces morceaux de verre… Et d'où elle les tient.

Se baissant sur l'encolure pour n'être entendu que par le maître laboureur, il continua plus bas :

- Mon oncle va vous envoyer un ou deux hommes, je crois qu'il est temps de se préparer au pire. Je devais les retrouver à la fin du jour à l'hôspitalet des moines de Cayac. Fais leur dire de m'y attendre jusqu'au matin. Si je n'y suis pas, qu'ils viennent vous prêter main-forte, tandis qu'un moine préviendra mon oncle. Tu as compris ?

Arnaud fit oui du regard.

- Place des guetteurs, Arnaud, que chacun ait de quoi se défendre à portée de main, et défiez-vous des carreaux de Guilhem et de Tircelin !

Tournant bride il donna une tape amicale sur l'épaule d'un Arnaud au visage défait :

- Courage, mon frère, le pire n'est jamais certain, mais cela ne doit pas empêcher de s'y préparer !

* * *

Comme il arrivait à l'auberge, il vit au loin les femmes et les enfants venant de Cayac. Il se demanda un instant s'il ne ferait pas mieux de leur conseiller de retourner demander asile aux hospitaliers. Il haussa les épaules. Il n'avait que trop perdu de temps, et que serait de toute façon leur destin une fois les hommes massacrés ?

Tout était calme, hormis les appels déchirants du père de Catherina qui résonnaient encore de loin en loin dans la forêt. Il allait mettre pied à terre quand la porte s'ouvrit. Tircelin apparut sur le seuil.

- Que se passe-t-il, Messire ? Quels sont ces cris ? Nous avons vu les hommes du village passer, courant comme des insensés, puis vous, au grand galop...

- Vous l'ignorez ? gronda Thomas, où est Gauriac ?

- Parti, depuis hier soir...

- Guilhem ?

- Ici, Messire.

Thomas leva la tête. De la fenêtre d'une chambre, à l'étage, où il était probablement embusqué, Guilhem le salua en levant son arbalète.

Dégringolant de cheval, Thomas s'abrita vivement derrière.

Tircelin éclata de rire.

- Mettez plutôt vos chevaux à l'écurie, Messire, nous avons à parler.

Ils montèrent retrouver Guilhem, qui regardait la colonne se hâter dans le silence seulement troublé de quelques cris d'enfants.

- Pourquoi ne sont-ils pas rentrés ensemble ? dit-il en se tournant vers eux.

- Cessez vos simagrées, vous en savez plus que moi, non ?

Ils se regardèrent, arborant un air ahuri des plus crédibles.

- Vous ne savez rien, c'est bien vrai ?

- Nous n'avons pas bougé d'ici depuis que messire Gauriac est parti à l'aube...

- Il est parti vers Bordeaux ?

– Non, vers le sud, il pensait être plus persuasif que votre assistant s'il parvenait à rattraper quelque pèlerin...

- Nous sommes dimanche, les pèlerins ont quitté l'auberge depuis vendredi matin ! Ils sont loin, c'est stupide !

Les deux archers se regardèrent, indécis. Guilhem se décida le premier :

- Comme messire Gauriac n'était pas là, on a beaucoup parlé, Tircelin et moi... Il s'arrêta un long moment attendant visiblement que son compère prit la responsabilité de poursuivre ou du moins l'incita à continuer. Tircelin se borna à l'encourager d'un geste las.

- On a guerroyé de longues années, Messire, du côté anglais... Ses yeux reprirent un instant un éclat sauvage, malheur au village qui se trouvait sur notre route lorsqu'il fallait manger... Malheur aux pucelles aussi… Dieu seul sait comment on est sortis entiers de toutes ces tueries !

Thomas les regarda alternativement avec surprise. Où voulaient-ils en venir ? Il calma pourtant son impatience, pressentant que les hésitations de l'archer masquaient une révélation d'importance.

Guilhem continua :

- Voilà, on n'aime pas la tournure que prend cette affaire…

- On est miliciens du sénéchal maintenant, Messire, l'interrompit Tircelin, comme qui dirait rangés de toutes ces folies… Pas plus les hommes de main de Gauriac que de Dieu sait qui… Puis, après un silence et poursuivant sans doute quelque raisonnement intérieur : vous connaissez la Ligue du Bien Public ?

- Je m'efforce de rester à l'écart de ces intrigues… Mais j'ai bien sûr entendu ce que chacun murmure à Bordeaux : Jean d'Armagnac et le sire d'Albret auraient convaincu quelques seigneurs des environs et nombre de bourgeois bordelais à rejoindre une ligue qui ne cherche pas moins que d'obliger le roi à satisfaire leur cupidité[20] ; et les nouvelles ordonnances du roi interdisant pratiquement la chasse sur tout le royaume ne sont pas pour accroître sa popularité, même s'il ne cherche qu'à contraindre les puissants à mettre leurs terres en culture plutôt qu'à les maintenir en territoire de chasse à leur seul usage…

- Avec Tircelin on se demandait justement si Gauriac et Montignac…

- Pas pour la chasse en tout cas, Montignac laisse ses paysans chasser sur son domaine et est en train d'abattre toute sa forêt…

- Ce qu'on voulait vous dire, Messire c'est qu'hier les paysans du Pontet nous ont semblé être des pauvres gens tout comme nous, pas les monstres que Gauriac nous a décrits… Et même s'il y a un loup-garou ou une sorcière au village, les autres n'y sont pour rien, pas vrai, Tircelin ?

- Hier soir, il était furieux, Gauriac, comme fou ; il nous a dit d'attendre là et qu'à son retour on allait " s'occuper d'eux ", que le temps des pilleries et des viols allait reprendre pour nous… Mais c'est fini ça,

<hr>

20 Les conjurés de la Ligue du Bien Public se retrouvèrent secrètement fin décembre 1464 à Notre-Dame de Paris. Ils avaient parmi eux le sire d'Albret et le comte d'Armagnac, Charles de France, frère du roi, les ducs de Berry et de Bretagne, le futur Charles le Téméraire duc de Bourgogne, et Jean II comte de Bourbon, beau-frère du roi. Véritable guerre civile entre les deux partis de la noblesse, elle s'acheva avec de nombreuses concessions de Louis XI par le traité de Saint-Maur-des-Fossés le 29 oct. 1465.

on a assez rapiné et éventré, alors on va retourner à Bordeaux…

- Je ne vous le conseille pas. La sénéchaussée vous a mis sous les ordres de messire Gauriac, partir serait déserter. Restez ici, obéissez en tout à messire Gauriac, mais tenez-moi au courant de ses moindres actes, mon oncle vous protégera si vous deviez en pâtir…

- Il y a autre chose… On est retourné voir les corps de l'aubergiste et de sa famille avant que les hospitaliers de Cayac viennent les chercher… Dans la remise où on les avait allongés en attendant, il y a des outils… Venez, Messire.

Ils redescendirent en hâte, traversèrent le potager.

- Voyez Messire ! Guilhem lui montra un outil au long manche, destiné à nettoyer les sous-bois. On avait allongé la pauvre femme là, juste à côté de ça.

- C'est comme ça qu'on a compris… C'est avec le même outil, bien aiguisé, qu'ils ont été tués, on en est presque sûr… Les paysans se défendaient avec des griffes comme celle-ci pendant la guerre… Fallait être rudement aguerri pour s'approcher d'assez près pour les occire… Vous aviez raison, Messire, il n'y a pas de loup-garou… Mais messire Gauriac, il n'a rien voulu entendre…

Ils ressortirent. Contournant le bâtiment, Thomas se dirigea directement vers les écuries.

- Vous n'avez pas vu d'autres cavaliers ce matin ? Vêtus de noir…

- Personne Messire, pas même un pèlerin…

- Ils sont allés vers le sud… Dit Thomas pour lui-même et déjà en selle. Je dois partir. S'il se passe quoi que ce soit envoyez un messager au père Francis, le supérieur des hospitaliers, c'est un brave homme… Sinon, ne désobéissez à messire Gauriac que pour protéger la vie des manants du Pontet !

* * *

- 7 -

Thomas emprunta de nouveau la route de Compostelle, à la poursuite supposée des ravisseurs des deux filles. Il constata avec angoisse que le jour baissait déjà. Où pouvait bien être Paula ? Passé le Petit Bordeaux et Camparian il avait le choix entre continuer vers le sud ou tourner comme deux jours auparavant vers le domaine de Montignac... Son instinct l'incitait à rendre une nouvelle visite au domaine.

Il fit le trajet sans rencontrer âme qui vive. La fin du jour approchait. L'obscurité était presque complète lorsque le mur entourant la propriété de Montignac apparut enfin. Quittant la route, il s'enfonça dans un étroit sentier longeant le mur. Maintenant que le soleil avait glissé derrière l'horizon, le froid redevenait terriblement vif. Les branches basses, les ronces envahissaient ce qui devait n'être plutôt qu'une piste tracée par les animaux de la forêt contournant le mur ; les deux chevaux qu'il traînait derrière lui et qu'il devait sans cesse encourager rendaient sa progression malcommode et éreintante. Il mit un temps qui lui parut interminable à atteindre le premier angle de l'enceinte. S'il n'avait pu juger la veille de l'étendue du domaine et s'il n'avait pas été poussé par l'urgence de délivrer Catherina et Paula, il aurait sans doute renoncé tant il avançait péniblement... Ce premier angle passé, il découvrit le côté de la propriété aperçu lors de sa visite. Jusqu'à la lointaine lisière de la forêt, ce n'était plus qu'une vaste zone de souches torturées, sinistres et pitoyables sous la faible clarté d'une lune naissante.

La marche devint plus facile. Il dépassa sans encombre la sortie arrière du domaine fermée par sa porte massive. Avant de voir l'extrémité de cette portion de mur, il fut stoppé par une petite rivière coulant là, encaissée dans un fossé profond. Venue de la forêt, elle traversait la coupe de bois en serpentant puis disparaissait sous le mur du domaine. Il attacha les chevaux à une souche et se laissa glisser prudemment au fond du fossé. La surface du petit cours d'eau était couverte de glace. Prudemment, il en testa la résistance avant de s'y

105

allonger pour ramper sous la voûte ouverte au pied du mur qui enjambait le ruisseau. De l'autre côté, il se releva à demi et aperçut au loin la masse imposante des bâtiments où il avait dormi l'avant-veille.

Le silence n'était peuplé que de loin en loin par les cris d'une chouette toute proche. Il se félicita de l'absence de loups, sans doute partis chasser sur un autre territoire et qui auraient présenté une menace sérieuse pour les chevaux attachés. Il s'approcha sans bruit du manoir. L'arrière du bâtiment principal n'était qu'un mur lisse, seulement percé de quatre minuscules fenêtres à l'étage. Impossible de tenter quoi que ce soit de ce côté. La grange attenante, à angle droit, présentait par contre un toit beaucoup plus bas qui semblait le seul moyen d'atteindre la cour intérieure. De l'autre côté, il savait que l'entrée en était condamnée la nuit par un solide portail flanqué, qui plus est, du logis du gardien. S'aidant de l'épave d'un antique chariot abandonnée là, il parvint à se hisser sur le toit de la grange. Couché sur les tuiles, il écouta les sons de la nuit. Il était encore tôt. Montignac devait recevoir, car les éclats de voix d'une discussion animée lui parvinrent, si proches qu'il se plaqua plus étroitement encore sur les tuiles glacées. Dans le chenil, les chiens se mirent à aboyer. La voix puissante de Montignac se fit entendre, dans la cour maintenant. Thomas se prépara à la fuite. Une seconde voix répondit à Montignac : Gauriac ! Les deux archers avaient donc menti ? Ou bien était-ce lui qui leur avait menti en prétendant partir à la poursuite des pèlerins vers le sud ? Thomas n'eut pas le temps d'y réfléchir plus avant. Un inconnu salua sèchement Montignac avant de traverser la cour d'un pas puissant et rageur. Thomas risqua un œil par-dessus le faîte de la toiture. L'homme, tout de noir vêtu, le visage dans l'ombre d'une ample capuche, toqua brutalement à la porte du gardien.

- On y va, beugla-t-il avant de se diriger vers les écuries sans même attendre de savoir s'il avait été entendu.

Thomas eut une bouffée d'excitation : Deux hommes portant cape noire eux aussi, sortirent de la petite maison tandis que le garde se précipitait pour ouvrir le portail.

En un instant ils furent à l'écurie puis s'élancèrent dans la nuit à la suite de leur chef. Montignac et Gauriac les regardèrent s'éloigner jusqu'à ce que le galop des chevaux s'estompe dans le lointain ; les chiens aboyèrent encore un moment et se turent, tancés par un domestique ; le silence retomba.

- Maintenant qu'ils sont partis peut-être me direz-vous ce que vous faisiez sur ce chemin, à espionner les déplacements de mes visiteurs ? Dit Montignac d'un ton las.

- Mon devoir, Messire, j'ai été chargé d'une mission concernant les étranges troubles qui adviennent dans ce secteur.

- Votre mission est de retrouver mes paysannes.

- Mais je les cherche, Messire, je les cherche… C'est d'ailleurs pour cela que je parcourais ce chemin… Il fixa les prunelles délavées du vieil homme : Il me semble que ce serait plutôt à moi de vous demander des explications… Qui sont ces hommes qui s'enfuient à mon arrivée sans même saluer ?

- Ne vous mêlez pas de mes affaires. De toute façon, le mal n'est pas bien grand, ils m'ont livré le jeune assistant de messire Russ, nous avons maintenant de quoi le faire se tenir tranquille.

- Vous détenez Paul ! Gauriac n'avait pu empêcher son regard de s'éclairer un court instant d'une flamme mauvaise.

- Je vois que j'ai éveillé votre intérêt, j'ai donc été bien informé ! Entrons, entrons, il me semble que nous allons enfin pouvoir parler en toute franchise de ce que j'attends de vous…

Thomas frissonna, tant le ton cynique de Montignac et la soudaine docilité de Gauriac étaient on ne peut plus éloquents. Il se contraignit pourtant à attendre que la cour soit redevenue parfaitement silencieuse. Quand le froid lui fut insupportable, il déplaça silencieusement une tuile et tenta de voir s'il pouvait pénétrer dans la grange. L'obscurité y était totale. Se ménageant un passage suffisant, il résolut de s'y laisser tomber, priant le ciel de ne pas s'empaler sur quelque outil rangé là où de ne pas réveiller la maisonnée par une bruyante dégringolade. Sa chute fut immédiatement et confortablement interrompue quelques pieds plus bas par des sacs de charbon de bois entassés sur un plancher à mi-hauteur. Il se tapit un moment, inquiet à l'idée qu'un serviteur ait été en train de dormir dans quelque recoin de la grange. Pas un bruit. Si ! Des voix ! Lointaines, étouffées : Paula ! Fébrilement il se dirigea vers le fond de la grange. À cet endroit, il s'en souvenait, elle n'était séparée du manoir que par une petite tour au toit pointu, curieusement dépourvue de porte donnant sur la cour. Tâtonnant dans le noir, Thomas suivit le mur, à la recherche de la paroi incurvée de la tour. Ses mains frôlèrent, un temps qui lui parut interminable, la toile poussiéreuse des sacs de combustible avant de rencontrer les pierres de la tour. Le son des voix était maintenant proche. Un renfoncement annonça une porte. En même temps qu'il se réjouissait de la chance qui l'avait conduit sans coup férir à Paula, Thomas ne put manquer de remarquer l'aspect insolite de cette ouverture au niveau du grenier de la grange. Montignac devait être bien confiant dans l'inviolabilité de son repaire, car la clef était sur la serrure. Thomas la fit tourner avec une infinie lenteur, frémissant au moindre grincement du métal rouillé. Elle donnait sur un escalier de pierre en colimaçon, lui offrant la possibilité de descendre ou de monter. Une porte s'ouvrit en bas, des pas retentirent sur les pierres. Thomas grimpa précipitamment les degrés. En haut, l'escalier débouchait directement sur une assez grande pièce circulaire qui occupait toute la surface de la tour. Une lueur rougeoyante l'éclairait d'un éclat mystérieux.

En bas les pas s'éloignèrent, apparemment vers un niveau inférieur.

Il regarda autour de lui, cherchant une issue ou un endroit où se cacher. Il fit un pas dans la pièce et resta figé, interdit : devant une fenêtre, une table était encombrée de cornues, creusets et autres instruments d'alchimie ; des rayonnages croulaient sous les manuscrits, si nombreux que des piles branlantes s'alignaient aussi le long des murs ; plus étrange encore, un four imposant et son soufflet occupaient un bon quart de la pièce ; juste à côté de ceux-ci, une machine ressemblant à un tour de potier attira son attention : une plaque circulaire d'acier poli, garnie en son centre d'un cadre rectangulaire de la taille d'un petit tableau. Un ingénieux dispositif devait permettre de faire tourner l'ensemble à vive allure. Il s'interrogeait sur la fonction de cet étrange appareil lorsqu'il découvrit, posés sur le champ contre un meuble, plusieurs rectangles de verre de la même dimension, tous plus ou moins cassés.

- Voilà donc pourquoi messire Montignac brûle tant de bois... Murmura Thomas. La rotation de la plaque devait permettre au verre en fusion de s'étaler à l'intérieur du cadre, permettant la fabrication de vitres plus régulières. Il prit délicatement une des feuilles de verre. S'approchant de la lueur émise par un petit foyer sur lequel des liquides fumants frémissaient dans plusieurs énormes creusets, il en apprécia la qualité. La finesse et la transparence en étaient remarquables. Le procédé révolutionnaire inventé par Montignac pouvait assurément faire sa fortune...

- Encore du verre… Voilà deux fois aujourd'hui… Tout d'abord chez la Fréchou, maintenant ici…

Était-ce le même ? Si oui, quel improbable lien pouvait bien unir Montignac à la guérisseuse du Pontet ?

D'un coup sec Thomas cassa l'angle d'une des vitres endommagées. L'enroulant dans son mouchoir, il l'enfouit dans la bourse qu'il portait à la ceinture.

Il n'avait que trop tardé. En s'approchant de l'escalier, il entendit de nouveau parler, très loin en dessous de lui.

* * *

- Voilà où vous a conduit votre entêtement ! Cria Gauriac, manifestement hors de lui, que faisiez-vous au Pontet, où est messire Russ ? D'un coup de poing magistral il envoya Paula heurter le mur du cachot.

Catherina et Paula avaient piteuse allure. Après leur capture, elles avaient parcouru les trois lieues conduisant chez Montignac les yeux bandés, inconfortablement couchées en travers de l'encolure de deux des cavaliers masqués et vêtus de noir.

Jetées dès leur arrivée dans l'obscurité complète de ce cul de basse-fosse glacé, elles n'avaient pas attendu bien longtemps avant de recevoir la visite du maître des lieux. Le fait que ni Gauriac ni Montignac n'aient pris la peine de cacher leurs visages, effrayait Paula plus encore que les coups de Gauriac ou l'allure implacable de Montignac. Ces deux-là risquaient trop gros maintenant pour les relâcher vivantes…

- Où cachez-vous ces trois femmes ? Dit à son tour Montignac, elles sont au Pontet, je le sais ! Depuis Charles VII j'ai droit de haute justice sur mes terres, menaça-t-il, je peux demain vous faire juger par mon prévôt et vous pendre toutes les deux ici même de mon plein droit !

Thomas manqua lâcher son épée sous la surprise. Il était prêt à accuser Montignac du meurtre des filles et voilà que celui-ci les pensait réfugiées au Pontet ! Son esprit s'égara un instant à peser la probabilité qu'Arnaud lui cache la présence des trois filles. Pourquoi ? Les sanglots de Catherina, recroquevillée dans les bras de Paula sur la paillasse grouillante de vermine constituant l'unique mobilier, le rappelèrent à la

109

réalité.

Montignac s'approchait d'elles en levant sa lanterne pour mieux les détailler.

- Comme ils sont touchants... Cessez ces gémissements ! Vous m'entendez ? insista-t-il en décochant un coup de botte au hasard ; voilà ce que nous allons faire de vous : j'ai besoin d'aide pour entretenir un feu vif pendant plusieurs jours là-haut, dit-il en faisant un geste vers l'escalier. L'un restera enfermé ici tandis que l'autre travaillera. S'il fuit, il fit un geste explicite, le prisonnier ou la prisonnière mourra. Par ailleurs, vous ferez deux excellents otages si messire Russ devient trop fâcheux...

- Vous oubliez son oncle... Aymon Tullier ne vous laissera aucun répit...

- Il est vieux et malade, nous lui ferons vite comprendre qu'il n'est pas dans son intérêt de se heurter à mes amis...

- Vous êtes fou...

Il la frappa de nouveau.

- Bien fol est le chien attaché qui mord... ironisa-t-il, sur ce, dormez bien, demain il faudra vous mettre à l'ouvrage... Vous venez, Gauriac ?

- Si vous me le permettez, Messire, j'aimerais avoir une petite conversation avec Messire Paul... Je vous rejoins dans quelques instants.

Montignac eut une moue vaguement dégoûtée.

- On m'avait donc bien renseigné... À votre âge, j'aurais préféré la jeunette... Mais faites donc selon vos goûts, laissa-t-il tomber en les quittant, je vous laisse la lanterne.

D'un poing puissant, Gauriac releva Paula en la saisissant au col.

" C'en est fini de mon déguisement ", pensa-t-elle futilement...

- Alors, *Messire Paul*, il est un mystère qui va bientôt m'être révélé, semble-t-il... Damoiselle ou damoiseau ? Remarquez bien que l'un ou l'autre me convient également...

- Porc !

Il tira son épée d'un geste à la lenteur calculée. Paula s'immobilisa comme la pointe s'approchait de sa gorge. D'un geste vif il sectionna le lacet qui fermait le haut de son pourpoint, dévoilant les bandelettes de lin où Paula enserrait sa poitrine pour la dissimuler.

- Gagné ! Ton visage était si fin, ma belle, que j'aurais parié sur ça ! Encore que j'aurais tout autant apprécié que tu ne sois que jouvenceau, dit-il en passant derrière elle, cinglant de son épée le postérieur de Paula pour mieux souligner quelle partie de son anatomie il évoquait. Lui faisant face de nouveau il s'apprêtait à libérer les seins de Paula de leurs oppressantes entraves quand sa bouche s'ouvrit en un rictus étonné. En même temps que la haute silhouette de Thomas se découpait derrière Gauriac, Paula vit la pointe de l'épée de son ami sortir incongrûment de la poitrine de Gauriac. L'officier de la sénéchaussée s'effondra sans un cri.

- Il est mort comme il a vécu, cracha Thomas, sans honneur. Venez vite.

* * *

Il était urgent d'aviser Maître Tullier de la tournure violente que prenait l'affaire. Après leur fuite précipitée du manoir, Thomas avait ramené Catherina au hameau, lui faisant promettre de ne rien révéler pour l'instant des pénibles événements qu'elle venait de vivre : rien sur Paula, rien non plus sur Montignac. Elle avait été enlevée, séquestrée avec Paul dans une masure inconnue, Thomas les avait délivrées. Par ailleurs, Catherina était restée muette sur une éventuelle présence des trois filles disparues au Pontet.

- Arnaud, as-tu envoyé un messager à Cayac ? Demanda-t-il au maire quand les effusions se furent un peu calmées.

- Votre oncle n'a pas fait les choses à moitié ! Il y a là – bas cinq hommes armés jusqu'aux dents qui attendent vos ordres !

- Fort bien. Paul, tu vas rester ici jusqu'à mon retour de Bordeaux. En passant, je vais dire à ces hommes qui m'attendent à l'hôpital de Cayac de vous rejoindre immédiatement. Organisez des tours de garde et, par pitié Paul, essaie de ne plus te faire enlever !

Il resta un moment à demi somnolent sur un tabouret dans la chaumière d'Arnaud, observant celui-ci entre ses yeux mi-clos. En savait-il plus long qu'il ne le disait sur la disparition des filles ? Pestant en lui-même contre la fragilité de la confiance qu'il avait cru avoir en Arnaud, il choisit néanmoins de garder pour lui la conversation surprise chez Montignac. Il se leva dès qu'il sentit ses membres s'engourdir à la chaleur de l'âtre du maire. Ce court répit dans la paisible demeure d'Arnaud lui avait permis de retrouver quelques forces. Paula l'accompagna à l'orée du village, titubant de fatigue et d'incertitude.

- Méfie-toi, Thomas, cette fois, c'est toi qui seras seul... Gauriac n'était pas notre unique adversaire...

- Il s'approcha d'elle, lisant sur son visage la fatigue et la peur vécues ces dernières heures.

- Je ne serai absent qu'un ou deux jours, dit-il, prends garde à toi aussi, considère ce village comme assiégé, ce Montignac est fou, tout est à craindre de lui tant que nous ne savons pas ce qu'il désire vraiment... Il hésita un moment avant de poursuivre, mais c'est Paula qui parla la première :

- Je vais fouiner discrètement pour voir si ces filles sont ici comme semble le penser Montignac...

- Ah ! Tu as entendu cela aussi... Sois prudente... Il soupira, il semble qu'il faille soupçonner et se méfier de tout le monde par ces temps... C'est bien malheureux...

Avant de monter en selle, il se pencha vers elle et, jetant un regard furtif autour de lui pour s'assurer de leur solitude, il déposa un rapide baiser, le premier, sur la joue de son amie.

Paula resta un moment immobile, le regardant s'éloigner. Devant lui, au-dessus de la cime des arbres couverts de givre, le jour commençait à poindre.

* * *

En passant une nouvelle fois entre les murs du monastère, Thomas aurait pu apercevoir le vieux curé de Cayac agenouillé dans la petite église, plongé dans une profonde méditation. Toute la nuit, le religieux avait cherché par la prière à apaiser l'angoisse sourde qui l'habitait depuis son retour de Bordeaux. L'angoisse était toujours là, la prière s'était chaque fois dérobée le laissant obstinément seul face à l'inquiétude. Le bon père Francis ne craignait pas pour sa vie bien sûr, encore qu'il se soit senti concerné en premier lieu par l'étrange journée qu'il venait de passer.

Comme beaucoup de clercs, il n'était entré dans les ordres que faute d'être l'aîné, donc l'héritier, d'une famille de petite noblesse. Jeune moine, il aurait pu aspirer aux richesses auxquelles se destinaient les autres jeunes clercs de sa condition. La moindre charge de prieur ou même de cellérier dans un établissement religieux de la ville offrait des revenus plus que suffisants et une vie finalement assez proche de celle de la noblesse. Pour ceux qui choisissaient cette voie, tout y était, depuis les étoffes luxueuses dont ils étaient vêtus jusqu'aux dîners raffinés tant par les mets que par les convives, et parfois même les dépravations les plus éloignées de la sainteté... Mais frère Francis n'avait pas ces désirs. La rencontre avec les premières traductions latines des traités arabes de médecine avait fait naître en lui un engouement qui l'avait conduit tout droit au petit hôpital de Cayac, partageant son temps entre le réconfort apporté aux pèlerins et l'étude de ses illustres maîtres arabes, grecs ou latins. La petite communauté de Cayac ne vivait que des dons des voyageurs reconnaissants et des modestes revenus de leur petit domaine. Cela suffisait à peine à leurs besoins et à l'achat des coûteux manuscrits, mais la vie paisible et studieuse de Cayac valait bien à ses yeux le sacrifice du luxe vaniteux de ses coreligionnaires bordelais.

Non, le père Francis ne craignait pas pour lui. Le temps de parvenir à la tête de la petite communauté d'hospitaliers, sa passion pour l'étude de la médecine s'était changée en compassion pour les voyageurs exténués qui arpentaient le chemin de Compostelle. Sa foi, de purement théorique au début, avait grandi jour après jour devant une force capable de mener des siècles de pèlerins épuisés, mais rayonnants sur les pierres usées du chemin qui traversait Cayac. Il y avait parmi eux, il est vrai, une quantité non négligeable de pèlerins professionnels. Ceux-ci faisaient le long et périlleux voyage pour Compostelle en lieu et place de leur seigneur et étaient rétribués pour cela, mais pour quelques aventuriers ayant choisi la route, le reste n'était que pauvres gens loin de chez eux. De toute façon, lorsqu'un groupe passait - la peur des brigands les amenait à voyager le plus nombreux possible - le père Francis traitait avec la même sollicitude tous les voyageurs qui demandaient secours au monastère : " la poussière du chemin rend toutes les étoffes semblables " disait-il souvent.

Mais ce matin, tandis que Thomas retournait vers Bordeaux dodelinant de la tête sur son cheval épuisé, le père Francis tremblait de rage et d'inquiétude, insensible à la fatigue et au froid glacial des dalles de sa petite église.

Lui aussi était allé à Bordeaux la veille, à la demande pressante de

Thomas et surtout parce que, suite à l'incendie de la maison de la Fréchou, il sentait qu'il fallait très vite agir pour apaiser les esprits.

Sitôt rassuré sur le sort immédiat des habitants du Pontet, il avait enfourché sa mule et en début d'après-midi il était à Bordeaux. S'étant acquitté du message que Thomas lui avait confié pour Maître Thullier, il avait rendu visite à son ami curé de Saint-Eloi, la paroisse de la maison communale où siégeait la jurade. La petite église avait son porche à deux pas de l'hôtel de ville, sous la porte monumentale où une imposante cloche appelait jurats et citoyens aux assemblées de la commune. Toute la vie religieuse des élus représentant les différentes paroisses de la ville passait par Saint-Eloi. Frère Francis pensait trouver là de quoi aider Thomas. Las, le bon père Antoine, intarissable quand il s'agissait de parler des démêlés de la jurade avec les trois sauvetés de la ville, celle de l'abbaye de Saint-Seurin à l'extérieur des murailles à l'ouest, de Sainte-Croix au sud de la ville et celle des chanoines de Saint-André autour de la cathédrale, était beaucoup moins au fait des affaires de l'archevêque ou du gouverneur.

- Allons, les jurats doivent bien savoir ce qui se trame à l'intérieur des sauvetés, dit frère Francis. Bordeaux n'est pas si grand...

- Pourquoi se soucier de ce qui s'y passe ? Ces trois faubourgs échappent à la loi de la commune, le malheur est lorsque des malfaiteurs s'y réfugient et échappent à leur juste châtiment...

- Tu ne peux donc rien me dire sur le vicaire de Sainte-Croix ?

- Je le connais bien sûr, chacun le connaît ici... L'abbé de Sainte-Croix réside bien loin de Bordeaux et ne semble pas se rendre compte que son vicaire s'engraisse à ses dépens : alors que partout les chapitres[21] embellissent leurs églises et se disputent les architectes, les bénédictins de Sainte-Croix ne font rien. L'abbaye est pourtant loin d'être la plus pauvre ! Que te dire d'autre ? Qu'on le voit plus souvent qu'à son tour aux audiences de la cour de Saint-Eloi où il plaide pour le moindre retard de paiement et s'est fait une réputation d'âpre procédurier... En revanche, il ne fréquente guère le château de l'Ombrière, il ne doit pas se soucier de l'amitié du gouverneur aussi assidûment qu'il recherche celle de l'archevêque...

---

21   Chapitre : collège de chanoines tenant un rôle important dans l'administration d'un diocèse

- C'est pourtant le sénéchal qui a imposé à Thomas la présence de ce Gauriac qui lui cause tant d'ennuis…

- Thomas pense que le sénéchal lui a imposé Gauriac pour ne pas donner aux opposants au roi un nouveau motif de mécontentement, fit le supérieur des hospitaliers de Cayac.

- Quelqu'un à Saint-André ferait partie de ces opposants et aurait demandé au sénéchal de faire accepter Gauriac au prévôt de la comté ? Qui ? Un chanoine du chapitre ? L'archevêque lui-même ? Un marchand de la sauveté ?

- Il nous faut le savoir, le lien qui unit le vicaire de Sainte-Croix et Montignac peut n'être qu'amical, mais ce Gauriac est là pour entraver Thomas au bénéfice de l'un, de l'autre, où d'un troisième larron… Ne connais-tu personne à Saint-André ?

- Messire Dubosc, un des chanoines du chapitre, a quelque amitié pour moi, il habite au pied de la cathédrale, va le voir avec cette recommandation, fit le curé en griffonnant un rapide mot sur une écritoire de bois installé près de la fenêtre, peut-être saura-t-il te parler de ces comploteurs ?

Frère Francis s'était donc rendu à l'adresse indiquée, traversant les ruelles serrées autour de la cathédrale avant de déboucher sur un quartier où les rues, plus larges, n'étaient bordées que de demeures dont les façades rivalisaient, à leur avantage bien souvent, avec celles des plus riches bourgeois de la ville. Ici habitaient les chanoines du chapitre de Saint-André, ici aussi l'archevêque avait son palais, si riche que les princes de passage à Bordeaux y résidaient de préférence au vieux château féodal de l'Ombrière.

Il frappa à la porte que lui avait indiquée le père Antoine. Un serviteur en livrée vint lui ouvrir, à peine déférent pour la tunique blanche d'hospitalier que portait le moine. Il fut introduit dans une cour intérieure aménagée en petit cloître où on le pria d'attendre. Des rires et des conversations animées provenant d'une salle brillamment éclairée à l'étage lui indiquèrent que messire Dubosc recevait. Il n'attendit pourtant que peu de temps. L'homme qui le rejoignit, chaudement couvert de fourrures et de drap épais, lui prit le bras d'un geste amical qui lui parut déplacé, venant d'un étranger.

- Je ne peux vous consacrer beaucoup de temps, frère Francis, mais je ne peux refuser d'échanger quelques mots avec un ami du père

Antoine… C'est un saint homme, nous devrions nous efforcer plus souvent de ressembler à des êtres de sa qualité… Hélas ! Les journées sont si courtes et il y a tant à faire ! fit-il en l'entraînant à sa suite vers un confortable cabinet, que puis-je pour vous ? interrogea-t-il en se laissant tomber sur un fauteuil au haut dossier de bois sculpté.

L'hospitalier avait hésité. Face à ce religieux disposant d'une richesse tellement hors de proportion avec celle de son petit monastère, il s'était senti bien vaniteux d'espérer obtenir un indice pour confondre les agresseurs du Pontet. Puis il avait songé à la détresse des paysans menacés, aux risques qu'ils couraient et il s'était lancé. Il avait parlé longuement, avec prudence car il en savait fort peu sur messire Dubosc et craignait de trop renseigner les adversaires du Pontet, mais avec un accent de révolte qui avait fait sourire le riche religieux.

- Je vous connais, frère Francis, savez-vous ? Nous savons le dévouement avec lequel vous soignez les pèlerins… Vous êtes, paraît-il un érudit, ne protestez pas, vos manuscrits sont plus rares et plus nombreux que ceux de l'hôpital Saint-James. Il sembla hésiter à son tour. Je ne peux vous être d'un "bien" grand secours, croyez "bien" que je le regrette. Ces excès sont "bien" regrettables.

Cette abondance de "bien" n'annonçait rien de "bien" bon.

- Un nom, Messire, juste un nom. Qui a suffisamment de poids pour obtenir du sénéchal qu'il place messire Gauriac sur l'enquête ? Son père ? Montignac ? Messire L'Archevêque lui-même ?

- Ayez la bonté de ne pas insister… Ma position m'empêche de vous donner ce nom, je ne peux m'offrir le luxe de ce genre d'ennemis. Il avait alors baissé la voix, tout en se levant pour commencer à raccompagner le moine vers la porte : Je m'efforce de me tenir à l'écart de ces histoires, le père Antoine vous le dira. Si je puis vous donner un conseil, c'est celui d'en faire autant, les forces auxquelles vos paysans sont confrontés vous dépassent de par trop.

- Un nom Messire, je vous en supplie, pensez à ces pauvres gens, quant à moi, pourquoi serais-je menacé ?

- Je vous aurais prévenu. Il avait hésité encore un moment, ses lèvres s'étaient agitées peut-être pour une courte prière. Montignac est venu ici, je l'ai vu en grande conversation dans le cloître de Saint-André et parlant bien plus fort qu'il ne sied à un tel lieu…

- Avec qui parlait-il ?

Le chanoine secoua la tête :

- Je vous en ai déjà trop dit… Rentrez vite ! La nuit va tomber, les routes ne sont pas sûres, même pour un hospitalier…

Le chanoine était retourné auprès de ses invités, le moine avait repris sa mule. Dès sa sortie de chez messire Dubosc, il eut l'impression d'être suivi. Il pressa l'allure et on était encore entre chien et loup quand il fut en vue de Cayac. Il se retourna sur sa mule. Un voyageur solitaire avançait au pas d'un cheval apparemment fourbu à quelques distances. En frissonnant, il contraignit sa mule à user ses dernières forces et trotta jusqu'à l'abri des murs du petit monastère.

* * *

$$- 8 -$$

Il était encore très tôt lorsque Thomas arriva rue des Salinières.

Il se résolut à faire réveiller son oncle, qui s'attardait au lit le matin depuis sa mauvaise fluxion de poitrine. Celui-ci le convia à partager son repas matinal servi dans sa chambre. Le brave homme, enveloppé dans une épaisse robe d'intérieur, faisait peine à voir. Une quinte de toux déchirante le secoua lorsque Thomas pénétra dans l'appartement du jurat le plus respecté de la ville.

- Cette cathédrale est peut-être bien jolie, mais elle est parcourue de courants d'air épouvantables, maugréa-t-il, à croire que depuis 1442 ils n'ont pas encore eu le temps de reboucher les fissures du tremblement de terre qui lui fit si grand mal !

Thomas le laissa reprendre son souffle et avaler quelques gorgées de soupe.

- Je vois à ton air que tu m'amènes encore quelque mauvaise nouvelle... Mais avant, je puis essayer de te rendre le sourire. J'ai vu le sénéchal hier. Il m'a semblé fort préoccupé et en grande difficulté pour maintenir la paix dans sa si vaste Guyenne. Les Grands s'agitent un peu partout et il prétend le roi menacé. Notre affaire n'est qu'une minuscule épine supplémentaire dans une botte déjà bien trop inconfortable... Cependant j'ai cru déceler une pointe d'irritation lorsque j'ai mentionné Montignac... Le représentant du roi semble en savoir plus qu'il n'en dit sur son compte.

- Les deux archers qui accompagnent Gauriac ont évoqué un complot visant à contraindre le roi.

– Tiens donc ? Voilà qui est singulier de leur part, j'ai hâte de t'entendre me raconter ça... Bref, il a accepté d'écarter un moment Gauriac, un messager doit partir ce matin lui demander de se cantonner à la garde du chemin entre l'auberge et le Petit Bordeaux. Tu fais une bien drôle de figure, ne me dis pas qu'il est trop tard ?

- En quelque sorte mon oncle, j'ai occis Gauriac cette nuit...

- Mort ?

- Chez Montignac. Ils tenaient Paul et une fille du Pontet prisonniers…

Thomas entreprit le récit de la journée de la veille et de sa nuit mouvementée, omettant toutefois de révéler le secret de Paula qui, maintenant que Gauriac était mort, avait une chance de rester préservé si Catherina tenait sa langue.

- Je ne savais pas Montignac toujours entiché d'alchimie… Quel lien peut-il y avoir entre le verre retrouvé dans les ruines de la chaumière de la Fréchou et les expériences de Montignac ? À moins que cela ne soit qu'une coïncidence… Et que fait le pitancier de Sainte-Croix là-dedans ? Comment prouver que Montignac est pour quelque chose dans cette histoire de loup-garou sur le chemin de Compostelle ?

- Il me faut retrouver cette fille qui a soi-disant vu le loup-garou et qui a disparu du hameau de messire Montignac…

- S'il l'a tuée…

- Je pense plutôt qu'elle a fui, les bûcherons du vieux grigou m'ont semblé la protéger plus qu'avoir peur lorsque j'ai voulu en savoir plus… Je vais commencer par me rendre à l'office de laudes[22] à l'église de Sainte-Croix, manière de voir un peu à quoi ressemblent les paroissiens de frère Étienne…

- Pour ce qui est de Gauriac, je crois qu'il vaut mieux attendre de voir comment Montignac va expliquer la mort d'un officier de la sénéchaussée chez lui…

- Je doute fort qu'on n'entende jamais reparler de lui…

* * *

Les fidèles entonnèrent le Gloria, célébrant cette nouvelle journée qui commençait, aussi belle et froide que la précédente. Il n'avait décidé d'assister à cette messe des laudes que comme entrée en matière aux questions qu'il espérait poser autour de la place du marché, pour regarder les visages des fidèles, prendre l'ambiance de la paroisse. En tout cas

---

22   Laudes : Office du matin, messe saluant une nouvelle journée.

sans arrière-pensée de provocation envers le frère Étienne. Malgré tout il éprouva durant tout l'office une jubilation bien peu chrétienne à croiser le regard glacial du moine qui, figurant parmi les officiants, n'avait pas manqué de remarquer sa présence.

À la sortie de la messe, Thomas accompagna un petit groupe d'hommes qui se dirigeaient vers une taverne dans une rue adjacente, non loin du moulin à grain de l'abbaye. Il connaissait l'un d'eux, forgeron d'un armurier de la rue des Faures et il n'eut aucun mal à s'associer à eux autour d'un pichet de vin, coupé d'eau, car il était encore bien tôt.

- Qu'est-ce qui nous vaut votre visite dans notre petite paroisse, Messire Russ ? demanda l'homme, plus pour se flatter devant ses compagnons de connaître "un messire" que par réelle curiosité.

Le quartier de Sainte-Croix était, il est vrai, le plus éloigné du centre de Bordeaux. Lorsque, aux riches heures de la présence anglaise, la troisième enceinte avait été construite, plus d'un siècle auparavant, elle s'était étirée loin au sud le long du fleuve, pour inclure l'abbaye à l'intérieur des murailles. Le quartier n'en était pas moins resté un des faubourgs les plus pauvres de la ville.

- Je cherche une fille…

Les visages de ses voisins affichèrent des sourires entendus.

- Ce n'est pas ce que vous croyez : pour ça, j'ai ce qu'il me faut. Il eut curieusement une pensée furieuse pour Paula. "Voilà qui est nouveau, se dit-il, il va falloir que je médite cela…"

- Une femme d'un hameau près de Canéjan a disparu, mentit-il, elle vient parfois au marché ici, quelqu'un la connaît-il ?

- Si elle vient au marché, Pedro la connaît ! Les femmes c'est son passe-temps favori, hein ! Pedro ? lança-t-il à la cantonade.

- Une femme ? Jeune ? Jolie ? Questionna le patron en s'approchant de leur table, déchaînant les rires des convives, comment s'appelle-t-elle ?

- Johanna. Je ne saurais trop la décrire, elle vit habituellement sur le domaine de messire Montignac…

Un masque sombre figea instantanément les rires. Quelques hommes se détournèrent faisant mine de reprendre une conversation interrompue, s'excluant sans éclat de la compagnie de Thomas.

- Que se passe-t-il, c'est Montignac qui vous fait peur ? Ce n'est pas pour lui que je recherche cette fille, bien au contraire… Je travaille pour mon oncle, Aymon Tullier, dis-leur, Yan…

- Faut pas leur en vouloir, Montignac on le connaît dans le quartier, son fils fait vivre la moitié des tonneliers du coin, et ils sont pas faciles, les Montignac… Elle était avec les filles qui se sont fait dévorer par le loup-garou, n'est-ce pas ?

- Ha ! Qui vous a dit qu'elles avaient été dévorées ? En fait nul ne sait ce qu'il est advenu d'elles… Se radoucit-il conscient de devoir les ménager s'il voulait en tirer quelques indications. Il continua : je ne crois pas qu'elle ait été avec elles ce jour-là, mais un bûcheron de Montignac dit qu'elle l'a vu, le loup-garou…

Pedro se rassit.

- Faut voir du côté des Chartrons. Il y avait deux filles qui venaient de chez Montignac, deux sœurs, je crois bien qu'il y en a une qui s'appelait Johanna… Sa sœur s'était enfuie de chez Montignac un jour de marché, avec un Espagnol qui vit de petits métiers… Juan Lopez, c'est son nom, il venait par ici autrefois…

Il essaya bien de les faire parler encore de Montignac et du moine pitancier qui dirigeait Sainte-Croix et les nombreuses terres de l'abbaye dans les environs, mais le sujet ne sembla guère les intéresser. Une discussion animée sur les loups-garous avait commencé. Il en profita pour les quitter discrètement.

Il se remit en route en maugréant contre la mauvaise fortune qui l'envoyait maintenant à l'autre extrémité de la ville, en aval du fleuve, dans le faubourg le plus misérable situé hors des murailles au-delà du tout nouveau château Tropeite. Empruntant l'étroite ruelle parallèle aux murailles longeant le fleuve, il traversa bientôt la place du palais de l'Ombrière. Au centre de celle-ci, le pendu raidi par le froid qui tournoyait lentement au bout de la corde du gibet lui rappela les menaces de Gauriac à l'encontre des villageois du Pontet et il pressa le pas en direction des berges. Même à marée haute, excepté lors des crues et des plus forts coefficients, il restait à cet endroit un chemin à peu près praticable le long de l'enceinte protégeant la ville d'éventuelles attaques par le fleuve. Tandis qu'il franchissait les nombreux pontons de bois dressés là pour accueillir les gabares assurant le transit des marchandises entre la terre et les navires, il se laissa un instant distraire par le spectacle des grands voiliers qui attendaient le départ au milieu du fleuve, mollement bercés par le courant. Pour l'heure, les gabares étaient échouées dans la vase plus ou moins pavée des pierres de lest abandonnées par les navires arrivés à vide, et la seule trace d'activité résidait dans l'habituelle triste frange de malheureux fouillant les débris laissés là par la marée. Le gel avait durci le sol. C'est sans doute ce qui lui permit d'entendre le raclement d'une botte beaucoup trop proche derrière lui. Se retournant à demi il vit le cercle rapide d'un gourdin destiné à sa nuque. Du bras il dévia la trajectoire, finissant de faire face au danger. Poussant un grognement sous la douleur qui traversait son avant-bras, il réussit pourtant à désarmer son adversaire avant même que celui-ci eût fini son geste, l'envoyant rouler dans la vase. Il découvrit alors les deux autres compères qui s'apprêtaient à fondre sur lui, pareillement armés d'impressionnants gourdins, à la mesure de leurs imposants propriétaires. Il tira son épée d'un bras qui s'engourdissait déjà. À sa surprise, les deux hommes lâchèrent leurs armes et s'enfuirent à grandes enjambées, disparaissant en un instant par une poterne. Il se tourna vers son premier agresseur et ne vit plus que la foule des miséreux, faussement absorbée par le ramassage de bois flottés. La berge était si encombrée à cet endroit par les pontons, les cabanes de pêcheurs, et diverses épaves échouées qu'il dut se résigner à continuer son chemin sans avoir pu se saisir d'aucun de ses agresseurs. Il remit son épée au fourreau en grimaçant de douleur autant que de dépit.

Passé le château Tropeite, il déboucha immédiatement dans les ruelles autour du couvent des moines Chartreux. Peuplé d'émigrants étrangers ce faubourg était bâti sur des marécages qui le rendaient particulièrement insalubre. Même en cette belle journée, le froid y était plus glacial que n'importe où ailleurs dans la ville, et la fumée âcre qui s'échappait des toits se mêlait dans les rues boueuses aux volutes d'humidité montant du sol. Comme il hésitait à se rendre au couvent pour s'enquérir de la sœur de Johanna qui y était peut-être connue, il réalisa sa méfiance grandissante envers les religieux. Il se félicita de son amitié avec le supérieur de Cayac, et pensa qu'il lui tardait de le revoir… Il lui vint à l'esprit que ses agresseurs pouvaient fort bien l'avoir suivi depuis Sainte-Croix, collés à ses trousses par ce satané moine… Il frissonna. Même si l'emploi de gourdins semblait indiquer l'intention de lui donner une correction plutôt que celle de le tuer, quelle folie pouvait bien pousser un religieux à de telles extrémités ? S'il l'avait suspecté de connivence diabolique avec les manants du Pontet, et s'il avait été animé de la flamme purificatrice qu'il affichait, le vicaire de Sainte-Croix aurait plutôt dû le dénoncer à quelque inquisiteur pour l'envoyer au bûcher avec eux...

- Bah ! Il ne s'agissait peut-être après tout que de rôdeurs en voulant à ma bourse... Il se détourna pourtant du couvent et se dirigea vers un groupe qui sortait d'une taverne dont l'enseigne figurait une magnifique tête de taureau.

Après qu'il se fut présenté comme venant de la part de l'aubergiste de Sainte-Croix et cherchant Juan Lopez, il eut la bonne surprise de le trouver parmi eux en la personne d'un petit homme hâlé, au visage sympathique garni d'une fine moustache brune. Malheureusement celui-ci perdit beaucoup de sa cordialité quand Thomas lui demanda à voir Johanna...

- Jé crois qué tou férais mieux dé retourner chez toi, amigo, il n'y a pas dé Johanna ici...

Comme Thomas insistait, l'Espagnol tira de sa ceinture une antique épée rouillée qu'il brandit d'un air menaçant.

- Grand merci, voilà qui me convient, j'ai un peu négligé mes exercices ces derniers temps ! fanfaronna Thomas en tirant l'épée à son tour.

Son bras était encore gourd, mais Thomas qui ne voulait surtout pas perdre son unique lien avec Johanna entreprit de parer et d'esquiver méthodiquement les attaques nerveuses du petit homme. Sans perdre de vue son adversaire, il continua tout en combattant de tenter de le convaincre de la pureté de ses intentions. Ils semblaient devoir s'affronter jusqu'à la nuit lorsque l'épée de Lopez se brisa nette alors que Thomas tentait de le désarmer. Il approcha calmement la pointe de son arme de la gorge de l'Espagnol :

- Tu te bats bien, l'ami, mais je t'ai vaincu, dit-il en baissant son arme, que puis-je encore faire pour que tu comprennes que je veux seulement parler avec la sœur de ta compagne ?

Le cercle de spectateurs qui s'était formé à bonne distance autour d'eux se resserra, menaçant.

- Laissez ! jeta-t-il à ses amis, puis s'adressant à Thomas, jé vais vous faire confiance, Messire, ma si vous nous trahissez, ma prochaine épée séra plou solide...

- Tiens ! Voilà de quoi l'acheter ! Dit Thomas en lui donnant une bourse contenant assez pour s'équiper de pieds en cape, tu n'en auras pas besoin contre moi.

* * *

- Tu me dis qu'elle est avec vous depuis jeudi soir…

- Elle vous dira cela mieux qué moi, Senõr, d'ailleurs nous sommes arrivés…

Thomas pénétra à la suite du petit espagnol dans une masure basse, au toit de chaume comme la plupart des maisons des faubourgs. Hormis son aspect délabré, elle ressemblait en tout aux demeures des paysans du Pontet. Mais son torchis s'en allait par plaques, laissant apparaître la paille et les entrelacements de bois qui en formaient l'armature. Ses chaumes aussi étaient tristement délabrés et couverts de mousse, dénotant une misère bien plus grande.

Les deux femmes qui les accueillirent étaient pourtant fraîches et presque jolies malgré leurs blouses usagées. Un bon feu de planches et de branchages sans doute ramassés sur la grève du fleuve crépitait au centre de la pièce et les traces d'une joyeuse conversation flottaient encore sur les lèvres roses des deux sœurs.

Quand elle l'aperçut entrant derrière Juan, celle qu'il lui présenta comme étant Johanna eut un regard inquiet qui en disait long sur sa crainte de retourner chez Montignac. Thomas dut cette fois encore faire des prodiges de séduction pour les convaincre de ses bonnes intentions. Il s'attendait à devoir briser un silence farouche, il eut au contraire à répondre à un feu roulant de questions. Quand elles furent enfin rassurées, elles l'invitèrent à pénétrer plus avant dans leur demeure et lui tirèrent un tabouret près du feu.

- Excusez ma sœur, Messire, mais sa vie chez Montignac a été un calvaire qu'elle a eu bien du mal à oublier… Fit Johanna en lui servant à boire dans un gobelet ébréché. Les garçons que nous avons suivis là-bas se sont révélés à l'usage de bien mauvais hommes, surtout le sien… Travailler du soir au matin pour ne recevoir pour toute récompense que brutalité et insultes…

- J'ai cru comprendre que tu étais pourtant restée, tandis que ta sœur, elle, s'était enfuie au bout de quelques mois…

125

- Ysabeau avait hérité de bien pire que moi... Je travaillais avec mon homme au manoir de Montignac, et nous vivions dans les communs du château. Notre vie était meilleure que celle des bûcherons et des charbonniers...

- Mais tu as fini par fuir malgré tout...

- Le vieux commençait à devenir pressant, jeta-t-elle avec dégoût, chaque soir je m'en plaignais à Martin, qui ne semblait pas bien pressé de défendre ma vertu... Jusqu'à ce que je comprenne qu'il espérait en tirer quelque avantage de son maître... Pouah ! Je n'allais pas tarder à partir de toute façon...

- Mais tu es partie plus vite que prévu. Allons ! Venons-en au fait, je ne suis pas là pour juger de vos actes, je ne cherche qu'à savoir ce qui s'est passé à l'auberge, l'autre soir...

La simple évocation de l'auberge sembla replonger Johanna dans un cauchemar dont elle ne parvenait pas à s'éveiller. Elle se mit à s'agiter sans but dans la petite pièce, sa voix se fit blanche, nerveuse.

- Ça a été horrible... On a tout d'abord entendu des chuchotements incompréhensibles... Ils résonnaient comme s'ils venaient d'outre-tombe... Il y avait deux grands yeux jaunes entre les arbres, tellement lumineux qu'ils éclairaient les branches par en dessous... On a couru vers l'auberge... Ils étaient trois, immenses... On a couru, couru... L'auberge était si loin, on ne pensait jamais y arriver... La porte de l'écurie était entrebâillée, je suis entrée, mais j'étais seule, je n'entendais plus mes compagnes... Les avaient-ils déjà dévorées ? Avaient-elles réussi à se cacher dans les bois ? Tout était redevenu silencieux, je ne les ai jamais revues. Je me suis blotti au fond à écouter le silence. Au bout d'une éternité, je suis sortie chercher les aubergistes, mais tout le monde était couché, j'ai eu peur de frapper à la porte, si les loups-garous étaient toujours là... Alors je suis revenue à l'écurie... J'y suis restée jusqu'au petit jour, tapie sous le foin, avant de me décider à rentrer chez moi, terrifiée par le moindre craquement... Et puis, alors que j'arrivais dans la cour de Montignac, commençant à me sentir en sécurité, je les ai revus ! Oh, juste un instant, ils entraient dans l'écurie, mais je les ai bien reconnus... Ils étaient là, je vous dis !

- Les mêmes qu'à l'auberge ?

- Oui... Je suis sûre que c'était eux... Trois, les mêmes capes noires, les mêmes larges chapeaux, la même allure...

- Il y a des loups-garous portant cape et chapeau chez Montignac ! Tu es sûre d'avoir bien vu ?

- Ils étaient redevenus normaux, tout le monde sait qu'ils ne se transforment que la nuit... Je me suis cachée dans une remise, je voulais vite repartir, mais je ne pouvais pas, ils s'étaient mis à discuter avec Montignac...

- Qu'ont-ils dit ?

- Des paysans venaient de le prévenir de notre absence : nous devions être rentrées la veille... Et je crois bien qu'il voulait que les garous partent à notre recherche ! Ils refusaient, je crois... J'étais de l'autre côté de la cour, je n'entendais pas bien... et j'avais si peur...

- Ensuite ?

- Ils sont partis et le moine de Sainte-Croix a rejoint Montignac dans la cour... Celui-là, c'est un vrai démon, fit-elle avec mépris en se signant furtivement tout de même, il a beau menacer de nous délivrer du mal de gré ou de force, ce sont nos jupes qu'il rêve d'arracher... Il a de ces regards qui en disent long...

- Montignac est aussi acharné à pourchasser le diable que son compère de Sainte-Croix ?

- Le vieux est plus fol que méchant ! Il passe plus de temps enfermé dans sa tour à ses expériences d'alchimie qu'à administrer son domaine...

- Ah oui ! Son verre... Thomas se souvint brusquement du morceau ramassé chez Montignac. Tâtant machinalement sa poche, il vérifia sa présence. Il avait oublié, lors de son passage au Pontet, de le comparer à celui trouvé dans les ruines de la chaumière de la Fréchou. Si c'était là l'unique raison de l'acharnement du vieux marchand de bois contre le Pontet, quel était le lien avec la disparition des trois femmes près de l'auberge, et pourquoi être revenu le surlendemain massacrer les aubergistes ?

- Tu as compris ce qu'ils disaient ?

- Non, mais ils sont allés presque tout de suite chez nous, je les ai entendus menacer mon époux, ils me cherchaient... Ils sont repartis furieux, sans se douter que j'étais à trois pas d'eux... Je suis restée cachée jusqu'au lendemain où j'ai réussi à convaincre le brave homme qui livre le bois de Montignac de me conduire à Bordeaux, dissimulée dans un chargement de fagots... Depuis j'ai réfléchi : je ne veux pas retourner là-bas… Jamais.

- Montignac doit redouter que vous n'ayez vu quelque chose et vous fait à coup sûr activement rechercher. Quelqu'un passera ce soir vous conduire chez mon oncle, Aymon Tullier, où vous pourrez rester tous trois quelque temps à l'abri. Il trouvera bien à vous employer, vous ne dépendrez pas de sa charité. Et si vous ne quittez pas la maison, vous y serez moins en danger qu'ici…

Après un rapide échange de regards avec les deux filles, Juan arrêta Thomas qui s'apprêtait déjà à sortir :

- Nous acceptons avec reconnaissance, et même, si vous pouvez attendre quelques instants, nous vous suivons, Senõr, dit Juan Lopez, nous n'en aurons pas pour bien longtemps à rassembler nos affaires…

* * *

Le jour commençait à tomber. Le temps s'était radouci. De la fenêtre de sa chambre, Thomas regardait le soleil se coucher au-delà des toits de la ville, sur lesquels ne subsistaient plus que quelques plaques de neige qui seraient bientôt fondues. Chacun était déjà rentré chez soi. Les colonnes de fumée montant des cheminées restaient les seules preuves tangibles de la vie qui fourmillait devant lui, réfugiée derrière les murailles et sous la sauvegarde des rondes de miliciens qui pour l'heure devaient encore être au chaud dans quelque taverne.

Bien qu'empli de satisfaction à l'idée d'avoir placé Johanna sous la protection de son oncle, Thomas ne pouvait s'empêcher de s'inquiéter du sort de ses paysans, menacés et bien vulnérables dans leur forêt. Il se rassura en pensant à la petite troupe envoyée par son oncle pour aider Paula à la défense du village ; du moins étaient-ils sur leurs gardes…

La responsabilité de Montignac était évidente. Après la libération de Paula et de la jeune paysanne dans les caves du manoir, le témoignage de Johanna venait confirmer le lien entre Montignac et les meurtres commis sur le chemin de Compostelle. Le récit confortait ce qu'il pressentait : en fait de loups-garous aux effrayants yeux jaunes, les filles avaient probablement surpris les trois sombres visiteurs de Montignac occupés à quelque mystérieuse et secrète besogne dans la forêt, munis de lanternes, et leur imagination, la nuit, la tempête de neige avaient fait le reste. Que manigançaient là les trois hommes qui mérite de si grands efforts pour ne pas être dévoilé ? Le récit de Johanna lui apprenait finalement bien peu. Le Pontet était-il menacé ? Ou le lieu de l'attaque des filles n'était-il qu'une coïncidence ? Thomas sentait confusément que quelque chose dans le récit de Johanna aurait dû apporter au moins un début de réponse à ses questions. Il allait lui falloir la convaincre de revenir avec lui là-bas pour essayer d'y voir plus clair... Il tenta une fois encore d'aligner tous les indices qu'il possédait contre Montignac. La verrerie à laquelle Montignac avait consacré toute sa vie et le verre retrouvé dans les ruines de la Fréchou... Les hommes en noirs vus par lui et par Johanna chez Montignac, responsables de la disparition des filles, de l'enlèvement de Paula et de Catherina et de l'incendie de la chaumière... Les deux paires de pas suivies, après le massacre des aubergistes, jusque devant le domaine de Montignac... Et dans tout cela quel pouvait être le rôle du moine pitancier de Sainte-Croix ? De Gauriac ? Ils étaient tous les trois plus ou moins proches des opposants à Louis XI, de cette ligue qui commençait à troubler l'équilibre précaire retrouvé par le royaume... Que venait faire le Pontet dans une histoire qui ne concernait somme toute que les puissants ? Pourtant il lui semblait voir derrière l'injuste hostilité des villages entourant le Pontet une unanimité qui ne pouvait être tout à fait naturelle... Quel intérêt pouvait y trouver Montignac ? Sainte-Croix possédait la plupart des terres alentour : était-ce ce maudit vicaire qui cherchait à agrandir le domaine de son maître en accusant tout un village de sorcellerie ? Impossible, jamais une cour n'avait condamné un village entier, et Maître Tullier porterait l'affaire devant le Parlement de Bordeaux qui ne se laisserait, à coup sûr, jamais abuser par une si fantasque accusation. L'un d'eux cherchait-il à pousser les villages environnants à anéantir le Pontet ? Quelque chose lui échappait encore. Gauriac ne semblait ni avoir été prévenu, ni approuver l'enlèvement des deux filles au Pontet, du moins jusqu'à ce qu'il apprenne qu'il allait pouvoir assouvir son désir de Paula... Quel avait été son rôle ? Aux ordres de Montignac ou au contraire, placé là pour contrôler le vieux marchand de bois ? Comment le savoir maintenant qu'il était mort... Thomas venait tout juste de décider que les trois hommes vus la veille chez Montignac étaient sa seule chance de débrouiller cet imbroglio quand un brouhaha le tira de ses réflexions : un homme apparemment fort agité bataillait dans la cour pour entrer et semblait avoir du mal à se faire comprendre de Juan Lopez qui venait d'hériter de la toute nouvelle fonction de portier chez Aymon Tullier. Thomas se pencha à la fenêtre :

- Que se passe-t-il, Juan ?

- C'est oune moine, Messire, il veut vous voir tout dé souite…

Thomas dévala les marches, immédiatement inquiet pour Paula. En faisant irruption dans la cour, il reconnut immédiatement un des hospitaliers de Cayac.

- Ah vous voilà, Messire ! Dieu merci vous êtes là… Il faut venir, un garçon du Pontet est arrivé tout à l'heure au monastère, il dit que le hameau est encerclé par des dizaines d'hommes qui veulent brûler le village…

- Qui sont-ils ?

- Ils viennent du Petit Bordeaux, de Camparian, de chez Montignac, de plus loin peut-être encore, qui sait jusqu'où la folie peut aller… Mais mettez-vous vite en route, j'ai perdu beaucoup de temps à convaincre les gardes de me laisser entrer en ville à une heure si tardive… Le père Francis est allé tenter de raisonner la foule qui grossissait encore autour du Pontet lorsque je suis parti, nous tremblons pour lui…

- Entrez vous réchauffer un instant, mon frère, senõr Juan, savez-vous monter ?

- J'ai fait la guerre…

- Des pauvres gens sont en danger, venez-vous ?

- Montignac ?

- Sans doute, ou en tout cas le résultat de ses œuvres. Venez, il est temps que je remplace cette épée dont je vous ai privé cet après-midi !

* * *

- 9 -

Ils se préparèrent à la hâte, et après une rapide conversation de Thomas avec son oncle toujours alité, ils se retrouvèrent lancés au galop dans les rues désertes et sombres de la ville. Sur le chemin ils prirent un rythme plus raisonnable. Le jeune moine hospitalier hésitait à pousser sa monture dans l'obscurité, et le froid étant moins vif que les jours précédents, la fonte de la neige avait rendu glissante l'argile du chemin. Engourdi de fatigue, Thomas laissa son cheval suivre ceux de ses deux compagnons, luttant pour ne pas s'assoupir. Cette deuxième nuit sans sommeil serait sans doute encore plus éprouvante que la précédente. S'enveloppant du mieux qu'il put dans sa cape, il essaya de mettre à profit le chemin pour puiser en lui la force d'affronter le plus féroce ennemi qui soit : une foule ivre de violence. S'efforçant de chasser de son esprit l'inquiétude qui le tenaillait et qui l'incitait à pousser son cheval et à laisser là le moine et sa monture, il s'efforça d'évaluer les forces en présence. D'une part un rassemblement de paysans armés d'outils divers, que la jalousie envers les riches paysans du Pontet, décuplée par la peur du démon distillée par le vicaire de Sainte-Croix, avait privé de tout entendement ; de l'autre, la petite soixantaine de familles du hameau assistée de Paula et des hommes dépêchés la veille par son oncle. L'affaire pouvait être équilibrée, si aucun homme d'armes ne s'était mêlé aux assiégeants… Dans ce cas, son arrivée avec Juan ne suffirait pas à faire basculer la bataille en leur faveur, et il doutait que les efforts d'apaisement que devait déployer en ce moment le supérieur de Cayac ne retiennent bien longtemps les excités de Camparian. Comme ils laissaient en passant à l'hôpital pour pèlerins le moine épuisé par son inhabituelle chevauchée, le jeune garçon qui avait réussi à quitter le village pour courir jusque-là en fin d'après-midi sortit à leur rencontre.

- Je vous attendais, Messire, venez ! Il y a un sentier qui traverse les terres des hospitaliers…

- Nous verrons ton sentier plus tard, il me faut aller à l'auberge, c'est possible ?

- Certains arrivent, d'autres repartent… Il y a du monde ce soir sur le chemin de Compostelle ! Mais avec l'obscurité et en cachant vos épées et vos visages… Mais pourquoi se rendre à l'auberge ?

- En mettant de notre côté les archers de messire Gauriac nous pourrions prendre ces imbéciles à revers, et, la nuit et la peur du loup-garou aidant…

Ils se mirent en route. Sitôt sous les arbres, la rumeur d'une foule considérable, mais invisible leur parvint. Quand la masse sombre de l'auberge apparut au bout du chemin, ils le quittèrent pour progresser à l'abri du sous-bois, menant leurs montures par la bride. Ils laissèrent leurs chevaux dans une petite remise derrière l'auberge, celle-là même où Guilhem et Tircelin avaient étendu les corps des aubergistes avant que les moines de Cayac ne viennent les chercher pour les inhumer. Ils s'approchèrent silencieusement du bâtiment principal. Thomas toqua discrètement à la porte donnant sur le jardin sans obtenir la moindre réponse. L'absence totale de bruit dans la maison finit par convaincre Thomas que les deux guerriers, sans nouvelles de leur chef, avaient finalement décidé de rentrer retrouver leurs familles à Bordeaux. Pourvu qu'ils n'aient pas changé d'avis et ne soient en ce moment parmi les assaillants, pensa Thomas en grimaçant.

- On peut s'approcher du village sans tomber sur la foule ? Où sont-ils ?

- Quelques-uns dans les bois, la plupart sur le chemin du hameau, j'ai accompagné le prieur tout à l'heure par le sentier dont je vous parlais… Il leur barre le chemin, ils veulent qu'on leur livre la Fréchou… Suivez-moi, si on parvient à traverser la route de Compostelle sans être vus, il y a un autre sentier qui conduit aux ruines…

Ils glissèrent de nouveau silencieusement, s'arrêtant sans cesse, jusqu'au bord de la voie sacrée qui depuis Tours était censée conduire à Compostelle des générations d'humains habités de sagesse et de piété. Dissimulé derrière un fourré au bord du chemin, Thomas soupira en voyant passer un petit groupe de paysans parlant haut et fort, alimentant d'une gourde qui passait de main en main leurs propos haineux et bravaches. Tous tenaient des torches et leur air de se rendre à quelque fête sauvage et barbare fit penser à Thomas que c'était eux et non la pauvre Fréchou qui se rendaient à un diabolique sabbat, persuadés pourtant de faire acte de pureté religieuse…

Le groupe passé, ils franchirent d'un bond le chemin. À travers les arbres, ils progressèrent jusqu'à une petite crête dominant le village. Une main venue de nulle part toucha l'épaule de Thomas. Juan n'eut pas le temps de saisir son épée qu'une autre main lui prenait le poignet.

- Chut ! N'ayez crainte, c'est nous…

- Tircelin, Guilhem, que faites-vous donc là ?

- Nous vous attendions Messire… En voyant passer tous ces fous avec leurs torches, il nous a semblé que vous auriez peut-être besoin d'aide… Nous sommes des soldats, nous avions remarqué cette crête lorsque nous sommes venus au Pontet ensemble, nous attendions de voir la tournure qu'allaient prendre les événements…

- Votre assistant est en bas qui se démène comme un beau diable pour les aider à préparer la défense, continua Guilhem, mais nous ne vous avons pas vu parmi les paysans du village, on guettait votre arrivée…

- Paul est ici ? Où?

- Il s'occupe de regrouper les femmes et les enfants sur le haut du village. Il a laissé les trois gardes de votre oncle auprès du supérieur de Cayac…

- Dieu merci ils sont là… Trois seulement dites-vous ?

- Les deux autres organisent la défense sur l'arrière. Dans les ruines de la maison incendiée, et dans la forêt un peu en arrière de l'entrée du village… Ces deux-là et quelques paysans avec des arcs dans les arbres autour du hameau vont vite semer la panique si ces insensés passent à l'attaque… Reprit Tircelin, nous ne sommes pas vraiment inquiets, la défense est bien pensée, ils sont chez eux, ils doivent connaître le moindre recoin de ces bois, et les autres se passent des gourdes depuis le milieu de l'après-midi…

Thomas essaya de repérer les veilleurs embusqués dans les bois sans y parvenir. Son regard s'attacha au groupe à l'entrée du village. Le supérieur de Cayac, accompagné d'Arnaud, le maire du Pontet parlementait avec une meute agitée d'hommes et de femmes venus des autres villages. Les torches brandies jetaient leurs ombres mouvantes sur les visages grimaçant de mauvaise haine. Il allait falloir en finir vite. Depuis son arrivée à la tombée du jour, le père Francis n'était pas parvenu à les raisonner et le moindre incident allait à coup sûr déclencher un massacre.

- Écoutez, Messire !

- Tu as raison, Tircelin, ils semblent se calmer un peu…

- Ce n'est pas ça, écoutez, ce chant…

Semblant venir du fond de la forêt, un chœur de voix graves approchait, entonnant un chant religieux. Au bout du chemin, la foule, silencieuse et figée par la surprise s'écarta comme fendue par un coin géant. La procession de moines, Christ en croix en tête et chantant un cantique les traversa. Ils s'arrêtèrent près du supérieur, s'alignèrent sur plusieurs rangs derrière lui. Quand ils cessèrent de chanter, un silence presque total régna sur la foule encore vociférante un instant auparavant. Profitant de l'accalmie, le père Francis, un instant décontenancé, s'adressa aux paysans d'une voix paisible et pourtant forte.

- Regardez ce Christ, il est entré dans ce village accompagné de mes compagnons de Cayac sans craindre le mal que vous semblez être seuls à y voir… Nous allons parcourir le hameau et bénir les habitations de vos frères du Pontet. Et rien ne se passera ! Tonna-t-il, car je connais ces gens, et je sais que le diable ne peut avoir trouvé refuge ici…

Une voix l'interrompit au milieu de la foule :

- Et la Fréchou ce n'est pas une sorcière ? C'est elle qui a envoyé le garou à ma femme, elle était allée la voir la veille…

- La Fréchou va venir, baiser les pieds de ce Christ, cela vous suffira-t-il comme preuve de sa piété ?

Sur la hauteur d'où ils dominaient le village, Juan plaqua au sol ses trois compagnons en un geste d'une vigueur surprenante.

- Qu'y a-t-il, Juan…

- Chut ! Regardez…

Juste en face d'eux, de l'autre côté du village, une petite colonne d'une demi-douzaine d'hommes progressait de buisson en buisson. Lorsqu'ils furent assez près ils échangèrent quelques signes se répartissant leurs cibles. Soudain, une flamme jaillit, se démultiplia en quatre ou cinq lueurs vacillantes. Le chef de la petite bande, tout de noir vêtu, leva la main et s'apprêta à donner aux archers le signal qui libérerait les flèches enflammées.

- Guilhem, Tircelin, vite…

Les deux archers étaient déjà prêts. Les paysans et les gardes cachés dans ce secteur aussi. Les deux arbalètes claquèrent presque simultanément. Deux archers s'écroulèrent lâchant vers le ciel leurs flèches qui retombèrent en un orbe gracieux, manquant les toits de chaume auxquels elles étaient destinées. Les gardes, sortant de leurs cachettes, bondirent l'épée au point. Il y eut une brève mêlée entre les arbres. Des cris montèrent de la foule qui fit un pas en avant. Les deux gardes restés avec le père Francis s'interposèrent, menaçants, Thomas et Juan dévalèrent la pente pour leur prêter main-forte. Empêtrés dans les ronces, ils arrivèrent à l'entrée du village pour y retrouver Paula jetant dédaigneusement le corps d'un homme vêtu de sombre au pied du premier rang des paysans.

- Regardez cet homme ! Lui trouvez-vous l'air d'un garou ou d'une quelconque créature du diable ? Non, n'est-ce pas ? Et pourtant s'il était parvenu à ses fins avec ses complices, les toits de quelques chaumières se seraient embrasés et vous y auriez vu quelque signe, divin ou diabolique, pour justifier votre folie ! Elle se tourna vers deux femmes qui se tenaient à l'écart, Marthe, Juanna, venez nous dire si ce garou ressemble à celui qui vous a si fort effrayé l'autre soir !

Deux paysannes se serrèrent un peu plus l'une contre l'autre, surprises d'être interpellées et frémissantes de peur tandis que tous les visages se tournaient vers elles. Des exclamations étonnées jaillirent parmi les assaillants quand quelques paysans de Montignac reconnurent deux des disparues, ayant apparemment échappé aux garous censés les avoir dévorés.

- N'ayez pas peur, c'est fini maintenant… Continua doucement Paula, croyiez-vous pouvoir rester cachées bien longtemps dans un si petit hameau ? Il ne m'a pas fallu bien longtemps pour remarquer que les braves gens qui vous protégeaient avaient deux filles un peu trop âgées pour eux dans leur chaumière… Et vous erriez comme des âmes en peine dans le village alors que les autres s'activaient à leurs occupations avec le naturel de ceux qui sont chez eux… Ils m'ont tout avoué : comment ils vous cachaient depuis l'incendie de la maison de la Fréchou où vous vous étiez tout naturellement réfugiées lorsque vous avez été attaquées sur le chemin… Vous la connaissiez, n'est-ce pas, vous êtes sans doute déjà venues lui acheter des remèdes… N'avez-vous donc pas cru que vos agresseurs étaient des garous venus du Pontet, comme vos amis ?

- En fuyant au hasard dans la forêt nous nous sommes retrouvées dans les ruines du château à l'arrière du village, avouèrent-elles, il y a le début d'un escalier en colimaçon qui s'enfonce dans le sol avant d'être bouché par un effondrement. Nous sommes restées terrées là deux jours, trop effrayées pour oser sortir, nous pensions que les garous étaient toujours dans les bois, attendant que nous bougions… La Fréchou nous a trouvées là en récoltant ses herbes, à demi mortes de froid… Elle nous a soignées, abritées, c'est une brave femme, comment pouvez-vous croire qu'elle soit une sorcière ? Elle vaut mieux que la plupart d'entre nous… Dit Marthe en s'adressant à la foule silencieuse.

- Venez ! Les coupa le père Francis, profitant de l'embarras des assaillants, il y a dans ce village une chapelle qui n'a plus connu de messe depuis trop longtemps. Je vois devant moi des âmes bien lourdes qui feraient mieux de venir s'y repentir…

Les moines se remirent en marche derrière le Christ, traversant le village en priant, en une lente et impressionnante procession. Tandis que Thomas arrivé près de Paula s'écartait pour les laisser passer, il frissonna dans la nuit glacée, ému par la puissance de la scène. Il éprouva le désir irrésistible de prendre son amie dans ses bras, autant par le soulagement de la retrouver vivante que par la fierté de l'avoir reconnue parmi ceux qui s'étaient précipités les premiers, l'épée au poing, sur les assaillants. Noyé au sein de la foule penaude des paysans des villages environnants qui suivaient la procession vers la petite église portant son prénom, il glissa sa main sur celle de Paula posée sur la garde de son épée. Elle eut un bref regard surpris vers son visage, mais ne la retira pas.

À l'issue de la messe, le père Francis promit de rappeler à l'archevêché l'urgence de la nomination d'un curé au Pontet, et ramena ses moines à Cayac.

L'aspect nettement moins austère de la procession du retour devait autant à la satisfaction d'avoir tiré le village d'un bien mauvais pas qu'au pot de l'amitié offert par les habitants après le départ embarrassé des assaillants dûment sermonnés au cours de l'office. Le jeune moine qui était allé chercher Thomas à Bordeaux titubait de fatigue en tête, bien que le père Francis l'ait déchargé du grand Christ décroché du réfectoire de Cayac en en faisant le premier don à la petite église Saint Thomas du Pontet.

Tandis qu'ils partageaient le meilleur clairet de la modeste vigne du village, les moines avaient raconté à Thomas comment le jeune hospitalier avait convaincu ses confrères, désorientés et inquiets pour leur supérieur, de quitter l'asile rassurant de Cayac pour venir au secours du Pontet.

Le calme et le silence étaient retombés. Dans la petite église, deux corps sans vie, allongés sur des planches alignées à la hâte, témoignaient encore de la violence à laquelle le village avait échappé. Le père Francis avait tenu à ce qu'ils soient placés là pendant l'office, pour que chacun prie pour le repos de leur âme avait-il dit, mais Thomas qui le connaissait depuis bien longtemps savait, lui, que le vieux religieux voulait surtout que chacun médite sur les conséquences de leur folie. La confession de la Fréchou avait sérieusement ébranlé les convictions des paysans venus avec la sombre intention de la voir se tordre dans les flammes d'un bûcher. Elle avait surpris tout le monde en ne se contentant pas de communier pour affirmer sa foi, mais en leur racontant sa triste vie depuis le retour en Angleterre du médecin de qui elle tenait son modeste savoir. La simplicité avec laquelle elle avait décrit sa vie de prostituée miséreuse des faubourgs de Bordeaux et son espoir de racheter en paix ses fautes dans ce village avaient mis les larmes aux yeux de plus d'un.

Après la messe, les assaillants venus des alentours avaient emporté leurs morts, mais sur les cinq hommes tués pendant l'attaque deux étaient encore là, abandonnés dans l'église du Pontet.

Thomas et Paula les contemplaient, pensifs.

- Ils ont dit qu'ils ne les connaissaient pas… Murmura Paula.

- Les trois qui les accompagnaient étaient de Camparian et les connaissaient pourtant assez pour tenter avec eux cette sournoiserie…

- Les quatre, rectifia Paula, l'un d'entre eux s'est enfui…

- Vous feriez mieux de dormir plutôt que de prier pour ces canailles, dit Arnaud en les rejoignant, traversant la nef vide de tout mobilier de la petite église.

- Les connaissez-vous Arnaud ?

Le maire leva sa torche de résine, observant brièvement les visages des gisants.

- Jamais vu dans le coin.

- Il me semble les connaître, dit Paula, pourtant leurs visages ne me disent rien…

Une petite voix s'éleva, venant d'au-delà du cercle de lumière où ils se trouvaient.

- Moi je sais !

- Catherina, que fais-tu ici ?

- Je les avais mal vus pendant la messe, j'étais au fond et il y avait une telle presse… Mais il m'avait semblé moi aussi les reconnaître… Ne les reconnais-tu pas, *Paul*, ce sont les hommes qui nous ont conduits chez Montignac !

Thomas, soulagé que la jeune Catherina montre ainsi son choix de préserver le secret de Paula, leva un regard interrogatif vers elle.

- Je ne les ai aperçus que du haut du toit de Montignac, dit-il, qu'en penses-tu Paul ?

- Ils étaient masqués la nuit dernière… Mais cela se pourrait…

- Celui-ci me portait en travers de son cheval, j'ai eu le pan de cette cape sous les yeux pendant tout le trajet, j'en jurerai ! insista la jeune paysanne.

- Si tu dis vrai, voilà des gens qui, tout comme nous, n'ont guère dormi ces derniers jours…

- Ils ont maintenant tout le temps, jeta rudement Arnaud.

Thomas contempla longuement les deux corps. Personne ne semblait les connaître. D'où venaient-ils, de quel village ? De Bordeaux ? Probablement pas, il connaissait à peu près toutes les crapules ou mercenaires de la ville… Il faudrait qu'il demande à Juan… Comment s'étaient-ils retrouvés au service de Montignac ? La veille, il les avait vus partir de chez le vieux marchand au cœur de la nuit avec un troisième larron. Pour où ?

- Si je fais arrêter Montignac, tu témoigneras de cela, Catherina ? demanda doucement Thomas.

- Si Arnaud me le conseille…

Arnaud resta silencieux, balançant entre son désir de justice et la crainte inspirée par le vieux marchand de bois.

Thomas sourit à Paula qui dissimulait mal un bâillement :

- Nous pèserons tout cela demain, je suis si fatigué que mes pensées se brouillent… Vous avez vu Juan et les deux archers de Gauriac ? demanda-t-il à Arnaud.

- Ils tournent dans le village, une chope à la main… Leur présence m'a surpris, qu'est devenu leur chef ?

Thomas eut un bref regard complice vers Catherina :

- Il semble qu'il ait disparu, mentit-il, ces deux-là ont en tout cas choisi de vous défendre. En attendant de nouveaux ordres…

Ils se dirigèrent vers la porte de la petite église. Si ce n'étaient les quelques hommes postés ici ou là, le village était paisible, endormi. Thomas reconnut Juan, tirant un seau du puits pour s'asperger d'eau glacée le visage.

- Nous vous rejoignons, Arnaud, nous allons abuser de votre hospitalité cette nuit encore…

- Nous vous devons bien ça, Messires…

-… Paul, tu as trois nouvelles recrues à qui il te faut montrer la défense que vous avez organisée hier. Je crois que nous serons tranquilles cette nuit, mais que cela ne nous empêche pas de rester prudents…

Ils descendirent vers le petit Espagnol, goûtant l'air frais, chassant les vapeurs d'alcool qui embrumaient leurs esprits.

- Il faut que je te présente Juan qui étrenne ce soir rudement son nouvel emploi au service de mon oncle, cet après-midi nous avons fait connaissance derrière nos épées ! Voilà une journée bien remplie, Juan, n'est-ce pas ?

Paula le regarda sans sourire.

- Il va falloir me raconter tout cela, Thomas, tes journées sont si pleines d'imprévu qu'il me faut, chaque fois que je t'aperçois, une autre journée pour entendre la liste de tes aventures…

Thomas hésita, décontenancé par la note d'hostilité dans le ton de son amie.

- Viens, mène-moi où vous vous êtes battus ; sais-tu que je t'ai vue lorsque tu as bondi sur nos assaillants tout à l'heure ? Nous étions là-haut, lui montra-t-il, ensuite je me suis un peu entravé dans les ronces en dégringolant vous prêter la main… Dit-il pour détendre l'atmosphère.

- La Fréchou saura panser tes écorchures, fit-elle, feignant de se désintéresser de lui.

Ils marchèrent en silence jusqu'à la lisière des arbres.

- C'est ici, mais comme tu as dû le voir, je n'ai échangé que quelques coups de lame… Il s'est enfui sans demander son reste quand je l'ai désarmé… En fait, il a trébuché en reculant et lâché son épée… Elle doit être par ici.

- La voilà ! Il la ramassa. C'est une épée anglaise…

- Un Anglais ?

- Pas nécessairement : les armes anglaises sont encore nombreuses dans le royaume, surtout par ici…

Leurs têtes s'étaient rapprochées, penchées sur la lame faiblement éclairée par un rayon de lune qui filtrait entre les branches.

Comme elle lui faisait face, bras ballants, il passa l'arme dans son ceinturon et lui prit les mains, étonné au passage de les trouver si petites et fines. "Tout à l'heure elle maniait l'épée et bondissait comme un démon", pensa-t-il "sacrée fille…"

- Paula…

- Thomas, répondit-elle faussement attentive.

- Ne peux-tu me faciliter la tâche ? Je me suis tellement habitué à te traiter en fidèle compagnon que je ne sais par quel mot commencer…

- Peut-être en me parlant de ce petit homme velu que tu as amené avec toi ?

Il soupira, entreprit de raconter sa rencontre :

- Sa compagne est la sœur de la fille que nous recherchions…

Il tenait toujours le bout des doigts de Paula entre ses mains. Elle était si tendue qu'il lui sembla qu'il aurait trouvé plus de chaleur et d'humanité dans la prise de son épée… "Elle ne m'écoute pas", pensa-t-il… Il n'en finit pas moins son histoire :

-… Et c'est ainsi que je lui ai demandé de m'accompagner… En somme, il était là au moment où j'ai eu besoin de lui et ne s'est pas esquivé.

- Et où étais-je, selon vous Messire Russ ? En train de broder quelque tapisserie ?

- Ici, assiégée par cette bande de fous, pardieu je le sais bien, c'est justement à ton secours que nous sommes venus !

- À mon secours ou à celui des paysans de ton oncle ?

- Pourquoi me cherches-tu querelle ? Qu'ai-je fait ? J'étais inquiet pour eux aussi bien sûr…

- Que cherches-tu à me dire alors ?

- Cette vie est trop dangereuse pour toi… Je ne cesse de trembler en pensant à ce qui pourrait t'arriver… Je suis las de ces cachotteries, et puis tiens, puisque nous en sommes aux révélations, je songeais tout à l'heure à tout dévoiler à mon oncle… Sa maison est grande, il y a la place pour un foyer de plus…

- Est-ce une demande en mariage, Thomas Russ ? Encore faudrait-il que je ne préfère pas retourner en Flandre !

- Je sais que… Enfin, que tu… N'en serais-tu pas heureuse ?

- Ce... Juan, l'as-tu engagé pour me remplacer, après… ?

- Je ne l'ai pas engagé. Mais quand bien même cela serait, le vois-tu en train de tenir notre foyer ou d'élever nos enfants ? N'est-ce pas plutôt là ta charge ?

- Pour ne te voir qu'entre deux expéditions, le temps de me faire un enfant de plus, avant de repartir à l'aventure ? Tandis que j'attendrais patiemment ton retour ?

- Mais… Qu'y a-t-il de mal en cela ?

- Je t'ai déjà dit que ce n'était pas mon choix… Crois-tu que j'ai fui la menace du couvent pour m'enfermer moi-même dans une autre prison ? T'épouser ? On peut y songer. Mais la vie que j'aime est à tes côtés, l'épée à la main, aucune autre ne me rendra heureuse…

Thomas marmonna quelque chose du genre : il est une autre épée que je préférerais te voir sortir de son fourreau…

- J'ai entendu, Thomas ! Et je te prie de garder tes grossièretés pour tes compagnons de taverne…

- Mais, n'est-ce pas ce que tu désires justement être, un de mes *compagnons de taverne* ? ironisa-t-il.

Elle lui caressa doucement la joue :

- N'est-il pas possible d'être tantôt l'un, tantôt l'autre ?

Il ouvrit la bouche pour répliquer, mais lui reprenant la main, elle l'entraîna vers la chaumière d'Arnaud :

- Viens, nous ne sommes pas en état de discuter de tout cela. Nous en avons déjà beaucoup dit pour ce soir, n'est-ce pas ? Allons dormir, cette affaire n'est pas terminée…

Il se laissa conduire, silencieux, jusqu'à la maison. De quelle affaire parlait-elle ? De Montignac, ou de celle les concernant ? Assommé de fatigue, il se sentait malheureux, mécontent de la tournure prise par leur petite promenade d'amoureux. Il avait juste voulu lui montrer son inquiétude, son plaisir de l'avoir retrouvée saine et sauve, la serrer dans ses bras… Peut-être espérait-il un baiser, il ne savait plus, il était désorienté et tellement fatigué…

Ils se laissèrent tomber sur la paillasse disposée par l'épouse d'Arnaud à leur intention dans un angle de la grande salle commune de leur maison. Tournée vers lui, l'épaisse couverture de laine odorante tirée jusqu'au menton, elle regarda son visage fugitivement éclairé par les braises du feu à demi éteint longtemps après qu'il se soit endormi. Elle posa alors doucement ses lèvres sur les siennes sans le réveiller. Puis elle se tourna, et s'endormit à son tour.

* * *

- Qu'espères-tu donc trouver dans ces bois… Il s'est enfui, voilà tout ; il doit être bien loin maintenant…

- Quelle malchance… Tel que tu me le décris, avec son chapeau noir, il devait s'agir du chef des deux crapules qui reposent dans l'église… Je l'ai aperçu chez Montignac…

- Pourquoi perdre notre temps à arpenter ces bois alors ?

- J'avais besoin de m'éclaircir les idées… Tout accuse Montignac, mais comment le confondre ?

- Mais Catherina est certaine que les hommes en noir qui viennent d'attaquer le village sont ceux qui nous ont conduits dans son cachot !

- Nous ne parviendrons pas à faire arrêter Montignac sur le seul témoignage de Catherina, dit Thomas, de plus j'ai commis une erreur en n'allant pas immédiatement signaler votre enlèvement et la mort de Gauriac… Comment expliquer mon silence au sénéchal, maintenant ?

Paula s'arrêta brusquement, se tournant vers lui :

- Il était chez Montignac où ces deux gredins nous avaient enfermées, il allait me violer, tu es arrivé : tu l'as tué ! Catherina en témoignera!

- Montignac a le droit de rendre la justice sur son domaine, s'il prétend vous avoir arrêté chez lui, qui dira le contraire ? Qui a été témoin de votre enlèvement au Pontet ? Personne…

- Le jeune guetteur a vu les hommes en noir arriver au village et mettre le feu à la maison de la Fréchou…

- Un enfant… Non, il faut trouver ce qui lie les hommes en noir à Montignac…

Ils reprirent leur marche au hasard de la forêt, plongés dans leurs pensées.

- Reprenons : les filles sont attaquées la nuit de mercredi à jeudi par trois hommes vêtus de noir, jaillis de la forêt, côté Pontet d'ailleurs. Pourchassées, elles parviennent à s'échapper par miracle. Tout en étant sûres que leurs vies étaient en grand danger. Pourquoi vouloir la mort de

142

trois paysannes ? Il me semble que j'aurais tendu une embuscade plus loin de l'auberge, il y a encore une lieue jusqu'à Camparian…

- Il fallait donc qu'elles soient tuées précisément là ? Pourquoi ? Pour faire peser une accusation d'attaque de voyageurs ou de sorcellerie sur le Pontet ?

- La sorcellerie sans doute, reprit Thomas, Tircelin a découvert que les aubergistes avaient été tués avec un outil laissant d'affreuses griffures… Pourtant les hommes en noirs avaient des épées chaque fois que nous les avons vus…

- Marthe et Juanna se cachent chez la Fréchou… Continua Paula.

-… Et le lendemain matin, le jeudi donc, Johanna qui avait, elle, trouvé refuge dans l'écurie de l'auberge retourne sur le domaine de Montignac, aperçoit les trois prétendus garous dans la cour, et se cache chez elle sans que personne ne remarque son retour. À peu près au même moment, les manants de Montignac, inquiets, partent à leur recherche. Ils ne les trouvent bien sûr pas et reviennent demander son aide à Montignac qui se rend immédiatement chez le sénéchal se plaindre des villageois du Pontet.

- Donc il savait tout de même que l'agression avait eu lieu près du Pontet ! Comment ?

- Il restait peut-être des traces de leur fuite dans la neige ?

- C'est probablement ce qu'il a dit au sénéchal, mais imagine qu'il ait été là lors de l'agression ou du moins qu'il était au courant de celle-ci…

- Pourquoi aller si vite voir le sénéchal ? interrogea Paula.

- Pour s'innocenter, ou pressé de charger le Pontet ?

- Il a voulu prendre les devants pour être sûr de pouvoir faire nommer Gauriac sur l'affaire.

- Peut-être… Continuons. Pourquoi laisse-t-il passer toute une journée avant d'aller à la recherche des filles ?

- Les complices de Montignac n'étaient pas là, rappelle-toi, tu m'as dit que Johanna avait vu les trois hommes en noir partir de chez Montignac au moment où elle est rentrée au manoir le matin suivant le meurtre…

- Quelle tâche a bien pu les occuper toute la journée… Il leur fallait pourtant les retrouver au plus vite…

- Le saurons-nous seulement un jour ? murmura Paula…

- Je compte bien le savoir ! Mais, poursuivons encore : ça, c'était le mercredi, le jour qui a suivi la nuit du meurtre ; le jeudi midi le sénéchal est donc averti de l'agression contre les paysannes, et Gauriac est prêt à partir le soir même… Gauriac dont le père est plus ou moins du même parti que les Montignac père et fils, dont on peut dire qu'ils sont au moins nostalgiques de Charles VII et hostiles à Louis XI, si ce n'est carrément comploteurs de cette ligue qui commence à prendre de la force et se fait appeler "du bien public"…

- Montignac comploteur ? Allons donc ! s'exclama Paula, il ne pense qu'à sa verroterie !

Thomas palpa de nouveau sa poche, se souvenant des morceaux de verre pris dans la tour de Montignac.

- Il faut aussi que j'interroge la Fréchou sur le verre trouvé dans les ruines de sa chaumière… Où en étais-je ? Ah ! Oui. Le vendredi nous arrivons à l'auberge peu après les meurtres des aubergistes. Nous partons, toi à la poursuite de pèlerins mystères, moi chez Montignac où je rencontre le mandataire de Sainte-Croix. Encore un mécontent de Louis XI, selon mon oncle, en tout cas un religieux qui m'a l'air de la trempe des plus impitoyables inquisiteurs… et qui ne se cache pas de vouloir débarrasser la région du repaire de sorciers et sorcières que constitue selon lui le Pontet.

Samedi midi, enfin, c'est la pénible visite de Gauriac au Pontet, nous rentrons à Bordeaux et le lendemain matin tu reviens te faire enlever ici.

- Les hommes en noir, qui ne s'ennuient décidément pas, sont toujours là à rôder autour du Pontet, cette fois sans doute pour mettre le feu à la maison de la Fréchou, mais rien ne prouve que cela soit Montignac qui le leur a demandé… En tout cas, ils nous enlèvent et nous emmènent dans le cachot du vieux fou, continua Paula.

- Attends, que s'est-il passé exactement ? Qu'avez-vous vu ?

- En arrivant j'ai trouvé Catherina seule, souviens-toi, les autres étaient partis à l'office à Cayac. Par chance les deux filles de chez Montignac qui ne pouvaient pas se montrer à la messe étaient allées prier dans la chapelle du Pontet ! Les trois cavaliers sont arrivés à ce moment, sans doute parce qu'ils avaient deviné que les filles étaient là, ont mis à sac la maison de la Fréchou, l'ont incendiée et sont repartis. Nous sommes sorties pour essayer de l'éteindre tandis que les deux "disparues" se terraient dans la chapelle, mais ils sont revenus et m'ont capturée ainsi que Catherina… Ensuite ils nous ont conduits jusqu'au cachot de

Montignac…

- Duquel je vous délivre le soir même. De loin ils vous ont peut-être pris pour les filles qu'ils cherchaient, après tout vous n'étiez pas à la messe, ils ont dû en conclure que vous vous cachiez… Thomas resta silencieux un moment.

- À quoi penses-tu ? À Gauriac, n'est-ce pas ? Tu l'as tué par ma faute… Je n'aurais pas dû revenir sans te prévenir…

- Ce n'est pas ça. Je ne regrette pas d'avoir débarrassé la face du monde de ce dépravé. Il aurait de toute façon tenté d'abuser de toi tôt ou tard… Non, je me demandais pourquoi mettre à sac la maison de la Fréchou pour finalement l'incendier ?

- Cela n'a pas duré bien longtemps, la pauvre femme possédait si peu de chose, mais je suis sûre d'avoir entendu le bruit de meuble fracassé, de pots brisés…

- Qu'en penses-tu ?

Paula s'assit sur une pierre dont elle caressa pensivement la surface couverte de mousse.

- Ils cherchaient quelque chose ?

- Que pouvait bien posséder la Fréchou susceptible d'intéresser cette bande de traîne chemins ?

Paula se releva, observant la pierre rectangulaire sur laquelle elle était assise.

- Que fait cette pierre ici au milieu des bois ? On la dirait taillée…

- Elle a dû glisser des ruines un peu plus haut… Il y avait au sommet de cette butte le castel d'un baron anglais, maintenant ce n'est plus que tas de pierres… Il ne doit plus rester grand-chose, les paysans les utilisent pour bâtir leurs murs…

- Conduis-moi jusque-là dit-elle, essayant vainement d'entrevoir le sommet.

Ils débouchèrent des arbres pour tomber sur un assez large chemin en pente, marquant la limite entre la forêt et une vaste étendue plantée de vignes. Les ceps dénudés se dressaient sur le coteau chauffé par le soleil. Quelques paysans occupés à la taille et au remplacement des échalas brisés les saluèrent. Après quelques mots amicaux, ils entreprirent la montée.

- Lorsque je les ai amenés ici, il n'y avait que des taillis à la place de ces vignes, dit Thomas, nous n'avons découvert ces ruines que le troisième jour. Tu ne peux imaginer leur joie lorsque je leur ai confirmé que le castel était bien sur le domaine de messire Tullier et que je les ai autorisés à prendre tout ce dont ils avaient besoin pour reconstruire…

Ils arrivèrent au sommet. Une petite surface qui avait dû être plane n'était plus pour l'heure que tas de pierres, ronciers, taillis et pans de mur ne dépassant pas la hauteur de Thomas.

- Qu'est-il arrivé ? murmura Paula, saisie par la désolation du lieu.

- Sans doute la même chose qu'au village… La guerre et son cortège de malheurs…

Elle se tourna vers la pente. Au-delà des vignes du coteau et d'un champ fraîchement labouré, le village s'étalait sur une pente légère qui descendait jusqu'au ruisseau. Chaque maison possédait son petit potager entouré de murets et les espaces libres étaient plantés de nombreux fruitiers qui devaient, l'été, fournir une ombre fraîche et reposante.

- Tu me dis que ce château appartenait à un comte anglais… L'épée que nous avons trouvée est anglaise… Cela ne fait-il pas beaucoup d'Anglais dans cette histoire ?

- La coïncidence est possible, les Anglais étaient encore là il n'y a guère… C'est pour cela que tu m'as demandé de venir jusqu'ici ?

- Ce castel m'a rappelé une phrase de Montignac : juste avant qu'il entre dans notre cachot, il me semble qu'il parlait de ruines avec son ami Gauriac…

- Et tu penses qu'il s'agit de ce château. Possible… Pourquoi n'en as-tu rien dit plus tôt ?

- Je ne savais pas qu'il existait ! Et puis nous n'avons pas eu beaucoup de temps pour discuter ces derniers jours…

- Je t'en prie, ne recommence pas tes reproches… Que peut-il bien y avoir ici qui intéresse Montignac… Les pierres ?

- Un trésor, fit Paula, bien des fortunes doivent être restées dans leurs caches sous les ruines de châteaux comme celui-ci…

Thomas contempla le triste spectacle d'un regard circulaire. Il secoua la tête, découragé :

- Nous ne pouvons tout de même pas retourner tous ces tas de pierres… Redescendons, cet endroit sent par trop le malheur et la mort…

La première maison qu'ils rencontrèrent, juste au pied du chemin était celle de la Fréchou ou du moins ce qu'il en restait. Quelques paysans continuaient à déblayer les gravats, comme si chacun voulait effacer au plus vite le souvenir de ces journées d'angoisse. Il faudrait pourtant attendre l'été pour remonter les murs en torchis, et obtenir du gouverneur l'autorisation d'abattre quelques arbres pour la charpente et l'ossature des murs.

Au milieu de ses pans de mur noircis, la Fréchou, qui semblait avoir retrouvé quelque énergie, participait au travail avec une fébrilité grandissante.

- Ah ! Messire, vous n'avez pas trouvé ici une pierre transparente, de la taille d'une écuelle à peu près…

- Quelques morceaux de verre, je crois, sont tombés d'une poutre calcinée… Dans ce coin il me semble, dit Thomas, à ce propos je me demandais d'où vous les teniez ?

- Elles étaient là-haut dit-elle, montrant du menton l'extrémité du chemin, Arnaud me les a rendus hier, mais la pierre que je cherche n'est plus là… Je la laissais sur mon coffre, à cet endroit…

- Un enfant l'aura trouvée et gardée, peut-être ?

Elle sembla lutter contre les larmes, parvint avec peine à articuler :

- Je les ai tous questionnés hier… J'y tenais comme à un talisman… Je l'avais trouvé dans les ruines du château, alors que je faisais ma première cueillette de simples… C'est cet homme qui me l'a prise, elle semblait un peu trop l'intéresser…

- Voyons, personne n'est entré dans le village ! De quel homme parles-tu ?

- Un pèlerin… Vieux, malade, il est venu chercher des remèdes contre sa toux… Il l'a regardée, m'a posé des questions… C'est drôle, j'ai pensé que mon talisman lui avait redonné de la vigueur, il est reparti aussitôt après, il ne toussait déjà plus !

- Il y a longtemps ?

- Avant l'hiver…

Thomas fit la moue, perplexe. D'un côté la Fréchou avait un accent de sincérité convaincant, de l'autre, il ne comprenait pas pourquoi un pèlerin passé trois mois plus tôt aurait pu brutalement réapparaître pour voler une simple pierre. À son retour de Compostelle peut-être…

- À quoi ressemblait-il ?

- À un pèlerin ! Avec la besace, le bâton, et une confortable cape tellement crottée qu'on aurait dit qu'il venait de se rouler dans la boue…

- Je te parlais du caillou, à quoi ressemblait-il, qu'avait-il d'extraordinaire ?

- Transparent comme le verre, mais épais, lisse et plat d'un côté, à peine rugueux et arrondi de l'autre... Et si lourd que j'avais peine à le soulever...

Paula intervint :

- Comme s'il avait été moulé dans le fond d'une écuelle ?

- C'est pour ça que je l'aimais tant... Une si parfaite création de la nature, que l'homme n'aurait pas faite mieux... Je regardais pendant des heures les flammes danser à travers, je les imaginais enfermées à l'intérieur, je voyais... des choses... Elle était...

- Magique ? Il ne lui laissa pas le temps de répondre, fais attention à ce que tu dis, Fréchou, ce mot est dangereux...

- Je suis parfois bien seule le soir, Messire... Je passe des heures à rêvasser en regardant le feu... Il y a eu trop d'hommes dans ma vie avant que je ne vienne ici, mais chez le médecin anglais, à Bordeaux, j'étais une jeune fille comme les autres... Les garçons de la paroisse Sainte-Colombe voulaient tous porter mon panier lorsque mon maître m'envoyait au marché... Et un vilain jour la guerre a été finie, mon maître enfui et moi dans la rue sans avoir eu le temps de choisir un époux... Maintenant il est bien tard pour trouver un homme... Qui voudrait de la Fréchou ? Je leur fais un peu peur, je crois...

- Ne dis pas cela, la consola Thomas, tu es une bénédiction pour ce village, et ils le savent... Tu n'es pas là depuis très longtemps, il faut leur laisser le temps...

- L'homme qui est venu avant l'hiver... Il n'était pas là hier soir ?

- Avec ceux venus pour me brûler ? Elle eut un rire bref, il n'aurait pas pu faire grand-chose dans la foule : il était si vieux et si courbé sur son bâton qu'on a peine à imaginer qu'il puisse aller jusqu'à Compostelle ! Non, il n'était pas là, à moins que Saint Jacques ne l'ait redressé ! Et même ainsi, je l'aurais reconnu : avec ses longs cheveux blancs, il avait l'air d'un magicien...

- Ou d'un alchimiste, ajouta Thomas soudain éclairé, merci Fréchou, tu nous as bien aidés. Ne t'en fais pas, le printemps sera bientôt là, et je crois savoir à qui demander le bois pour reconstruire ta chaumière...

* * *

- C'est toi qui m'as mis sur la voie, dit Thomas, en comprenant que la pierre de la Fréchou était du verre fondu abandonné au fond d'un creuset… La description de son trop curieux pèlerin a fait le reste… Le vieux Montignac est venu en personne voir la pierre qu'un patient de la guérisseuse avait dû lui décrire…

Cette fois, ils cheminaient tranquillement vers Bordeaux, profitant d'une douceur annonciatrice du printemps.

- Ce morceau de verre est cause de tout ? s'étonna Paula, Montignac a tenté de tuer les filles, massacré les aubergistes, attaqué le village, nous a enlevées pour ce bloc de verre ?

- Voyons… La verrerie est la passion de Montignac… Ce fond de creuset a peut-être une valeur que nous ne pouvons imaginer à ses yeux…

- La "pierre" de la Fréchou ne peut lui avoir été volée que lorsque nous avons été enlevées avec la petite Catherina… Donc par les hommes en noir qui ont dû la porter à Montignac. Pourquoi avoir déclenché l'attaque des paysans contre Le Pontet, s'il avait déjà la pierre ?

- Peut-être ne pouvait-il plus les arrêter… À moins que les hommes qui vous ont enlevées ne lui aient pas donné le bloc de verre… Mais nous nous égarons, nous savons que le verre intéresse Montignac et que le village l'intéresse aussi… Il sait que la Fréchou a trouvé ce galet de verre ici, c'est pour ça qu'il veut chasser les paysans du village… Peut-être espère-t-il en trouver d'autres ?

- La Fréchou l'a découvert dans les ruines du castel anglais… Dit pensivement Paula, crois-tu que nous puissions encore découvrir à qui il appartenait ?

- Mon oncle nous dira sans doute cela…

Ils le surent bien plus tôt. Passant devant le monastère d'hospitaliers ils s'arrêtèrent prendre des nouvelles de la petite communauté. Deux jours s'étaient écoulés depuis le siège du Pontet et la conduite héroïque des moines. Pourtant ni la petite poterne dans le mur du jardin, ni le portail de l'église n'étaient ouverts comme d'habitude à cette heure du jour, et le voyageur parcourant le chemin, au lieu d'avoir l'impression de passer au beau milieu d'un accueillant monastère, le traversait au contraire entre deux murs sombres et presque hostiles.

Le guichet de la petite porte tarda à s'ouvrir et ils durent soulever le heurtoir à plusieurs reprises avant d'entendre, de l'autre côté du mur, la voix irritée du père Francis pressant le moine portier d'aller voir qui toquait à la porte.

Le visage prudent et inquiet qui s'encadra enfin, tout prêt à repousser l'intrus, s'éclaira en les reconnaissant. Le moine vérifia néanmoins soigneusement qu'ils étaient bien seuls sur le chemin avant de leur ouvrir. La porte se referma rapidement derrière eux, et la lourde traverse de bois se rabattit en grinçant. Tout en s'amusant de la très relative protection offerte par ce lourd madrier renforçant une porte percée dans un mur qu'un enfant aurait facilement pu escalader sans la moindre échelle, Thomas fut frappé de l'inquiétude qui creusait le visage du moine.

- Que se passe-t-il ? Pourquoi ces précautions extraordinaires ?

- Ne restons pas là fit le portier avec un regard anxieux sur les champs du monastère, le père Francis vous attend à l'intérieur.

Le supérieur semblait lui aussi taraudé par l'inquiétude. Il les précéda sans mot dire, à peine un salut et un geste de bienvenue, jusqu'au réfectoire où une grande croix de bois grossier avait déjà remplacé le Christ offert aux habitants du Pontet.

Ils prirent place à la même table que quelques jours auparavant. Le religieux plongé dans une profonde réflexion ou partagé de doutes intérieurs laissa traîner un silence pesant avant de se racler la gorge.

Thomas hésita à prendre la parole. Le moine, d'habitude si amical et bienveillant ne ressemblait en rien à l'homme assis devant lui, fatigué et indécis, un peu plus voûté à chaque seconde qui s'écoulait.

- Je t'attendais, Thomas, finit par dire le religieux, même s'il m'en coûte de te l'avouer, il apparaît cette fois que c'est moi qui ai besoin de ton aide.

- Je vous aiderai avec joie, mon père, qu'arrive-t-il qui vous oblige à vous barricader ainsi ? Parlez, vous savez bien que vous pouvez compter sur nous…

- Voilà bien ce qui me retenait ! Vous courrez de bien assez grands dangers tous les deux sans que je vous oblige à partager mes ennuis !

Pourtant je ne sais que faire…

Paula intervint :

- Vous êtes venu seul parlementer avec les insensés qui assiégeaient le Pontet… Et sans l'initiative du jeune moine qui a organisé votre si belle procession, qui sait comment les choses auraient tourné ? Nous vous devons tant que ces précautions oratoires ne sont que du temps perdu…

Le parler on ne peut plus direct de Paula réussit à arracher un sourire au religieux :

- Soit. Ton amie est toujours aussi franche, Thomas ; prie le Seigneur de l'avoir toujours à tes côtés, ajouta-t-il, elle a été admirable l'autre soir au Pontet… Il y eut un dernier silence. Avez-vous découvert de nouvelles charges contre Montignac ? Le temps presse… Cette affaire prend une bien mauvaise tournure… Pour moi plus tôt que je ne le pensais, et votre tour ne tardera pas, hélas !

- Pour vous ? Que vous arrive-t-il ? Je n'arrive pas à imaginer Montignac perdant son temps à inquiéter votre monastère ; son alchimie est sa seule raison d'être, nos dernières découvertes le prouvent encore…

- Ce qu'il m'arrive ? Il m'arrive qu'un de mes trop rares amis au chapitre de la cathédrale est venu ce matin tout exprès pour me prévenir de bruits qui commencent à courir à Bordeaux ! gémit le vieil homme en se levant, il paraît que je protège une sorcière du Pontet ! Certains vont plus loin encore et nous associent dans des pratiques "magiques" qui ne peuvent selon eux qu'expliquer les fréquentes guérisons de nos malades… Ces imbéciles colporteront bientôt que je quitte Cayac la nuit pour participer à des sabbats ! gronda-t-il en frappant du poing sur la table, alors que je n'ai fait qu'indiquer à la Fréchou les façons d'utiliser quelques simples contre les flux de poitrine ou les maux de ventre ! Imagine-t-on de telles bêtises ?

- On vous connaît, personne à l'évêché…

- Certes on me connaît, mais en choisissant de me tenir à l'écart de leurs intrigues de palais, je n'ai de soutien à attendre de personne… Et les revenus de ce monastère en intéressent plus d'un, à commencer par ce vicaire de Sainte-Croix qui n'est pas le moins acharné à répandre ces inepties…

- Encore ce frère Étienne ?

- Cayac est presque entouré de terre appartenant à Sainte-Croix…

Hormis le hameau de votre oncle…

- Mais, l'archevêque…

- L'archevêque est de plus en plus hostile au roi. L'abolition de la pragmatique sanction[23] le rend fou de rage en le privant d'une bonne part de ses revenus… Et il ne serait pas fâché de lui jouer un mauvais tour en donnant l'administration de notre hôpital à son ami de Sainte-Croix qui excite de plus en plus ouvertement les comploteurs de la ligue du bien public…

- Quel intérêt le vicaire de Sainte-Croix peut-il avoir à s'exposer ainsi ? Qu'il cherche à accroître l'étendue des domaines de l'abbaye passe encore, mais de là à comploter ouvertement !

- Les revenus de l'abbaye ne lui profitent pas, ou si peu, ils vont à Pierre de Foix ! Et je ne vois pas le frère Étienne en serviteur zélé… Encore que sa charge de vicaire lui a rapporté de quoi s'offrir quelques propriétés… Qui sait ce qui le pousse à comploter… Il voyage souvent en Angleterre dit-on…

- Encore les Anglais…

- Pourquoi dis-tu cela ?

- Nous parlons beaucoup d'Anglais depuis quelque temps, expliqua Paula, une épée, un château, et maintenant un vicaire qui voyage en Angleterre… Commença-t-elle pour finalement lui raconter leurs dernières découvertes.

- Vous pensez donc qu'un Anglais serait mêlé à tout cela… Pour ma part, je ne vois pas pourquoi un Anglais chercherait à me faire passer pour un adepte de Satan… Pour me punir d'être intervenu au Pontet ?

- Au moins un avertissement pour que vous cessiez de nous aider, fit Paula.

- Donc ce mystérieux Anglais cherche lui aussi la perte du Pontet, si ce n'est la mienne ! Encore une fois, qu'ont-ils donc tous après ce village ?

- Peut-être le village ne leur importe-t-il pas en soi, fit Paula, nous n'en avons pas moins un Anglais qui semble loger chez Montignac et le village est dominé par les ruines d'un castel anglais…

---

23 Pragmatique sanction : Édit royal de Charles VII qui laissait les chapitres religieux élire les hauts dignitaires de l'Église. Louis XI crut habile de reprendre le contrôle des biens de l'Église en l'abolissant. Le résultat imprévu en fut une énorme hémorragie monétaire vers Rome.

- L'Anglais est donc au service de Montignac ? Un ancien occupant du château ? Cela remonte à si loin... Voyons, je dois avoir un registre quelque part, venez...

Ils lui emboîtèrent le pas pour le suivre dans une petite salle toute proche, le monastère n'étant pas bien grand. Un moine, debout près d'une fenêtre, recopiait avec application un traité de médecine. Un nombre de livres insoupçonné par Thomas s'alignait sur les murs.

- Il doit y avoir trace des occupants de ce château dans un de nos registres, fit le prieur, quelque part par-là... Il désigna une étagère ployant dangereusement sous d'énormes reliures près du moine penché sur son labeur. Frère Armand est en train de traduire un manuscrit arabe du grand Avicenne que j'ai envoyé chercher à l'abbaye de la Sauve... Nous avons presque autant de traités de médecine que de manuscrits religieux ! Nous sommes si ignorants... Il souffla la poussière sur la tranche d'un livre vénérable, dans les années 1430-1440 les routiers ont ravagé la région... C'est un miracle qu'ils aient épargné le monastère, fit-il en se signant. J'étais à Bordeaux et bien jeune à cette époque... Il se mit à feuilleter précautionneusement le registre.

- Mon dieu, frère Gérald ! Je l'avais oublié ! Quelle bête je suis ! À mon arrivée ici, il y avait un vieil homme qui vivait presque totalement reclus dans sa cellule... Il est mort voici peut-être dix ans. Comment ai-je pu ne plus me souvenir de lui ? C'est lui qui était curé du Pontet lorsque le château a brûlé ! Il est resté ici après... Sa raison l'a quitté ensuite peu à peu ; il semblait vouloir expier quelque faute en se contraignant à une éternelle pénitence... Tout est là, fit-il, cachant mal l'excitation procurée par sa découverte, il a tout écrit là ! Ashley ! L'Anglais du château s'appelait Ashley ! Quelle horreur, ils sont tous morts... Fit-il plus bas avec un nouveau signe de croix, seules les femmes ont pu partir avant l'arrivée des routiers... Il parcourut en silence quelques lignes du manuscrit avant, presque inconsciemment sembla-t-il, de continuer à haute voix :

"... Ils avançaient, le pas mécanique, mornes et silencieux... " C'est frère Gérald ! Il a écrit là en détail la fin du château, comprends-tu, Thomas ? Il y était ! Il était leur curé, il était au village ! Il reprit sa lecture *: "À peine un groupe s'éloignait-il qu'un autre s'annonçait à l'extrémité du chemin. D'abord image indistincte dans l'ombre de la forêt, ils se révélaient à leur passage semblables en tout point à ceux qui*

les avaient précédés. Pas de couleur, du brun, du noir, grisés par la poussière. Pas de cris, pas de rires, le souffle rauque des vieillards à la peine, le pas des sabots raclant les pierres de la route. Pas de salut, pas de gestes amicaux, le lent glissement, presque une reptation, d'une horde épuisée qui économise la moindre de ses forces. Pour un groupe, un village : des hommes chargés d'outils, des femmes de ballots de linge, des enfants sur lesquels s'appuyaient des ancêtres exténués, quelques moutons, un chariot tiré par un ou deux bœufs impassibles, trop chargé de tout ce que l'on avait pu ne pas abandonner. Cela avait duré quatre jours. Les hommes du Pontet qui s'étaient approchés, alertés par la rumeur inhabituelle, contemplaient en silence l'angoissante procession. Leurs compagnes venues elles aussi aux nouvelles frémissaient au désolant spectacle des femmes qui allaitaient leurs nouveau-nés en marchant, l'absence béate qu'elles ont ordinairement en cette paisible occasion remplacée par un masque égaré, misérable.

" Il a bien fallu que nous nous rendions à l'évidence, le drame éternel de la fuite des pauvres gens devant la guerre se jouait cette fois bien près de nous. "

"Les malheureux étaient épuisés, on les sentait seulement préoccupés de préserver leurs dernières forces pour atteindre sans tarder Bordeaux. À nos questions ils ne répondirent que pour nous presser de fuir nous aussi, et pour murmurer avec un désespoir mêlé de terreur le nom du routier qui les avait jetés sur le chemin : Villandrando... Puis ils disparaissaient dans la poussière soulevée par le flot humain, rien au monde ne semblait pouvoir les arrêter avant l'abri rassurant des murs de Bordeaux. "

"Villandrando... Sa sinistre réputation n'était plus à faire. Il y a quelques années, Charles VII avait déjà lâché ce misérable routier sur les alentours de Cognac où il avait semé la désolation dans sa lutte contre un autre routier, à la solde des Anglais celui-là. L'écorcheur était donc de retour... J'appris par la suite que, associé à Charles d'Albret à la tête d'une formidable armée levée par Charles VII, il avait été chargé de venir par le sud semer la mort et la désolation sous les murs même de Bordeaux et pourquoi pas de s'emparer de la ville. Le Bazadais mis à sac, la comté d'Ornon[24], achetée par la commune de Bordeaux à un

---

24 À l'époque, comté était du genre féminin (la Franche-Comté).

connétable anglais quelques décennies plus tôt, allait maintenant être le premier territoire de la banlieue à être menacé[25] par cette nouvelle incursion."

"Le premier soir, les hommes du hameau se sont réunis dans l'église, cherchant dans la prière une réponse à un désarroi qui faisait si peine à voir que j'ai eu grand mal à leur apporter un peu de réconfort, j'en ai bien peur... Comment se résigner à abandonner sa terre, sa chaumière, sa vie ? Et puis il y avait Sir Ashley, leur seigneur, dans son château à deux pas du village, et fuir sans son assentiment était impensable... Ils se sont finalement accordés pour placer un guetteur sur la colline pour la nuit, et ont décidé d'attendre le lendemain... Ils allèrent se coucher plus angoissés qu'avant... Les couples ont sans doute parlé tard dans la nuit et bien des enfants ont dû frissonner dans le noir à les entendre évoquer à voix basse des choses qu'ils ne comprenaient pas encore, mais qui semblaient effrayer si fort leurs parents... »

"Au petit matin, Sir Ashley est venu lui-même les trouver. C'était un brave homme. Il n'a pas cherché à mentir, n'a pas caché le peu de chance que nous avions cette fois d'échapper au malheur qui approchait. Des tours du château on voyait déjà la fumée des villages incendiés s'élever au-dessus de la forêt. Charles VII avait décidé de porter la guerre sous les murs mêmes de la capitale du duché d'Aquitaine, nous révéla-t-il, et son armée, plus de vingt mille hommes, disait-on, allait déferler sur le village et chacun savait que la vague gigantesque ne laisserait rien derrière elle."

"Ashley ne chercha à contraindre personne à venir grossir la petite garnison d'archers qui défendait le château ; pourtant il avoua presque à contrecœur qu'il serait heureux si quelques-uns acceptaient de lui prêter main-forte. Pour les autres, il n'avait malheureusement ni les vivres, ni la place pour les abriter dans ses murs... Il fallait fuir, rejoindre le flot qui ne cessait pas... À mon sens, il a surtout voulu que les femmes et les enfants fuient tous pour échapper au massacre..."

---

25 La commune de Bordeaux avait, durant la période où les Anglais gouvernaient l'Aquitaine, cherché à étendre la zone qu'elle administrait bien au-delà des murs de la ville. La comté d'Ornon contrairement aux autres banlieues sur lesquelles les jurats (élus dirigeant la commune) avaient essentiellement un pouvoir administratif et judiciaire, était une seigneurie achetée par la commune, et comportait d'importants domaines terriens devenus propriétés de la ville.

"Au Pontet, tout le monde l'aimait Ashley. Je l'ai vu, les yeux mouillés de larmes, empêcher les plus vieux de rejoindre la presque totalité des hommes prêts à le défendre. Il savait, lui, que son castel ne résisterait pas à la marée d'une si grosse armée venant battre le pied de ses murs. Alors tout serait dit..."

"Les adieux ont été terribles entre ceux qui partaient vers la ville, vers la vie, (mais quelle vie ?), et ceux qui restaient en péril de mort..."

"Le lendemain matin, le flot des fuyards a semblé s'amenuiser, puis s'est tari tout à fait. J'ai accompagné en silence les hommes au château."

"Dans l'après-midi, le prévôt de la comté d'Ornon s'est présenté au château accompagné de quelques sergents. Il a tenté en vain de convaincre Sir Ashley et les défenseurs de fuir pendant qu'il en était encore temps. Ashley a refusé et après avoir consulté sa petite troupe, le brave homme, un jurat qui avait affermé[26] depuis l'an passé la charge de prévôt de la comté, a décidé de rester lui aussi."

"Et puis le soir est tombé sur une forêt redevenue silencieuse. Dans la nuit, elle s'est mise à bruire de froissements de feuillages furtifs mais nombreux, puis un cavalier est apparu, trop loin pourtant pour être atteint par les archers. Plus tard, les cris, les rires, les chants des soudards ne nous ont laissé aucun doute : le village était devenu le logement d'une bande de routiers... Adieu tonneaux, troupeaux, volailles... Ce que j'ai vu à ce moment restera à jamais fixé en moi : la peur a disparu comme effacée d'un revers de gueille[27] du visage de mes fidèles, aussitôt remplacé par un rictus terrible : Qu'ils viennent donc ! Au-delà de toute raison, les paisibles paysans étaient maintenant prêts à mourir pour venger leur village pillé."

"Et puis le soleil est venu chasser une nuit triste et sans sommeil malgré le repas de roi offert au château. La prodigalité de Sir Ashley ne démontrait que trop bien le peu d'illusions qu'il avait dans les capacités

---

26 Affermage : Les charges (emplois officiels, tel celui de prévôt) et domaines appartenant à la commune de Bordeaux étaient achetés, souvent par des élus de la commune. L'argent de cette "vente" servait aux dépenses de la commune. L'acheteur empochait les bénéfices de sa "ferme", par exemple les revenus du domaine ou les amendes pour la charge de prévôt.
27 Morceau de tissus en patois bordelais. Une gueille de bonde est le chiffon qui sert à faire l'étanchéité autour du "bouchon" d'un tonneau (la bonde).

de son si joli petit castel à soutenir un siège."

"Du haut des remparts, nous avons vu une dernière fois notre village sortir peu à peu de la brume. Il semblait intact encore malgré les groupes avinés qui allaient et venaient d'une chaumière à l'autre, et à la simple évocation de ce qu'y avait été leur vie j'ai vu plus d'un manant verser des larmes silencieuses."

"Vers midi tout s'est précipité, il fallait bien en finir... En une terrifiante clameur barbare, la troupe s'est ruée à l'assaut. Bâti sur une butte, le castel n'avait pas de fossés. Tandis qu'une volée de flèches enflammées s'abattait sur les toits faisant naître des incendies qui débordèrent bien vite les défenseurs, des échelles sommaires assemblées dans la nuit se sont dressées contre les murs. Submergés par le nombre, beaucoup ont péri massacrés sans la moindre miséricorde. Sir Ashley et quelques ultimes combattants se sont retranchés dans le donjon, mais la porte ne tarda pas à céder. Ils ont défendu pied à pied l'accès aux étages. Glissant sur le sang de leurs compagnons qui engluait les marches, les agresseurs les ont repoussés implacablement, piétinant les corps qui obstruaient l'escalier. En une heure de carnage, la messe était dite. Un des capitaines de ces monstres, plus pieux que ses soudards me sauva d'une mort certaine. Il me contraignit pourtant à rester à ses côtés, pour que je témoigne - de ce qu'il en coûtait de choisir le mauvais maître -. Ils sont restés à peine le temps de finir les tonneaux découverts dans la cave, retournant le moindre coffre à la recherche d'objets de valeur dont ils pouvaient s'encombrer. Je les ai vus se disputer comme des bêtes les armes ou pièces d'armures dont ils avaient dépouillé les cadavres amis ou ennemis... Avant la fin du jour, ils s'étaient remis en route : l'armée avançait, il fallait suivre, rester attardé signifiait ne plus traverser que des villages déjà pillés."

"Du château et du village, j'ai seul survécu, pas une maison n'échappa aux flammes. Hébété, j'ai passé quatre jours à les ensevelir dans le petit cimetière près de mon église incendiée sans même songer à chercher du secours... Dans les ruines encore fumantes, j'étais seul à la messe que je donnais pour le repos des âmes de ces pauvres gens."

- Mon Dieu ! s'exclama le vieux moine, quatre-vingt-dix-sept... *"les quatre-vingt-dix-sept malheureux que j'ai traînés jusqu'au village, tous des hommes, étaient si affreusement brûlés ou meurtris qu'il me fut impossible de mettre un nom sur la plupart de leurs tombes..."*

- Ne nous voilà guère avancés, fit Thomas, dépité, nous savons le nom de l'Anglais, mais était-il parmi les victimes ?

- Les femmes ont dû avoir le temps de fuir avec les enfants avant l'attaque, fit Paula.

Le supérieur continuait de parcourir le registre, tournant rapidement les pages suivantes.

- Écoutez ceci : *"un mois après le massacre, un cavalier est venu ici. Il se présenta comme un envoyé de la comtesse Ashley et demanda si nous avions des nouvelles du comte. Il nous apprit qu'aucun homme du Pontet, manant ou habitant du château, n'avait reparu à Bordeaux, et que la comtesse, qui y séjournait encore, était dans la plus vive inquiétude"*.

- Femme ou enfant, qu'importe, un habitant du château est revenu et partage son secret avec Montignac, fit Thomas, et ce secret a déjà tué…

Des coups frappés au heurtoir de la petite porte résonnèrent dans le couloir. Portant instinctivement la main à leurs épées, Paula et Thomas se tournèrent vers le bruit.

- Du calme mes enfants, vous êtes dans la maison de Dieu…

Ils n'en attendirent pas moins dans un silence anxieux que le moine portier aille s'enquérir du visiteur.

La porte au bout du couloir s'entrouvrit et le visage du moine apparut.

- C'est un jeune cavalier qui dit venir de la part de Maître Tullier… Il a reconnu vos chevaux attachés à l'anneau près de la porte et désire vous parler, Messire Thomas…

- S'il a reconnu nos chevaux ce doit être Bertrand, dit joyeusement Paula, c'est le palefrenier de messire Tullier, dit elle à l'adresse du supérieur, il meurt d'envie en nous voyant sans cesse par monts et par vaux, il n'a pas dû falloir le prier beaucoup pour qu'il parte à notre rencontre !

- Amenez-nous ce courageux jeune homme, fit le père Francis.

Le jeune palefrenier, tout fier de la réussite de sa mission, entra, encore essoufflé par la galopade depuis Bordeaux. Paula le présenta rapidement au prieur, et il put enfin délivrer son message :

- Quelle chance d'avoir vu vos chevaux en passant, maître Tullier va être bien content de vous voir si vite… Il faut que vous rentriez à Bordeaux, hors la sécurité du Pontet, rien n'est plus urgent, a-t-il dit…

- Rien de plus ?

- Non, Messire, il m'a fait chercher après qu'un cavalier tout enrubanné est resté plus d'une heure avec lui... C'est tout ce que je sais...

Thomas réfléchit.

- Je ne suis pas tranquille de vous laisser seul après ce que vous avez dit, père Francis. Je vais vous envoyer deux des hommes que mon oncle a engagés pour la défense du Pontet. Chaque fois que nous lui avons laissé le champ libre, ce diable de mystérieux Anglais en a profité... Il a perdu deux hommes en cherchant à attaquer le Pontet, mais qui sait combien il en a d'autres ?

- Bertrand, continua-t-il, s'adressant au jeune garçon qui, sa mission remplie, ouvrait des yeux ronds sur le moine occupé à recopier le schéma d'un corps humain figurant sur le traité de médecine, tu vas passer au village les prévenir avant de retourner sans tarder à Bordeaux. Il rédigea un court billet, remet ce message à Arnaud, le maire, il sait un peu lire... Tu n'as qu'à t'arrêter à l'auberge pour demander ton chemin, tu y trouveras deux soudards couverts de cicatrices, assez effrayants, mais bien disposés à notre égard...

- Est-ce tout, Messire ? demanda-t-il, légèrement inquiet, mais plus encore enchanté de voir une nouvelle mission prolonger son escapade.

- Oui, tu peux y aller.

Il tournait déjà les talons lorsque Paula ajouta :

- Fais bien attention à toi, Bertrand, et garde-toi d'un cavalier de noir vêtu...

- Merci, Messire Paul, répondit-il, toujours aussi sérieux, avant de disparaître en faisant claquer fièrement ses bottes étincelantes.

- Mais ! Ces bottes sont à moi ! rugit Thomas, faussement outragé.

- Je n'avais que des sabots, Messire Tullier m'a permis de les emprunter... Il m'a aussi donné une dague, mais il veut que je la garde cachée, dit-il avec un air de profonde déception en relevant un pan de sa chemise.

- Va vite, et prends bien soin de toi... et de mes bottes !

- Messire Tullier a trouvé là un redoutable guerrier, fit le supérieur, encore souriant du sérieux du jeune palefrenier, en tout cas fort appliqué à accomplir sa tâche...

- Ton oncle s'est aperçu des envies d'aventure de Bertrand avant que je ne lui en parle... dit Paula, chaque jour j'admire un peu plus l'attention qu'il porte aux gens qui l'entourent…

- Ne le faisons pas attendre, alors. Ne soyez pas inquiet, père Francis, cet appel de mon oncle me dit que les choses bougent enfin… Les rumeurs de l'attaque du Pontet doivent être arrivées jusqu'à Bordeaux et faire grand bruit… Restez bien enfermés dans vos murs, finit-il, tandis que le religieux les raccompagnait, un peu rassuré.

En passant devant les chambres, Paula nota l'absence du pèlerin malade qui l'occupait quelques jours auparavant.

- Il n'est pas arrivé malheur à votre patient, j'espère ?

- Bien au contraire ! Il s'est réveillé un matin débarrassé de la fièvre qui le brûlait depuis son arrivée… Le lendemain il gambadait dans l'herbarium, comme une marmotte qui sort d'hibernation ! Le soir il s'est enquis de ses compagnons qui avaient continué leur route vers Compostelle, le croyant perdu semble-t-il, et un hospitalier un peu trop bavard lui a raconté les meurtres de l'auberge. Il a été si inquiet pour ses compagnons que nous n'avons pu l'empêcher de repartir dès le lendemain !

- Il était inquiet pour ses compagnons, dites-vous ? Il est arrivé chez vous quand, ce pèlerin ?

- Nous en parlions justement avec lui : la veille du meurtre des aubergistes ! Si ses compagnons se sont arrêtés dormir à l'auberge, ils doivent être parmi les derniers à avoir vu ces pauvres gens en vie…

- Bon sang, père Francis, il aurait pu nous permettre de les retrouver ! Paula a couru en vain après eux jusqu'au Barp ! Je suis persuadé que les pèlerins qui étaient à l'auberge ont beaucoup à nous apprendre sur ce qui s'y est passé…

- Quelle bête je fais, j'aurais dû le retenir. Pardonne-moi, Thomas, je ne suis plus fait pour toutes ces péripéties. Tout cela dépasse de trop loin notre vie de calme et de recueillement…

- Ce n'est rien, excusez mon emportement, mon père, peut-être s'arrêteront-ils en revenant de Compostelle…

* * *

- Ah ! Thomas, je suis bien aise de te voir si vite de retour !

Aymon Tullier semblait avoir retrouvé toute son énergie. Il avait

160

d'ailleurs troqué son épaisse robe d'intérieur contre un pourpoint qui mettait généreusement en valeur un embonpoint ne semblant pas trop avoir souffert de la maladie. Attablé devant une impressionnante volaille il travaillait activement à redonner à sa bedaine son aspect antérieur.

- Vous me semblez avoir surmonté ce mauvais refroidissement, mon oncle, votre appétit fait plaisir à voir !

- Attablez-vous, mes enfants, j'ai d'excellentes nouvelles à discuter avec vous, mais pas avant que je n'aie fait un sort à cette poularde ! Paul, veux-tu redescendre à la cuisine voir si Mathilde peut vous préparer quelque chose ? Je lui ai adjoint les deux charmantes sœurs que tu nous as ramenées, Thomas, il me semble qu'à elles trois elles doivent être en mesure de vous traiter comme vous le méritez ! Si, si, ne protestez pas, vos exploits sont déjà parvenus jusqu'ici, à vrai dire tout Bordeaux ne parle que du Pontet : que voulez-vous les sujets de conversation sont rares durant l'hiver !

Thomas sourit au flot de paroles de son oncle, visiblement décidé à faire oublier par un regain de vitalité sa faiblesse passagère, renonçant à l'interrompre.

-… À propos, ce Juan que tu m'as enlevé à peine à mon service, t'a-t-il été d'un bon secours ?

- Fidèle et courageux, mon oncle, j'avais à ma disposition une petite armée ! En plus des cinq hommes que vous aviez envoyés, Juan et Paul bien sûr, les deux archers que la sénéchaussée avait adjoints à Gauriac étaient partis au secours de nos paysans avant même que nous arrivions !

- Cela va te faire bien des gens à récompenser ! plaisanta le marchand.

- Sans compter les hospitaliers de Cayac, car ce sont eux nos véritables sauveurs ! Tandis que le père Francis retenait ces forcenés, une impressionnante procession d'hospitaliers est arrivée en chantant à travers bois à la nuit noire… J'aurais voulu que vous voyiez ça ! Nous en avions tous des frissons, n'est-ce pas Paul ?

- Je n'ai guère profité de la fête, tandis que messire Thomas frissonnait, je croisais le fer dans les bois avec notre sombre et mystérieux Anglais… Il est vrai qu'on ne peut pas tout faire !

- Oh, oh ! Ton assistant préféré semble de bien méchante humeur ! Mangez, Paul, et tâtez de ce clairet, la vie vous semblera meilleure !

- Nous avons une fois encore évoqué en chemin un sujet sur lequel nous sommes en désaccord. Peut-être pourrez-vous nous aider à trancher...

Paula écrasa sous la table sa botte sur le pied de Thomas :

- C'est sans importance, Maître Tullier, Thomas, raconte plutôt à ton oncle ce que nous avons découvert ce matin à Cayac...

À la fin de la poularde, Aymon avait déjà décidé d'envoyer en Angleterre un messager à la recherche d'éventuels descendants du comte Ashley, et piochait généreusement dans la terrine que Johanna venait de monter.

Quelques petits fromages de chèvre plus loin, il en venait enfin à ce qui lui avait fait lancer le jeune Bertrand à la recherche de Thomas.

- J'ai eu une bien étrange visite, très tôt ce matin... Un homme qui n'a pas la réputation d'être un tendre, ni porté sur la négociation. Montignac.

- Montignac ? s'étonnèrent en un seul cri Thomas et Paula.

- J'aurais dû dire Andry Montignac, le fils de votre ami...

- Que voulait-il ?

- Te parler... Il a passé une heure à essayer de me faire dévoiler ce que nous avons découvert... Je crois qu'il ne sait pas grand-chose, mais il semble que les rumeurs qui circulent à Bordeaux mentionnent beaucoup trop souvent son patronyme pour son goût !

- Comment était-il, menaçant ?

- Courtois ! Et je t'assure que, pour qui le connaît, c'est très inhabituel... Il doit flairer que son père s'est mis dans quelque mauvais pas...

- Que lui avez-vous dit ?

- Rien ou presque : Que je vous envoyais chercher, que le calme était revenu au Pontet...

- Ne serait-ce pas encore une manœuvre pour nous éloigner ? Dit Paula.

- Il est trop malin pour s'impliquer si directement. Il vous attend à sa tonnellerie de la rue Sainte-Colombe.

- Encore une question, mon oncle, fréquente-t-il le palais du gouverneur ?

- Tout aussi peu que moi ! Son commerce de bois est florissant, il est jurat lui aussi, il est donc parmi les bourgeois influents, mais je ne crois pas qu'il cherche plus que moi à s'approcher du gouverneur et de la noblesse...

- Je soupçonne son père de soutenir la ligue qui se forme contre le roi…

Aymon eut un geste évasif :

- Répondez à son invitation… Peut-être vous en dira-t-il plus ?

* * *

Ils se dirigèrent donc sans tarder vers la tonnellerie de Messire Montignac fils. La paroisse Sainte-Colombe était parmi les plus animées de Bordeaux. L'église Sainte-Colombe elle-même donnait directement sur une place de dimensions modestes occupée, encombrée même, par le plus important marché de Bordeaux : Les étals de fruits et légumes, de volailles, les boutiques d'huile, de beurre, de fromage, y étaient pris d'assaut par les bourgeoises parlant haut et fort un gascon flamboyant et par les serviteurs en livrée des nobles seigneurs de la ville. À une extrémité, la paneterie proposait le pain tandis qu'un peu plus loin, la clie à poisson, une halle odorante en bois plutôt délabrée, abritait la vente des poissons frais des pêcheurs de la Teste de Buch. Se frayant un chemin parmi les étals où les coquillages avoisinaient le gibier et les œufs, ils s'engagèrent dans la rue Sainte-Colombe, traversant au passage les effluves puissants d'une boutique réservée au poisson salé, où d'énormes pièces de baleine et de morue séchée attendaient le chaland moins fortuné.

La tonnellerie d'Andry Montignac ou plutôt celle de ses tonnelleries où il avait donné rendez-vous à Thomas était dans une ruelle proche. Elle occupait le rez-de-chaussée d'une maison à colombage de deux étages où une échoppe présentait les différents fûts fabriqués, tandis qu'un porche conduisait à une cour où sonnaient les coups de marteau des ouvriers occupés à l'assemblage des barriques.

Ils passèrent sous l'habitation et débouchèrent dans un vaste espace entouré d'ateliers ouverts où travaillaient plusieurs tonneliers. Au centre de la cour, un homme de haute taille leur tournant le dos discutait vivement avec le conducteur d'une charrette attelée à un couple de bœufs.

- Ces merrains[28] ne sont pas de la qualité à laquelle mon père m'a

---

28   Les barriques sont faites de merrains (planches de chêne

habitué ! Tu lui diras que je ne peux lui en donner le prix convenu. Que lui arrive-t-il ? Ne peut-il comprendre que les commandes n'attendent pas ? Décharge-moi ça dans ce coin et retourne lui dire qu'il me faut de son meilleur choix dès demain… Et qu'il les apporte lui-même cette fois, j'ai toujours grand besoin de lui parler !

- Il me fait dire qu'il ne peut venir, hélas, il est souffrant, ses rhumatismes le clouent au lit…

Le serviteur les regarda par-dessus l'épaule de Montignac, lui indiquant leur présence. Il se retourna brusquement.

- Que désirez-vous ! dit-il sèchement.

- Je suis Thomas Russ, et voici Paul, mon assistant.

- Ah… Il parut un instant contrarié qu'ils aient assisté à sa discussion, mais se reprit vite et fit des efforts méritoires pour tenter d'afficher une imitation crédible d'un chaleureux sourire.

- Il est bien difficile de préserver la qualité de son travail de nos jours… Chacun ne pense plus qu'à vendre, vendre le plus possible sans se préoccuper d'autre chose… Mais si mes barriques fuient, le vin s'éventera et ne se gardera pas… Et à qui en attribuera-t-on la faute ? À moi, pas à un lointain vieillard qui néglige ses devoirs…

Thomas et Paula, gênés d'être témoins des problèmes familiaux d'Andry Montignac, restèrent sans réponse.

- Vous avez raison, je vous ennuie avec mes histoires de vieux radoteur.

Thomas observa le marchand : il était loin d'avoir l'air d'un vieux radoteur. Aussi grand que son père, sans doute né tardivement, car il devait à peine avoir dépassé les quarante-cinq ans, il semblait en pleine force de l'âge et ses cheveux noirs, coupés courts, grisonnaient à peine.

- J'ai de plus fort peu de temps à vous consacrer, il me faut maintenant trouver d'autres merrains puisque ceux-ci sont tout juste bons pour des tonneaux de harengs salés…

- C'est vous qui m'avez fait mander, Messire, mais nous pouvons revenir plus tard… Répondit un peu sèchement Thomas.

Andry Montignac sembla ne pas relever la pique.

- Bon, je vais être franc avec vous. Il se trouve que je me tiens

---

soigneusement taillées) et cerclées de noisetier refendu (coudre en français, aulan en gascon) informé de ce qui se passe sur la route de Compostelle depuis que mon père est venu chercher l'aide de Messire de Lescun[29] pour retrouver ses paysannes disparues. Je sais aussi que messire Gauriac est sans nouvelle de son fils, que le sénéchal a placé à vos côtés... Je sais enfin que le hameau de votre oncle a été attaqué par les manants des environs. Maintenant, tout Bordeaux prétend que mon père abrite chez lui des loups-garous, qu'ils seraient responsables de tout ce tapage et qu'ils auraient même anéanti une famille d'aubergistes ! Alors, Messires, peut-être allez-vous pouvoir me dire ce que tout cela signifie ?

- Il me semble que vous êtes mieux placé que nous pour le savoir, répliqua Paula, pourquoi n'allez-vous pas le demander directement à votre père ? À moins qu'il ne soit trop souffrant pour vous recevoir ?

Le marchand ne leur répondit pas de suite, se tournant à demi vers un charpentier de barrique, qu'il surveillait sans doute du coin de l'œil, pour lui signifier d'une voix terrible ce qu'il pensait de son travail.

- Une bande de bons à rien, maugréa-t-il avant de continuer, que disiez-vous ? Ah oui ! Mon père... Vous voulez que je me rende chez mon père lui demander s'il fréquente une bande de vauriens assoiffés de sang, c'est bien cela ? Pensez-vous réellement que je vais faire cela sans que vous m'en donniez d'impératives raisons ?

- Il me semble que la poursuite de votre florissant commerce en est une, non ? intervint Thomas.

Montignac s'éloigna de quelque pas pour donner la main au déchargement des lattes de chênes.

- Mon commerce n'est pas encore en péril, rassurez-vous... Mais si nous cessions cette joute pour parler entre gens raisonnables... Je puis commencer en vous assurant que j'ignore tout de ce qui se passe chez mon père, ses paysans sortent peu de leurs bois et ne parlent pas. Quant à lui... Son retrait là-bas avant que nous ne soyons complètement ruinés par ses dispendieuses lubies fut un soulagement pour moi... Encore une fois, que savez-vous ? Avez-vous vu ces prétendus loups garous ?

Thomas réfléchit un moment, hésitant entre son goût naturel pour des explications franches et directes, et sa méfiance d'un milieu où la duplicité et l'intrigue étaient le moyen de communiquer habituel. "Bah !

---

29   Jean de Lescun, dit le Bâtard d'Armagnac; maréchal de France, Gouverneur d'Aquitaine.

" pensa-t-il, "mettons les pieds dans le plat, nous verrons bien ce qu'il en sortira !"

- Les trois hommes qui ont attaqué les paysannes sur le chemin ont bien été vus chez votre père. Et formellement reconnus par un témoin que je suis en mesure de produire... Je sais aussi que votre père a rendu visite il y a quelques mois, travesti en pèlerin, à une femme du Pontet qu'il accuse de sorcellerie aujourd'hui ; il est vrai enfin que les meurtres des aubergistes ont été maquillés en attaque de loups avec un outil en forme de griffes qu'utilisent les forestiers pour débarrasser les sous-bois de leurs ronces. Voilà pour ce qui accuse votre père, dit-il, omettant volontairement l'enlèvement de Paula et de Catherina, peu désireux de s'accuser pour l'instant du meurtre de Gauriac. Sachez encore que deux des trois hommes qui ont été vus chez lui sont probablement morts pendant l'attaque menée contre le Pontet, et que morts, rien ne les apparente à des loups.

Andry Montignac parut un instant vaciller, les épaules comme brutalement chargées d'un poids dont il devait pourtant quelque peu s'attendre à être accablé.

Il se ressaisit pourtant.

- Vous semblez bien sûrs de vous... Murmura-t-il en hochant la tête. Pourtant, qui vous dit que ces hommes n'agissaient pas à son insu ? Mon père est prêt à commettre bien des folies pour la passion qui le ronge depuis sa jeunesse... Mais ces meurtres... Et pour quelle raison Grand Dieu ? En avez-vous l'idée ?

- Croyez-vous qu'il puisse s'associer à ces mécontents qui tentent depuis quelque temps de se liguer contre le roi ? Et autre question, connaissez-vous le vicaire de l'abbaye de Sainte-Croix ?

- La ligue du bien public ? Impossible, la politique n'a jamais rien représenté pour lui... Quant au frère Étienne, je l'ai déjà rencontré chez mon père, il se délasse de sa lourde charge en partageant ses tâtonnements alchimiques... Sans y perdre comme lui son âme, je crois...

- D'autres rumeurs circulent, accusant le supérieur de Cayac de sorcellerie... Ce frère Étienne m'a surtout semblé fort entiché de chasse aux sorcières... Le domaine de Cayac est bien entouré de terres appartenant à Sainte-Croix, n'est-ce pas ?

- Insinueriez-vous qu'un moine en charge de l'administration d'une abbaye appartenant à Pierre de Foix tente de s'emparer d'un monastère d'hospitaliers ne lui appartenant pas ? Pour quelle raison ? Sur ordre de Pierre de Foix ? N'est-il pas assez riche comme cela ?

- Qui sait ? D'où viendraient les rumeurs malfaisantes concernant le supérieur de Cayac sinon de ce frère Étienne ? Qui aurait intérêt à le voir excommunié, dessaisi de Cayac, les hospitaliers expulsés ou pire encore ? De plus, les villages dressés contre le Pontet appartiennent tous à l'abbaye...

- Que vient faire mon père dans tout cela ?

Les coups de marteau avaient repris, résonnant en un concert assourdissant entre les murs à colombage des petites bâtisses qui entouraient la cour.

- Venez, nous ne pouvons continuer ainsi, mes ouvriers n'ont pas besoin de nous entendre hurler aux quatre vents cette affaire.

Il les entraîna vers une réserve où des barriques neuves étaient entreposées. Il tira un pichet de vin d'une barrique pleine disposée là sans doute pour en démontrer la parfaite étanchéité et les invita à s'asseoir autour d'une imposante table de bois massif.

Comme si la demi-obscurité de la réserve l'avait invité à plus de sincérité, Montignac se pencha au-dessus du plateau de chêne et reprit, l'arrogance descendue d'un ton :

- Il s'agit de mon père, Messires ! Que feriez-vous à ma place ? Mon devoir est de le défendre contre vents et marées. Le respect filial m'interdit aussi de le questionner ou de le réprimander comme j'ai le droit d'en user avec mes charpentiers !

Il sembla hésiter, faisant tourner dans son godet le liquide rutilant. Paula laissa son regard errer sur les barriques impeccablement alignées attendant l'acheteur. Il régnait dans la pièce une saine odeur de chêne fraîchement taillé, qui éveillait immanquablement sur la langue le goût boisé du vin. Elle but une gorgée. Le vin "tournant" en peu de mois en un vinaigre imbuvable, il s'agissait bien sûr de la récolte précédente, mais malgré les seuls trois ou quatre mois passés en barrique depuis les vendanges, elle retrouva sans mal l'arôme corsé du chêne. Son attention revint presque à regret à Montignac qui avait repris :

-... Je vous propose ceci, disait-il, je ne veux pas embrouiller plus encore cette affaire en envoyant des hommes enquêter sur mon père. En revanche, vous avez ma parole que je vous informerai de tout ce que je pourrais apprendre. En échange...

- Vous n'êtes guère en mesure de dicter vos conditions, fit Paula, n'ayant pas encore oublié son séjour dans le cachot du vieux Montignac.

- Disons alors qu'il s'agit d'une faveur : mon aide contre la faveur que vous me feriez en ne portant aucune accusation contre mon père sans que nous en ayons discuté auparavant...

- Messire Montignac, il s'agit de meurtres ! De *cinq* meurtres !

Le négociant prit un air farouche qui alarma Paula. Ils ne pourraient obtenir plus de lui. Il était bien connu de ses ouvriers comme de ses confrères marchands pour avoir, en plus du naturel emporté des hommes d'un terroir où l'on s'échauffe vite, une rancune tenace et implacable plus inhabituelle par ici. Sans prendre le temps de consulter Thomas du regard, elle accepta le marché.

- Ne nous en demandez pas plus, la mémoire de ces pauvres gens réclame justice, et les villageois du Pontet ne seront tranquilles que lorsqu'ils sauront pourquoi tout ceci leur est arrivé... Nous sommes désolés...

- Je ne peux imaginer mon père en meurtrier... Il resta longuement silencieux hochant la tête négativement avant de continuer : J'ai parlé à votre oncle ce matin, il m'a longuement fait l'éloge de votre honnêteté dont j'avais du reste déjà ouï-dire... J'ai voulu traiter avec vous pour m'en assurer. Je sais maintenant que vous n'oublierez pas de voir mon père tel qu'il est : un vieil homme qui s'accroche à ses rêves... Vous pouvez compter sur mon aide, fit-il en soupirant, il ne me reste qu'à prier pour que vous le découvriez innocent de toutes ces horreurs...

Thomas attendit qu'il se soit resservi un gobelet de vin. Il l'avala d'un trait, en soupirant de nouveau. Un peu étonné du revirement soudain du marchand, il se contraint à surmonter la compassion qu'il ressentait pour mettre à l'épreuve la bonne volonté du fils aîné de Montignac.

- Vous avez parlé tout à l'heure du père de Jean Gauriac... Il est sans nouvelles de son fils, dites-vous...

- Oui, et il clame à qui veut l'entendre que vous êtes le mieux placé pour savoir ce qu'il est devenu. Il a d'ailleurs adressé une requête au sénéchal dans ce sens...

- Il... m'accuse ?

- Pas encore. Il est inquiet et imagine le pire...

Thomas sentit la transpiration perler dans son cou. Que savait le marchand de vin ? Quel lien existait-il entre lui et Albert Montignac, le vieil exploitant reclus sur son domaine au milieu des bois ? Il semblait au moins avoir pressenti que le rôle de son fils au côté de Thomas en ferait des ennemis...

- Il ferait mieux d'interroger les deux archers qui étaient avec lui... Jean est parti dimanche sur le chemin de Compostelle à la poursuite de pèlerins ayant plus de deux jours d'avance sur lui et n'a plus reparu, c'est du moins ce qu'ils m'ont dit. Ils attendent sagement son retour en gardant le chemin depuis la taverne abandonnée...

- C'est vous qui aviez demandé son aide ? Fit Andry Montignac, fronçant des sourcils qu'il avait épais et sombres comme son père.

- Voilà précisément ce que vous pourriez me dire : qui a voulu qu'il se joigne à nous pour enquêter ? Il voulait nous emmener chez votre père, qui s'offrait de nous accueillir. Ils se connaissaient ? Est-ce lui qui a demandé au sénéchal sa présence ? Croyez-vous pouvoir découvrir cela ?

- J'essaierai... Je vous l'ai dit, je ne me soucie pas d'intrigues ni de politique mais j'ai tout de même quelques connaissances au palais...

Ils se séparèrent rapidement lorsque le charpentier de barrique vint entreposer son ouvrage et resta planté non loin à attendre patiemment de nouvelles instructions et peut-être un gobelet de vin qu'il estimait sans doute avoir mérité. Il en fut pour ses frais. Reprenant son naturel de patron tyrannique, Montignac ne lui octroya qu'une nouvelle tâche et un chapelet de noms d'oiseaux pour stimuler son ardeur.

* * *

Une fois encore, Paula et Thomas chevauchaient sur le chemin du Pontet. Ils avaient passé une agréable veillée en compagnie d'Aymon Tullier dans le confort douillet de sa chambre-cabinet de travail aux murs recouverts d'épaisses tentures brodées. Pendant l'habituel bien trop copieux souper, ils avaient laissé leurs esprits échafauder jusqu'aux plus improbables hypothèses concernant les événements tragiques de l'auberge du Pontet. Puis, l'esprit pour un temps délivré, ils avaient terminé la soirée, un dernier verre de vin chaud serré entre les doigts, à écouter Aymon raconter ce qu'avait été le commerce bordelais aux riches heures de la présence anglaise. Thomas se sentait bordelais la plupart du temps sans le moindre état d'âme. Pourtant, ces jours derniers, les indices laissant imaginer la présence d'un Anglais, et pas dans le meilleur rôle, au cœur même de ces meurtres inexpliqués, lui rappelaient sans cesse la part de sang anglais qui coulait dans ses veines. Le déplaisir qu'il éprouvait à voir un Anglais responsable de tant d'horreurs lui avait révélé qu'il se sentait malgré tout un peu anglais et honteux du malheur semé par un compatriote. Ce n'est que lorsque son esprit bercé par les souvenirs de son oncle fut enfin apaisé qu'il comprit qu'une fois de plus celui-ci l'avait adroitement guidé. Grâce à lui, il avait fini par faire le deuil de ces deux entités qui s'affrontaient en lui pour abandonner le terrain à Thomas Russ, fils de marchands, enquêteur et homme de confiance d'Aymon Tullier, marchand bordelais. Un marchand avait-il vraiment des frontières ? À lui qui avait déjà si souvent traîné ses bottes dans des ports étrangers, il apparut soudain clairement que la communauté des marchands, réunie par les sillages des bateaux creusant l'atlantique et la mer du nord formait une sorte de nation en elle-même, régie par des préoccupations et des règles bien au-delà de celles des états. Il faisait partie de cette communauté, il venait de le comprendre avec fierté et avec la rassurante certitude de savoir enfin qui il était.

* * *

.

- 11 -

- Cette route me devient si familière qu'il me semble en connaître la moindre ornière ! fit Paula, heureusement, cette fois il pleut, sinon je crois bien que je me serais ennuyée !

- Commencerais-tu à te lasser de ta vie d'aventurière ? Il est vrai que ce sale temps fait regretter le confort de la maison de Maître Tullier...

- Tu ne m'auras pas comme ça, garçon ! Je me demandais seulement si ce nouveau voyage vers Le Pontet était bien utile... Il me semble qu'une petite visite à Sainte-Croix et une bonne et saine explication avec son vicaire auraient mieux avancé notre affaire que cette nouvelle chevauchée.

- Tu ne le connais pas ! Il ne nous aurait pas reçus et nous aurait fait jeter dehors comme des chiens... Non, laissons le fils de Montignac enquêter tranquillement, mon oncle nous préviendra lorsqu'il y aura du nouveau de ce côté...

- Je te sais inquiet pour le père Francis, mais que pouvons-nous faire là-bas ? C'est à Bordeaux que les rumeurs lui font le plus grand mal...

- J'y ai réfléchi cette nuit. Il ne sert à rien d'échafauder mille hypothèses. Nous avons trois suspects : frère Étienne, cet Anglais de malheur et Montignac. Le fils de Montignac ne le croit pas capable de tuer, même pour son alchimie, encore moins pour quelque raison politique.

- Il a tout de même menacé de me pendre lorsqu'il m'a fait enlever au Pontet ! s'écria Paula.

- Nous ne saurons jamais s'il aurait fait cette folie, fit Thomas, mais si nous continuons à faire confiance aux dires de son fils, il faut dans ce cas en conclure que son père se contente d'héberger l'Anglais et que ces meurtres, dont le vieux Montignac doit lui aussi soupçonner son invité, doivent fort l'embarrasser.

Ils ralentirent l'allure pour dépasser un petit groupe de pèlerins à pied descendant comme eux vers le sud.

171

- Les voyageurs sont nombreux ce matin, la nouvelle de l'accalmie aux abords du Pontet se serait-elle si vite répandue ?

- Possible. Ils ne peuvent attendre indéfiniment à Bordeaux... Et ce redoux leur facilitera peut-être le passage des Pyrénées... Je voulais d'ailleurs faire rouvrir l'auberge et y placer quelqu'un de confiance...

- Tu ne comptes pas sur moi, j'espère ? Je suis une détestable cuisinière, et j'ai peu de goût pour le ménage !

- Tu n'es décidément pas bonne à marier, fit-il avec un air déçu.

Paula chercha une réplique cinglante qui ne lui vint pas tant ces piques incessantes la tourmentaient. Il fallait pourtant qu'elle prenne le contrôle de leur relation avant que ce petit jeu imbécile ne devienne une mauvaise habitude.

- Non, ne t'inquiète pas, continua-t-il, je pensais plutôt y laisser nos deux nouveaux amis les archers de la maréchaussée. J'en ai parlé à mon oncle qui va nous obtenir cela du sénéchal, j'espère. En outre, il semble bien que les aubergistes n'aient pas eu de famille... En tout cas qui se soit manifestée pour prendre leur suite...

- Je les vois, la cuillère ou le balai à la main ! Voilà qui va les changer de l'arbalète ! Es-tu devenu fou ? Ils n'accepteront jamais !

- Il y a au Pontet deux ou trois veuves qui ne devraient pas trop se faire prier, pour leur prêter la main...

-... En attendant mieux ! Messire Russ, non content d'amollir ces archers avec des travaux de femme, je vous soupçonne de vouloir pervertir ce village et ça, je me demande ce que maître Tullier en pensera lorsque je le lui raconterai !

- Nous verrons, nous verrons... Répondit Thomas en riant, nous allons essayer d'organiser cela au plus vite... Le pèlerin malade remis sur pied par les hospitaliers va retrouver ses compagnons à Compostelle dans quelques jours. Immanquablement il va leur parler des meurtres. Au retour, s'ils tiennent l'auberge ouverte et garnie de voyageurs, ils ne pourront résister à l'envie de s'arrêter pour connaître la suite de l'histoire.

- S'ils ont été assez terrorisés pour fuir, ils préféreront sans doute passer leur chemin...

- Pas si sûr... cette aventure leur donnera de quoi agrémenter leur récit, quand ils seront de retour chez eux... Un pèlerinage sans histoire est une bien plate aventure à raconter ! Ils s'arrêteront, poseront des questions qu'un aubergiste quelconque ne relèverait pas, mais c'est à

Guilhem et Tircelin qu'ils auront à faire. Ils n'auront plus qu'à nous les garder bien au chaud et nous aurons enfin quelqu'un pour nous raconter ce qui s'est passé à l'auberge...

- Compostelle est loin, ils ne seront pas de retour avant plusieurs semaines...

- Qu'importe ! Les environs de l'auberge du moins seront sûrs, ce dont je ne peux jurer pour le reste du chemin tant que ces monstres sont en liberté...

* * *

En arrivant à l'auberge, ils eurent la surprise de voir un petit groupe en sortir, adressant des au revoir plus que chaleureux aux deux archers venus les accompagner sur le pas de la porte.

Ils conduisirent leurs chevaux à l'écurie où leur étonnement s'amplifia quand ils y trouvèrent une demi-douzaine de pèlerins à peine réveillés, les cheveux encore piqués de paille.

Guilhem entra en courant à leur suite dans l'écurie.

- Ah là, là ! Messires, nous aurions bien préféré que vous ayez été là ! Nous ne pouvions pas les laisser dehors, il tombait une pluie glaciale et ils tambourinaient si violemment à la porte que nous avons cru qu'ils allaient la défoncer si nous n'ouvrions pas... Et puis le premier groupe entré, il en est arrivé d'autres, puis d'autres encore ! Et affamés ! Tircelin a galopé au Pontet chercher des renforts pour la cuisine pendant que je mettais un tonneau en perce pour les faire patienter ! En un rien la salle était pleine et nous ne savions plus où les asseoir ! Quelle soirée, Messires, quelle soirée !

Thomas éclata de rire, pour la deuxième fois de la journée et peut-être bien depuis le début de cette affaire pensa Paula, et prit familièrement Guilhem par l'épaule :

- Viens, allons voir s'il reste quelque chose dans ce tonneau pour arroser votre nouveau métier ! Vous n'avez fait que devancer ce dont je venais vous prier, allons voir si Tircelin a autant goûté que toi le métier d'aubergiste.

Ils ne restèrent à l'auberge que le temps d'en organiser plus officiellement la réouverture. Les deux archers semblaient s'amuser fort

173

de l'occasion qui leur était donnée d'abandonner pour un temps les armes. Leur mission était toujours officiellement de protéger les voyageurs et quelques femmes du Pontet avaient été embauchées pour les aider à tenir l'auberge, mais leurs touchants efforts pour se couler dans l'enveloppe bonhomme de l'aubergiste modèle laissaient clairement entrevoir leurs projets.

Dans le pot au-dessus du foyer, une épaisse soupe de pois finissait de cuire. Ils ne purent refuser de partager le repas des nouveaux aubergistes, d'autant que les pois leur furent servis accompagnés de lardons qui embaumaient l'auberge tandis qu'ils rissolaient dans un fond de saindoux relevé d'herbes aromatiques…

Ils s'arrachèrent pourtant bien vite à l'ambiance joviale de la taverne. Avant la fin du jour, il leur restait à rendre une visite moins agréable et plus périlleuse que celle-ci.

- Cela fait maintenant trois jours que le calme est revenu, Montignac doit nous croire rentrés à Bordeaux, expliqua Thomas à sa compagne en chevauchant sur le chemin du Pontet, il est temps de lui faire la surprise d'une petite visite impromptue. Si une discussion avec son ami de Sainte-Croix n'est pas imaginable, je le crois mûr pour une saine négociation ! Il est temps que nous discutions ensemble de son intérêt pour le Pontet et de son goût pour la verroterie qu'on y trouve ! Et avec un peu de chance, nous pourrions rencontrer chez lui un certain Anglais qui doit avoir bien du mal à se cacher de la maréchaussée ailleurs que dans le discret manoir du vieux filou.

- S'il n'est pas rentré en Angleterre… Et que comptes-tu en faire ? Il ne va certainement pas t'avouer aimablement cinq meurtres sauvages, trois tentatives et te dire pour finir ce qu'il complote avec le vicaire de Sainte-Croix!

- À moi il n'avouera peut-être rien, mais il sera peut-être plus bavard avec le procureur général du roi… Il a des moyens pour délier la langue des plus récalcitrants qu'il vaut mieux ne pas avoir à expérimenter…

- Tu ne peux te saisir de lui sur le domaine de Montignac !

- C'est bien dans son cachot que je t'ai retrouvée, avec Catherina, non ? Il s'apprêtait à vous réduire à l'esclavage et venait de te livrer à Gauriac ! Un enlèvement contre deux autres ! Il n'a guère les moyens de protester ! Et personne à Bordeaux n'ira me reprocher d'avoir livré un espion anglais au roi.

- S'il se défend ?

- Il est seul. Il ne peut avoir encore eu le temps de remplacer ses deux complices tués au Pontet. Et nous arrivons précisément au Pontet pour prendre avec nous deux ou trois des gardes que mon oncle y a placés.

- Si Montignac fait appel à ses gardes ?

- Eh bien ! Nous nous battrons !

* * *

- 12 -

Cette affaire allait bientôt s'achever. Sans en être l'épilogue, la visite qu'ils rendaient à Montignac par cet après-midi pluvieux en marquait la fin, de même que celle rendue par Thomas une semaine plus tôt en avait marqué pour eux le début. Malgré les incertitudes qui pesaient encore sur les mobiles de l'Anglais, Thomas était convaincu que le calme revenu au Pontet l'était pour longtemps. Tandis qu'ils traversaient le Petit Bordeaux avant de bifurquer vers le domaine du vieux marchand de bois, Paula observa les paysans qui vaquaient à leurs occupations sans leur témoigner d'attention particulière.

- Les voilà redevenus sages. Qui croirait qu'ils sont ceux-là mêmes qui ne voulaient pas quitter le Pontet sans avoir vu brûler notre pauvre Fréchou ?

- Ils avaient sans doute été bien instruits par les soins d'un ami de frère Étienne… Pour quelle raison auraient-ils douté de leur curé ? Maintenant que le père Francis leur a proposé une vérité tout aussi recevable, ils se sont retirés du jeu, voilà tout… Mais ne faisons pas l'erreur de les croire apaisés. Nous ne leur offrons aucun moyen de vraiment comprendre ce qui s'est passé… Leur silence cache une humiliation profonde dont ils nous rendent tous coupables, nous qui vivons de leur labeur et croyons pouvoir jouer d'eux à notre guise.

- Te revoilà grand philosophe… Tu prends leur défense, mais tu restes dans le camp des puissants…

- Je sais parfaitement qui je suis, Paula. Je ne me prends pas pour un Grand parce que j'ai un jour salué le gouverneur dans un couloir du palais de l'Ombrière. Chacun subit la tyrannie d'un maître et peut s'en venger sur un plus faible. Nous servons maître Tullier qui n'est pas de cette eau et aime voir les gens heureux dans son entourage, c'est peut-être pourquoi nous n'éprouvons nul besoin de tyranniser à notre tour ceux qui nous servent. Pour ma part je comprends de plus en plus mal ceux qui s'acharnent à semer le désespoir ; quelle vanité de croire que la grandeur se mesure à la terreur que l'on sème autour de soi !

- Le monde est ainsi fait… Qu'y pouvons-nous ?

- Peu de chose, hélas ! Je sens que nous allons allègrement vers des désordres qu'un peu de bon sens et de modération pourraient facilement éviter[30] pendant qu'il est encore temps. Hélas ! Ceux qui le pourraient semblent s'acharner à nous précipiter vers un chaos où ils n'ont rien à gagner. L'histoire nous a pourtant invariablement montré l'issue violente des excès où ils croient pouvoir se vautrer indéfiniment à plaisir. Tu as raison, nous n'y pouvons rien, mais je guette les premiers signes de la tourmente avec la même peur, mais aussi la même impatience que lorsque enfant je guettais les premiers éclairs d'un orage imminent.

Ils se regroupèrent dès que les murs de la propriété de Montignac furent en vue. Espérant surprendre l'Anglais ils se lancèrent au galop, Paula et Thomas en tête, suivis de près par les deux mercenaires empruntés à la défense du Pontet. Ils firent irruption dans la cour de Montignac, abandonnèrent leurs chevaux et se précipitèrent sans attendre dans le manoir.

Ils allèrent ainsi jusqu'à la grande salle où Thomas avait passé une si désagréable soirée en compagnie de Montignac et de son ami le vicaire. Déserte.

- La tour ! fit Thomas. Il doit encore être occupé à son alchimie.

Ils allaient retourner vers l'entrée lorsqu'une voix se fit entendre, assurée et autoritaire.

- Que signifie cette façon de s'introduire ainsi chez les gens, Messire Russ ?

La haute silhouette de Montignac s'encadrait dans la porte du hall.

- Guère différente de celle dont vous usez au Pontet, Messire ! Nous avons à parler, et nous espérions partager cette entrevue avec certains de vos amis…

- J'ai bien peur qu'il ne vous faille vous contenter de ma conversation… Vous n'aviez nul besoin de cette arrivée guerrière, je vous attendais, ricana-t-il, voyez-vous, le seul avantage du grand âge est l'absence de surprises. C'est la plupart du temps d'ailleurs un triste

---

30   Moins d'un siècle plus tard, en août 1548, la révolte contre la gabelle entraîna de graves émeutes notamment à Bordeaux ou le gouverneur fut assassiné par les paysans révoltés contre l'impôt.

cadeau, car il rend la vie bien monotone... Cela fait deux jours que je me prépare à votre visite, Thomas, vous excuserez mes amis, comme vous dites, ils n'ont pas jugé utile de vous attendre... Vous souhaitez que nous parlions, dites-vous ? Il se peut que j'y consente, malgré votre entrée fracassante ; mais avec vous seul. Les choses dont nous avons à débattre n'ont pas besoin de témoin.

- Mes hommes peuvent nous attendre à la cuisine, mais Paul, mon assistant que vous connaissez, si-si, souvenez-vous, vous vous êtes déjà rencontrés dans votre cachot, restera avec moi...

- Laisse Thomas, je vais les accompagner, Messire n'a que faire des "assistants"...

Thomas se tourna vers le beau vieillard que les événements ne semblaient pas avoir éprouvé. Il s'était assis calmement ; à peine tassé sur son siège il attendait avec morgue que Thomas ouvre les hostilités. De son côté, celui-ci semblait disposer d'une inépuisable patience. Agacé, le vieillard céda le premier après un long moment à soutenir le regard serein de Thomas :

- Insolent, maugréa-t-il, il faut pourtant bien que je me contente de vous...

- Préférez-vous le procureur du parlement ?

- Soit, commençons... Commençons par ce que je ne vous dirai pas : vous cherchez un homme, à juste titre car comme vous deviez vous en douter, il est bien l'auteur de tous les désordres de ces derniers jours. Enfin, excepté la disparition de Jean Gauriac... À ce propos, que pensez-vous qu'il lui soit advenu, Messire Russ ? Son pauvre père a offert une récompense à qui lui donnera des informations... Bien triste tout ça... Vous cherchez un homme, donc, mais vous n'obtiendrez rien de moi le concernant, il vous faudra chercher ailleurs...

- Qu'avez-vous donc d'intéressant à me dire dans ce cas ?

- Ne m'interrompez pas. Je ne vous dirai rien non plus concernant frère Étienne. Ce qu'il fait le regarde et ne me concerne en rien. Tout ce que je peux dire, c'est que j'ai eu besoin de leurs services pour avancer dans mes recherches de verrerie et que j'ignore comment ils ont pu se laisser aller à de tels égarements. Maintenant je suis accusé d'actes terribles, et le plus cruel est que je sais maintenant que ce qui me fait défaut pour enfin obtenir le verre parfait pour lequel j'ai passé tant d'années de ma vie est au Pontet, sans pour autant hélas y avoir accès...

- Expliquez-vous. Que cherchez-vous ? Comment savez-vous que les paysans du Pontet pourraient vous aider à faire du verre ?

- Suivez-moi. Il se leva sans se soucier de savoir si Thomas en faisait autant, et se dirigea vers une porte du hall.

Ils montèrent un étroit escalier en colimaçon que Thomas reconnut comme étant celui de la petite tour d'angle du manoir.

- Je ne vais pas vous ennuyer en vous imposant un traité de verrerie, mais je voulais vous montrer ceci, fit-il en désignant d'un geste las le four effondré. L'alchimie est un art qui exige une infinie patience. Il m'a fallu toute une vie pour arriver à ce triste tas de gravats… Nous refaisons sans cesse la même expérience en rajoutant un grain de ceci, en enlevant un soupçon de cela, en cherchant à utiliser des éléments toujours plus purs par des distillations répétées ou par d'interminables calcinations. Toute une vie pour arriver à ce four effondré, plus toutes les vies de mes illustres prédécesseurs, continua-t-il en montrant les manuscrits empilés le long du mur.

- Mais, Messire, pourquoi tant de labeur ? Il y a du verre un peu partout sur les fenêtres des palais de Bordeaux… Les verriers qui les ont faits cachent-ils si bien leur savoir ?

Montignac eut un petit sourire dédaigneux.

- Des ouvriers laborieux qui se disent maîtres ! Leur verre arrête la moitié des rayons du soleil et leurs vitres sont lourdes, fragiles, d'inégale épaisseur… Savez-vous que les vitraux de nos plus anciennes cathédrales s'épaississent déjà à leur base sous l'effet de leur propre poids ? Le verre dont ils sont faits n'a que l'apparence de la dureté ; en fait, il est encore imperceptiblement pâteux et s'affaisse petit à petit comme un pain de saindoux au soleil ! J'ai passé ma vie à la recherche du verre parfait, clair, dur sans devenir cassant à l'excès, permettant de réaliser des vitres lisses et fines… Je touche au but : il est temps, je sens mes forces décliner. J'ai les meilleurs composés, la recette la plus juste. Las ! Je ne peux le faire qu'en si petite quantité et avec une telle débauche de charbon de bois que tout est inutile si je ne parviens maintenant à maîtriser l'art de l'argile : mes creusets et les briques de mes fours ne résistent pas à la formidable température dont j'ai besoin.

Il se tut, pétrissant du bout des doigts une boule d'argile bleutée qu'il avait prise dans un vase où elle trempait.

Thomas déambulait dans la pièce circulaire encombrée d'ustensiles.

De temps en temps, il jetait un œil par une des étroites fenêtres espérant toujours voir apparaître un cavalier tout de noir vêtu. La pluie continuait à rayer un ciel grisâtre et morne, quelques paysans traversaient le hameau en se hâtant entre les chaumières, la cour du manoir restait déserte. Il revint sur les objets disparates posés sur une grande table de chêne où Montignac devait s'asseoir pour se plonger dans ses grimoires usés. Un énorme bloc de verre trônait, posé sur un parchemin immaculé.

- Ne serait-ce pas là la preuve de vos forfaits, Messire Montignac ?

- Vous pouvez le reprendre, il m'a appris tout ce qu'il avait à m'apprendre… Oui, rendez-le à cette guérisseuse, elle pourra continuer à y voir danser ses rêves de sorcière !

- Elle n'est pas plus sorcière que vous, Messire… Elle aussi s'efforce d'accroître son savoir pour aider ses semblables, comme le bon abbé de Cayac que d'ignobles ragots tentent de discréditer…

Montignac soupira en pétrissant un peu plus mécaniquement sa boule d'argile. Ses mains tremblaient un peu.

- Comment sortir de ce bourbier ? Vos paysans du Pontet ont quelque chose dont j'ai besoin, mais il semble bien que quelque mauvais conseilleur ne m'ait pas mis sur le meilleur chemin pour l'obtenir…

- Que cherchez-vous, à la fin ! explosa Thomas.

- Ceci, fit Montignac en lui montrant la boule d'argile, cette argile m'a été ramenée du Pontet, avec une argile comme celle-ci, j'ai réalisé un creuset d'une résistance au feu inouïe !

- Pour de la glaise ? Tous ces morts, tout ce malheur ?

Montignac resta silencieux, muré dans un silence buté.

- N'avez-vous pas pensé qu'il eût suffi de négocier un échange équitable avec ces pauvres gens pour obtenir d'eux autant de cette maudite terre qu'il vous en faut ? Leur prix maintenant sera à la mesure des soucis que vous leur avez causés…

- Qu'importe, je ne sais à quel endroit de votre domaine il se trouve, et celui qui me l'a ramené est bien loin…

- C'est cet Anglais n'est-ce pas ?

Montignac frémit, mais resta de nouveau silencieux.

- Qui cherchez-vous à protéger ? Votre mystérieux hôte ou votre ami le vicaire ? Et que cherche-t-il, lui ?

Silence toujours.

- Fort bien, Messire, nous nous retirons. J'ai suffisamment de preuves et de témoins contre vous pour vous faire emprisonner le temps de méditer sur votre sottise. Je n'en fais rien pour l'heure, mais j'attends de vous que les ragots qui salissent Cayac cessent. Dans le cas contraire, attendez-vous à quitter vos cornus et vos creusets pour d'autres passe-temps moins agréables.

Il tourna les talons et quitta la tour du vieil alchimiste sans le saluer, le laissant, il l'espérait, méditer ses faibles chances de terminer son œuvre.

S'il s'était retourné, il l'aurait vu s'approcher de la fenêtre donnant sur son domaine et fixer pensivement la lisière de la forêt au-delà de la large zone déboisée. Quelques paysannes y glanaient les rares branchages abandonnés entre les souches ; plus loin, une silhouette sombre courbée sous la pluie s'enfonçait entre les arbres sur le petit chemin longeant la rivière. Là-bas, de l'autre côté de la forêt étaient tous ses espoirs, mais aussi toutes ses craintes.

Thomas claqua derrière lui la porte de la tour. Il traversa le petit hall en faisant sonner ses talons sur le sol carrelé, trouvant dans tout ce tapage un plaisir rageur à manifester ainsi sa détermination. Il fit irruption dans la cuisine où il pensait trouver Paula et ses hommes.

Personne.

Dans la cour, les chevaux l'attendaient, attachés à un anneau scellé dans le mur près de la porte. Il chassa de la main la pluie qui luisait sur le cuir tanné de sa selle, tout en cherchant des yeux un indice de la présence de ses compagnons. Rien. Perplexe, il monta en selle et fit le tour de la cour, l'oreille tendue. Aucun son ne lui indiquait qu'ils étaient encore au manoir. Il se rassura en pensant qu'ils ne pouvaient avoir été agressés sans qu'il en ait été averti par des cris, des bruits. Quelque chose avait dû les contraindre à partir. Il examina un court instant cette hypothèse cherchant des yeux un éventuel témoin. Se fiant à trois paires de pas se dirigeant vers la sortie dans la boue de la cour il se décida finalement à partir, encombré des longes des trois autres chevaux.

* * *

La nuit était tombée depuis plusieurs heures. La pluie avait fini par cesser dans le courant de l'après-midi, et les myriades d'étoiles qui

182

illuminaient le ciel, parfaitement visibles dans l'obscurité totale de cette nuit sans lune, annonçaient un retour du froid qui se faisait déjà sentir. Une ombre glissant de tronc en tronc se colla au mur, épiant le silence soudain des oiseaux de nuit dérangés par le raclement de la besace de l'homme contre la pierre. Avec quelques difficultés, il se hissa au sommet du dérisoire rempart à peine plus haut que lui, et se laissa lourdement retomber de l'autre côté. Il resta un moment immobile, accroupi derrière un buisson de genêts autant pour retrouver son souffle que pour vérifier que personne n'avait été alerté par sa maladresse. Aucun bruit, aucune chandelle ne vinrent modifier la quiétude des bâtiments du prieuré, à peine révélés par leurs silhouettes sombres masquant les étoiles.

Rassuré, il se dirigea vers eux en longeant le mur. Parvenu au pied de la bâtisse, il s'arrêta encore un court instant, avant de se diriger à pas de loup vers la porte du bâtiment. Un tour de clef et elle s'ouvrit avec un faible grincement dès qu'il la poussa. Il traversa rapidement le hall desservant les chambres réservées aux malades. À l'extrémité, un couloir plus étroit se terminait par une lourde porte qu'il entrouvrit avec mille précautions. Après l'avoir refermée derrière lui, il alluma fébrilement le bout de bougie retrouvé en tâtonnant au fond du sac qui pesait lourdement sur son épaule. Il étouffa un soupir de satisfaction. La faible lueur vacillait sur des murs couverts de manuscrits. Il glissa rapidement celui qu'il venait de tirer de sa besace au beau milieu d'une étagère un peu à l'écart et, le corps vibrant de frayeur mal maîtrisée, ressortit du monastère en se retenant à grand-peine de courir. Tapis contre le mur, ayant retrouvé l'abri du genêt, il s'enroula dans son épaisse pelisse de drap noir pour se protéger du froid qui glaçait une rigole de sueur entre ses épaules et s'employa à retrouver une respiration plus calme. Il n'était décidément pas un homme d'action pensa-t-il, plutôt fait pour les intrigues et les procès… Le froid devenait vif, il était temps de rentrer à Bordeaux. Il lui fallait encore convaincre messire Blaise de Gréelle, l'archevêque, à la première heure : Plus il interviendrait vite, moins les occupants de Cayac auraient de chance de découvrir le serpent dissimulé dans leur bibliothèque. Il se frotta les mains en signe de satisfaction. Tout était en place. Le manuscrit dont il venait de doter Cayac aurait fait condamner un pape au bûcher ! Il se leva, repassa péniblement le mur et s'en fut vers Bordeaux d'un bon pas. Les trois lieues à parcourir de nuit lui arrachèrent une grimace de lassitude. S'il voulait être tôt à l'archevêché, il n'aurait sans doute pas même le temps de dormir.

* * *

Dans la bibliothèque la confusion était à son comble. Le supérieur était à peine averti de la visite de l'archevêque qu'une horde silencieuse de moines et d'abbés qu'il reconnut comme étant la garde rapprochée de l'archevêque faisait irruption. L'archevêque en personne apparut enfin, calme, altier, mais le visage figé en un masque sévère. Le pauvre moine, sidéré par l'apparition de la plus haute autorité ecclésiastique de la province dans son modeste hôpital pour pèlerins, eut à peine le temps de se demander ce qui justifiait les regards glaciaux du prélat. Ne le quittant pas des yeux, celui-ci se dirigea vers une étagère de manuscrits à demi dissimulée par un petit meuble. Il prit le plus épais, le feuilleta. Une vénérable bible déroula ses pages magnifiquement enluminées. L'archevêque se signa, baisa avec une ferveur un soupçon trop exagérée la couverture de peau patinée, et se tourna vers un homme qui se tenait un peu en retrait.

- Qu'est-ce à dire, mon frère ?

Le vicaire de Sainte-Croix contraint de se mettre en lumière s'avança, tandis que le supérieur commençait à comprendre le manque de civilité de l'archevêque.

Frère Étienne prit fébrilement l'un après l'autre les quelques volumes de l'étagère, les laissant bruyamment tomber sur le sol.

- Ces livres sont nos seuls trésors, Messire Archevêque ! Faites cesser cet homme ! Que cherche-t-il ? Il a perdu la raison ! Le moine tremblait d'une colère qu'il n'allait plus contenir bien longtemps.

- Alors, mon frère ? Où est ce manuscrit qui selon vous sent si fort le soufre ?

- Ici, Messire!

* * *

La veille, de retour à l'auberge, Thomas avait eu l'heureuse surprise de voir les deux gardes qui les avaient accompagnés chez Montignac accourir dès qu'il avait mis pied à terre. L'explication avait tout d'abord été orageuse, à la mesure sans doute de l'inquiétude qu'il venait d'éprouver. Sans attendre leur récit, encore sur le chemin, devant l'auberge, il les avait accablés de reproches, furieux d'apprendre que Paula était encore une fois partie seule courir on ne sait quel danger. Quand ils purent s'expliquer, le récit qu'ils firent avait été si fantastique que Guilhem, accouru pour s'occuper des trois chevaux ramenés par Thomas, avait appelé son compère Tircelin pour qu'il profite des nouvelles : Le récit des deux gardes commença bien sûr la veille, lorsque Thomas les avait laissés en compagnie de Paula dans la cuisine de Montignac. La servante à demi demeurée était sortie, les laissant seuls. Paula n'avait pu résister à l'opportunité de "visiter" le manoir, espérant on ne sait quel miracle. Il était advenu. D'une fenêtre de l'étage, tandis qu'ils se désolaient sur la pauvreté manifeste du hameau, encore plus triste et gris sous la pluie, ils avaient surpris la longue silhouette nerveuse du vicaire de Sainte-Croix sortant de la porte des communs et traversant la cour en jetant des regards inquiets derrière lui. Ils s'étaient jetés vivement en arrière et avaient résolu sur-le-champ de le suivre. Sans perdre un instant, ils s'étaient lancés à sa poursuite. Le moine, à pied, s'éloignait déjà vers le hameau lorsqu'ils avaient traversé la cour. Les deux gardes lui avaient emboîté le pas sans imaginer que leur poursuite allait les entraîner si loin du manoir. Ils avaient parcouru le hameau sans que les rares femmes croisées leur adressent plus que quelques mornes regards. Les tas d'immondices semés au hasard entre les masures, les flaques de boue dans lesquelles ils avaient pataugé, les vêtements sales et déchirés des femmes rencontrées leur avaient laissé la même pesante impression qu'à Thomas le premier jour de son enquête. Tandis que les paysans du Pontet construisaient leur village jour après jour, accroissant opiniâtrement leur bien-être, il y avait ici une apathie qui leur avait laissé, comme à Thomas lors de sa visite, la même tristesse devant l'absence de foi en la vie montrée par les manants de Montignac... Eux aussi travaillaient dur, du soir au matin, mais Montignac ne leur laissait rien entrevoir de plus reluisant que le repos d'une tombe, au bout d'une pénible et malheureuse existence sans perspective d'amélioration. Paula, tout aussi attristée que son escorte, avait pensé un instant à Thomas dont elle raillait volontiers les révoltes et les propos excessifs... Comment s'étonner du nombre de routiers et de mendiants plus ou moins malandrins qui parcouraient les chemins du royaume ? Ceux-ci du moins préservaient une illusion de liberté… Que pouvait-il y avoir de pire que l'existence sans lendemains heureux des forestiers de Montignac ?

Le vicaire avait traversé le hameau et s'était engagé sur un petit chemin longeant le ruisseau. Ils l'avaient suivi, bientôt happés par la forêt, craignant à chaque instant de le perdre. Le chemin était difficile, encombré de ronces et de troncs pourris, interminable. Ils avaient cheminé un long moment, avant de s'arrêter brusquement. Devant eux, le moine venait de déboucher sur un chemin plus large. Ils s'étaient tapis silencieusement dans un fossé où ils avaient entrepris une lente approche. Une troupe de pèlerins était passée sur le chemin, contraignant le vicaire à les bénir d'un rapide signe de croix tout en dissimulant son visage sous sa capuche. Ils avaient alors compris que, en coupant à travers bois, ils avaient évité le long détour par Camparian, et étaient maintenant arrivés au bord du chemin de Compostelle. Les pèlerins s'étaient éloignés d'un bon pas, chantant allègrement un pieux cantique pour se donner du courage. Le pitancier de Sainte-Croix était revenu sur ses pas et s'était abrité du mieux qu'il avait pu sous l'épaisse branche d'un chêne si imposant qu'il avait dû voir passer sur le chemin les cohortes romaines dans ses jeunes années.

Quelques minutes plus tard, un galop dans le lointain avait signalé l'approche d'un nouveau voyageur. Le cavalier avait mis pied à terre et salué chaleureusement le vicaire, lui remettant une besace semblable à celle utilisée par les pèlerins pour transporter quelques provisions de route.

Les deux gardes qui avaient accompagné Paula, plutôt taciturnes à l'ordinaire, s'interrompirent dans le récit qu'ils faisaient à Thomas, la gorge sèche d'avoir tant parlé.

- Qu'ont-ils dit ? Pouvez-vous me répéter exactement leurs paroles ? À quoi ressemblait ce cavalier, était-il de noir vêtu avec un chapeau à l'espagnol ? Parlez vite, s'impatienta Thomas.

- Non, pas celui-là, il portait cape et capuche, mais un coup de vent nous a dévoilé sa tonsure… Pour sûr, c'était lui aussi un moine… C'est le vicaire qui a parlé le premier, je crois, fit l'un des gardes.

- J'arrive à peine ! C'est ce que le moine que nous suivions depuis le manoir de Montignac a dit, continua Tircelin, ensuite il a dû ajouter quelque chose comme : votre ponctualité est une bénédiction, frère Benoît, oui c'est cela, l'autre moine s'appelait Frère Benoît. Vous n'avez pas eu trop de difficulté à terminer à temps ?

Il a feuilleté un gros manuscrit tiré de la besace du cavalier, en s'abritant soigneusement de la pluie :

- Il est magnifique (il s'était signé à plusieurs reprises) l'imagination de frère Joan a fait des merveilles… Il va lui falloir des années de pénitence pour oublier la rédaction de ce manuscrit ! C'est parfait, rentrez vite. Je serai à l'abbaye vers la fin de la nuit ; laissez-moi le message convenu s'il y a le moindre danger. Faites bonne route, frère Benoît.

- Dieu vous garde, frère Étienne.

Bien vite les sabots de son cheval s'étaient éteints dans le lointain… Frère Étienne était encore plongé dans sa lecture, lorsqu'un homme était apparu sur le chemin juste devant lui, surgissant de nulle part.

- Ah ! Voilà notre homme en noir n'est-ce pas ? s'exclama Thomas.

Les deux gardes acquiescèrent en continuant leur récit.

- Oui, une longue cape noire et le visage caché par un chapeau aux larges bords… C'est lui qui a parlé le premier, c'est ça, hein, Guillaume ?

- Sûr ! Même qu'il est sorti des bois de l'autre côté du chemin sans qu'on l'entende arriver et que le moine a sursauté comme un beau diable ! Doit pas avoir la conscience bien tranquille, le bonhomme !

- Il ne l'a même pas salué, il a juste fait un geste vers le livre que tenait le moine en disant :

- Un bien saint endroit que ce chemin de Compostelle pour méditer, mon frère ! Mais cette couverture me paraît bien noire pour être entre les mains d'un religieux…

- On vient tout juste de me l'apporter, qu'il a répondu le moine, il correspond en tout point à notre attente… Si de votre côté vous avez connu autant de réussite, nous allons pouvoir en finir.

- Everything is all right. Tout est pour le mieux. Le jeune hospitalier n'a pas résisté bien longtemps aux charmes de la catin que je lui ai envoyée ! Elle n'a eu aucun mal à prendre les empreintes de son trousseau de clefs… Tenez : je ne sais lesquelles vous seront utiles, mais il n'y en a que quatre… Le forgeron a travaillé toute la nuit !

Le vicaire s'était frotté les mains.

- La réussite est proche, Messire, à quelle heure passons-nous à l'action ?

- Hélas ! Je ne pourrai vous accompagner. Je sens le souffle de ce Russ sur mes talons et s'il parvenait à me capturer, les conséquences pour l'Angleterre seraient désastreuses. Il me reste quelques seigneurs de cette belle Guyenne à rencontrer et je rentre sans attendre, rapporter au roi la nouvelle de notre succès.

- C'est que je ne suis guère accoutumé à ces actions...

- Vous réussirez ! Il le faut. Finissez cette nuit de ruiner la réputation de cet abbé et Cayac est à vous : nos amis à Bordeaux s'y sont engagés. Un homme comme vous ne peut passer sa vie à faire fructifier une abbaye pour des revenus de misère. La conduite de ce monastère est votre vraie place. Vos récoltes n'enrichiront que vous, et les services que vous pourrez nous rendre par votre situation sur le plus important chemin de l'Aquitaine sont inestimables.

- Le risque est grand à aider l'Angleterre...

- Aussi l'Angleterre ne vous oubliera-t-elle pas lorsque l'Aquitaine sera revenue dans le giron qu'elle n'aurait jamais dû quitter ! Allons, frère Étienne, ce n'est pas le moment de faiblir ! C'est assez de votre ami Montignac qui m'a jeté dehors, m'obligeant à vivre terré dans les bois comme un cerf aux abois...

- Le vieux malin a vite compris ce qui se passait et n'a pas aimé les façons expéditives de vos hommes, Dieu ait aussi pitié de leurs âmes.

- Il y a perdu le secret de fabrication du verre de Sir Ashley mon oncle. Tant pis pour lui. Et il fallait bien essayer de faire taire ces paysannes qui nous avaient surpris ici même. Jame était convaincu qu'elles avaient surpris une de nos conversations à l'auberge et étaient devenues une menace pour tout le monde, y compris pour vous, mon frère. Il est bien dommage qu'elles se soient échappées et que nous ayons dû revenir interroger ces aubergistes...

- Surtout dommage pour eux n'est-ce pas ?

- Ne croyez pas que j'aime tuer, comme ces routiers qui parcourent votre royaume et se roulent dans le sang du soir au matin...

- C'est cette si longue guerre qui les a faits ainsi, Messire Lann... Ce sont des enfants perdus qui se massacraient déjà à quinze ans sur les champs de bataille où nos souverains se disputaient le trône de France...

Thomas avait interrompu le récit des deux gardes:

- Lann ! Ainsi s'appelle donc l'espion qui complote avec ce maudit moine le retour des Anglais… Et cet imbécile de moine qui déplore tant les tueries ne voit-il donc pas que le roi de ce Lann voudrait que tout recommence ? Un siècle de guerre, n'est-ce pas assez ? Mais, continuez, continuez : Paul, où est Paul, pourquoi n'est-il plus avec vous ?

- Attendez, Messire, nous y arrivons ! Les deux hommes se sont séparés. Le moine est parti sur le chemin, vers Bordeaux, en se donnant l'air d'être un pèlerin revenant du tombeau de Saint-Jacques. C'était à s'y méprendre ! Quel filou ! Paul est parti à sa poursuite après nous avoir chargés de ne pas lâcher l'Anglais, et…

- Et si j'en juge à vos mines déconfites, il vous a échappé…

- C'est inexplicable, Messire ! Il est reparti dans les bois de l'autre côté du chemin, nous avons traversé presque sur ses pas et plus rien ! Pas un bruit, pas une branche qui s'agite, rien ! Il s'est volatilisé, Messire, pas vrai Guillaume ?

L'autre avait hoché la tête, penaud :

- Il s'est envolé, Messire ou alors la terre s'est ouverte sous ses pas pour cacher le démon qu'il est…

- Nous verrons cela plus tard… Pour l'heure il faut prêter main-forte à Paul.

- Comment le retrouver, nous nous sommes quittés à la moitié de l'après-midi !

- Vous venez de le dire ! Il est à Cayac bien sûr ! Là où ce traître de moine projette son prochain forfait…

Ils étaient remontés en selle, partant au grand galop vers le monastère d'hospitaliers. À quelque distance, Thomas avait envoyé Guillaume et François, les deux gardes, surveiller le chemin de part et d'autre des bâtiments avec ordre de rester cachés et de n'intervenir qu'en cas d'absolue nécessité. Les deux hommes placés, il s'était approché prudemment. De loin il avait repéré avec soulagement Paula, tapi dans une touffe d'ajoncs. Un peu plus loin devant elle, frère Étienne attendait, caché le long de l'enceinte du monastère. Il fit durer plus que nécessaire le trouble plaisir qu'il s'était découvert à cette indiscrète contemplation. Tous ses sens s'abreuvaient de cet instant de pause, l'emplissant d'une plénitude presque douloureuse. Il avait compris en quelques instants que Paula ne pouvait être elle-même qu'ainsi, libre et aventureuse, et que la paisible vie bourgeoise qu'il avait voulu lui imposer aurait irrémédiablement terni son éclat. Il s'était approché d'elle avec mille précautions. Elle ne l'avait vu que lorsqu'il avait touché doucement son avant-bras. Vivement elle avait posé sa main sur la bouche de Thomas en lui montrant le moine à quelques dizaines de pas devant eux. Il avait fait signe qu'il l'avait vu et sans réfléchir avait déposé un tendre baiser dans le creux de la main qui s'attardait sur ses lèvres. Le regard brillant qu'ils avaient échangé à ce moment était de ceux que l'on garde en soi toute une vie.

Ils avaient attendu ainsi que la nuit tombe, main dans la main, ne quittant pas des yeux le vicaire de l'abbaye de Sainte-Croix, sans pouvoir dire un mot.

Ils étaient entrés plus souplement que le moine dans l'herbarium. Quand il se fut enfui sa trahison accomplie, ils avaient passé une partie de la nuit à rechercher silencieusement dans la bibliothèque le lourd volume noir donné au religieux par son complice de l'abbaye. Ils avaient choisi de ne pas prévenir le supérieur dont l'honnêteté n'aurait pas accepté la petite comédie qu'ils projetaient. Puis, le manuscrit récupéré, ils s'étaient installés pour attendre le matin, serrés l'un contre l'autre et enroulés dans leurs épaisses capes de laine. Le sol était glacé et la rivière qui passait non loin exhalait des vapeurs humides. Thomas avait très vite avoué à sa compagne ce qu'il avait ressenti avant de la rejoindre. Cette fin de nuit passée à chuchoter les mots qu'ils avaient trop longtemps retenus fut si courte qu'ils ne s'étaient endormis que lorsque les premiers rayons du soleil avaient caressé leurs visages.

* * *

- Est-ce bien ce manuscrit que vous cherchez, frère Étienne ?

Le moine se tourna d'un coup vers la voix qui venait ainsi de l'apostropher. Toutes les facettes de son âme tortueuse se peignirent sur son visage en un instant : l'espoir de retrouver le manuscrit qui pouvait ternir à jamais la réputation du supérieur, la surprise mêlée de peur en reconnaissant Thomas brandissant d'un bras ferme le sombre volume, un éclair de rage et de haine vite caché derrière un masque calculateur et mielleux lorsqu'il se tourna enfin vers l'archevêque. Thomas ne put qu'admirer son intelligence lorsque le vicaire prit presque immédiatement la parole, tentant avec sang froid de retourner la situation à son avantage.

- Que fait cet homme ici ? Dit-il, feignant de ne pas le connaître, il ne ressemble guère à un hospitalier !

- Je suis venu vous rendre votre bien, Messire, vous avez, je crois, oublié ce livre ici cette nuit…

- Mensonge ! J'étais à l'abbaye ! Je ne l'ai quittée ce matin que pour me rendre à l'évêché alerter messire de Gréelle sur les monstruosités qui se déroulent ici !

- Et comment donc en avez-vous été averti ? lança Thomas, regrettant aussitôt une question à laquelle le moine était sans doute préparé.

- Un clerc de retour de Compostelle s'est arrêté ici pour soigner ses pieds malmenés par la descente des Pyrénées. Il a demandé à visiter la bibliothèque et y a surpris le supérieur plongé dans la lecture de ce texte odieux.

- Quelle imprudence, ironisa Thomas, de la part du supérieur d'une communauté d'hospitaliers ! Mais qu'importe. Où est donc ce clerc ? Et, Messire Étienne, comment avez-vous su que le père Francis avait tranquillement laissé un manuscrit pouvant l'envoyer sur le bûcher, bien exposé sur l'étagère d'une bibliothèque où chacun des moines de Cayac pouvait le trouver, immanquablement intrigué par sa couverture noire ?

- Mon témoin l'a vu le ranger là, ce n'est qu'après le départ du moine qu'il l'a examiné, intrigué par sa couverture noire comme vous dites…

- Encore une fois où est ce témoin ?

- Il a continué son chemin, craignant d'être retenu plusieurs jours par une si grave affaire… Comment le lui reprocher ? Le pèlerinage est une bien longue route, il avait hâte de retrouver les siens…

- Voilà un pèlerin pressé qui disparaît bien à propos… Il a tout de même pris le temps de vous avertir… Au fait, par quel heureux hasard vous a-t-il rencontré, vous le si zélé pourfendeur de l'hérésie ?

L'archevêque qui avait suivi la joute des deux hommes sans mot dire toussota en regardant Thomas avec une sévérité exagérée :

- On ne met jamais assez de zèle à pourchasser le démon, Thomas Russ, les cas de sorcellerie avérée sont de plus en plus nombreux dans nos villages et parfois jusque dans nos villes… Mais laissons cela, Thomas, vous semblez accuser le vicaire d'une des plus riches abbayes de mon évêché ?

Thomas s'agenouilla aux pieds de l'archevêque, baisant respectueusement sa chevalière.

- J'ai vu frère Étienne entrer cette nuit dans la bibliothèque après avoir attendu que tout le monde soit endormi… Auparavant, Paul, mon assistant, avait vu un complice lui remettre ce livre un peu plus loin sur le chemin…

- Comment pouvez-vous affirmer qu'il s'agissait de ce livre ! Se trahit le vicaire.

- Ah ! Vous reconnaissez donc votre présence !

-… Et comment pouvez-vous être si sûr de m'avoir vu entrer par une nuit si noire ?

Thomas chercha désespérément un autre moyen de confondre le moine.

- Vous pouvez naturellement prouver votre présence à l'abbaye cette nuit…

- Je n'ai rien à vous prouver, jeune damoiseau, s'écria le pitancier de Sainte-Croix avec un air outragé, je m'étais retiré dans ma cellule pour vérifier certains éléments de ma comptabilité…

- Bien sûr, bien sûr…

L'archevêque intervint de nouveau, tendant la main vers Thomas.

- Donnez-moi ce livre… Il le feuilleta distraitement, hum, hum, assez compromettant cela est sûr… Messire Russ, il est vrai que frère Étienne ne peut prouver ses dires, mais vous ne le pouvez pas plus pour votre part ! Mais pourquoi donc, selon vous, un membre de l'église ternirait-il de la sorte la réputation d'un monastère ?

- Pour s'en emparer, Messire de Gréelle, nous avons surpris une conversation entre lui et un espion anglais : la position de l'hôpital sur la principale route vers Bayonne ou le Béarn servait à merveille un plan pour chercher des alliés dans la région en vue d'un nouveau débarquement anglais.

- Oh, oh ! Un complot contre le roi ! Il me semble que cette fois vous allez un peu loin, Messire. Puisque vous n'êtes pas en mesure de prouver quoi que ce soit de vos invraisemblables accusations, je ne peux que maintenir jusqu'à nouvel ordre une confiance dont le frère Étienne n'a jamais démérité. Père Francis, je vous ordonne de ne pas quitter ce monastère jusqu'à ce que…

Une voix essoufflée se fit entendre dans le couloir, tonnant contre le moine qui cherchait à s'interposer.

- Laissez-moi passer ! Je dois voir messire Russ immédiatement !

Le garde fit irruption dans la bibliothèque et se tut, surpris par la riche assemblée qui s'y trouvait.

L'archevêque ne put s'empêcher d'enfoncer plus encore frère Francis déjà courbé sous le poids de la disgrâce et des terribles accusations qui pesaient sur lui :

- On entre décidément ici comme dans une taverne ! N'avez-vous point honte de tenir si mal votre monastère frère Francis ?

- Ne le blâmez pas, Messire, cet homme est à moi. Thomas se tourna vers Guillaume, et se pressa de l'interroger avant que l'archevêque ne soit remis de son audace, qu'avez-vous à me dire, Guillaume, parlez sans crainte.

- Excusez mon retard, Messire, j'étais sans cheval et n'avais point d'argent pour en prendre un... Je suis venu de Bordeaux aussi vite que j'ai pu...

- De Bordeaux ? Je vous ai laissé cette nuit surveiller le chemin aux abords de ce monastère... Mais racontez-nous ce qui a pu vous ramener à Bordeaux... Fit Thomas espérant soudain quelque miracle susceptible de sortir le moine du mauvais pas dans lequel il était engagé.

- C'est bien simple, Messire, J'ai vu cet homme tomber comme un sac du mur, tellement près de moi qu'un peu plus je le recevais sur les pieds ! Heureusement il était si pressé de partir qu'il ne m'a pas vu, mais moi j'ai bien reconnu le moine qu'on a vu plus haut sur le chemin... je n'ai pas réfléchi, je l'ai suivi... jusqu'à Bordeaux, jusqu'à Sainte-Croix. Je suis resté devant à me demander si je n'avais pas fait tout ce chemin par cette nuit glaciale pour rien, mais au lever du jour le vicaire est ressorti de Sainte-Croix aussi discrètement qu'il y était entré... Il a filé à l'évêché, y est resté une bonne partie de la matinée et quand il en est ressorti, ce fut pour conduire ici messire l'archevêque et toute cette noble assemblée...

- Qu'avez-vous à répondre à cela frère Étienne ?

- Cet homme ment, Messire, il est sans doute à la solde de ce godelureau qui cherche ma perte pour on ne sait quelle raison...

- Vous savez bien pour quelle raison, frère Étienne... Vous avez tout d'abord cherché à aider Albert Montignac à s'emparer du village dont j'ai la charge...

L'ecclésiastique eut un ricanement grinçant :

- Un repaire d'hérétique et de sorciers, Messire de Gréelle...

Le garde s'agitait à l'entrée de la bibliothèque, n'osant interrompre l'échange qui s'envenimait. "Je ne mens pas, je ne mens pas" bredouillait-il sans parvenir à être entendu au-delà des hospitaliers qui se pressaient derrière lui, horrifiés par cette explosion de violence au sein même de leur monastère.

- Taisez-vous tous les deux ! rugit l'archevêque, il me semble que vous oubliez l'attitude qu'il sied de tenir en présence du représentant du pape en Aquitaine ! Cet homme semble vouloir ajouter quelque chose : parlez, mais prenez garde, si vous mentez, je vous excommunie ! Et il en sera de même pour chacun d'entre vous ici ! Quelqu'un se moque de moi dans cette affaire, et c'est un affront que je ne saurais souffrir ! Que voulez-vous ajouter ?

Le garde se jeta à genoux, et c'était chose terrible pour tous de voir ce grand gaillard trembler de tous ses membres à l'idée des tourments de l'enfer qui le menaçaient.

- Je ne mens pas, Messire Archevêque, tandis que je revenais en vous suivant tant bien que mal, j'ai croisé le garde de la porte Saint Julien qui nous a laissés entrer dans Bordeaux cette nuit...

- Bien que le jour ne soit pas encore levé ?

- J'ai vu de loin le vicaire montrer un sauf-conduit. Le garde l'a salué et a ouvert la poterne. J'ai risqué le tout pour le tout, j'ai attendu qu'il soit passé et je me suis présenté à mon tour à la porte, je connais un peu Jehan, entre gens d'armes on se connaît tous ou presque, je lui ai dit que j'accompagnais frère Étienne, que j'avais été retardé, il m'a laissé passer...

- Continue, tout à l'heure donc, tu as croisé ce Jehan ?

- C'est cela, Messire, il venait de terminer sa garde à la porte Saint Julien. Il s'est moqué de moi, disant que le vicaire était déjà loin, que j'étais encore en retard... Il vous suffit de l'interroger, il vous dira, lui, que ce moine arrivait par le chemin de Saint-Jacques au beau milieu de la nuit...

- Il ment ! Il ment ! Que vaut le témoignage de ce soldat ? J'étais chez mon ami Montignac, je suis rentré tard, il est vrai, mais je n'étais pas...

- Taisez-vous ! Tout à l'heure vous prétendiez ne pas avoir quitté

Sainte-Croix ! Frère Étienne je vous excommunie ! Saisissez-vous de lui, dit-il aux gardes vêtus de la riche livrée de l'archevêché qui l'accompagnaient, il va, pour commencer, goûter à mes cachots. Messire Russ, si vous voulez bien m'accompagner, j'ai à vous parler.

* * *

L'archevêque avait entraîné Thomas dans l'herbarium, loin des autres, demeurés pétrifiés dans la bibliothèque. Leurs pas crissaient sur le gravier soigneusement ratissé des allées quadrillant le jardin. L'archevêque enserrait d'une main crochue le coude de Thomas, le conduisant à l'écart d'un pas nerveux.

- Messire Russ, il faut que je vous fasse une confidence. Je connais bien votre oncle. Il est de ceux qui redonneront à cette ville le rang qu'elle mérite. Je sais que vous travaillez dur pour refaire de Bordeaux la riche cité qu'elle était il y a quelques dizaines d'années… Pourtant nos deux foires ne sont plus que l'ombre de ce qu'elles ont été.

Thomas resta silencieux, étonné de la visible agitation de l'archevêque, surpris aussi qu'un si important personnage ait des confidences à lui faire.

- Vous êtes peut-être le seul Anglais de cette ville, vous êtes bien placé pour savoir que malgré tout…

- Ma mère est française et mon oncle m'a adopté lorsque j'ai choisi de rester dans cette ville : je suis donc Français, Messire, vous le savez bien ; et ma mère n'a fait qu'obéir à son devoir d'épouse en suivant mon père à Bristol.

- C'est vrai, acceptez mes excuses. Oubliez un instant qui je suis, et échangeons librement quelques idées… Nous souhaitons tous les deux la prospérité de cette ville, sommes-nous d'accord ?

- Et la paix, Messire, surtout la paix…

- Et la paix, bien sûr… L'archevêque joignit ses mains et resta un instant absorbé, remettant en forme des pensées visiblement perturbées par l'interruption de Thomas. En fait peu importe que vous soyez Anglais, Français ou Gascon comme votre bon vivant d'oncle… Vous êtes marchand et bourgeois de cette ville ; Selon vous, pourquoi peinons-nous tant à retrouver l'éclat que nous avions il n'y a guère ?

195

- Vous voulez dire du temps du prince Édouard ?

- Oui, vous souvenez-vous de la foule qui emplissait la ville deux fois l'an lorsque les foires attiraient les forains de toute la Gascogne, les nobles, les manants, les marchands anglais, flamands, espagnols, tous accouraient pour vendre et acheter... Il y avait une telle presse de bateaux dans le port que les mats faisaient comme une forêt...

- J'étais enfant, mais je m'en souviens, bien sûr... fit Thomas sans faire remarquer que messire de Gréelle n'était à Bordeaux que depuis sa nomination en 1455 par Charles VII et n'avait donc sans doute rien vu des foires qu'il dépeignait avec tant de lyrisme, vous voulez mon sentiment sur cette prospérité disparue ? L'époque était autre, voilà tout... D'autres foires concurrencent les nôtres, qu'y pouvons-nous ? Cultivons nos vignes, cette richesse du moins n'est pas près de nous être enlevée...

- Je vous sais assez intelligent pour avoir une idée un peu plus approfondie de la cause de nos difficultés présentes. Je crois d'ailleurs percevoir derrière votre dernière remarque une amertume que votre prudence cache à grand-peine. Essayons autre chose : ne pensez-vous pas que les taxes qui pèsent lourdement sur le moindre échange, sont pour beaucoup dans l'abandon de nos foires ?

- Bordeaux paie sa trahison de 1452[31], le pardon royal viendra à son heure...

- Lorsque nous serons tous exsangues ? Votre optimisme m'étonne, Messire Russ.

- C'est la révolte que je perçois sous vos paroles qui m'étonne ! N'avez-vous point fidèlement servi Charles VII qui fut pourtant le premier à trahir sa parole et à écraser notre pauvre ville sous les taxes et les impôts ? Il me semble que Louis a déjà rétabli bien des privilèges...

- Il s'en prend pour sa part aux seigneurs et à l'église dont il taxe le moindre bénéfice et dont il cherche de tous côtés à réduire la liberté... Le résultat est le même : les prix flambent et les bateaux flamands vont ailleurs.

- Il a au moins tenu la promesse d'établir un parlement à Bordeaux !

---

31   Bordeaux qui avait capitulé en 1451 et prêté serment au roi de France Charles VII avait rappelé les Anglais en 1452 pour être délivrée d'un roi qui ne respectait pas les promesses faites lors de leur reddition : maintien des privilèges, création d'un parlement, etc....

- Ces juges et ces greffiers coûtent cher au roi, que l'on ne peut par ailleurs accuser de dépenser l'argent du royaume en futilités… Et ces juges qu'il nomme un peu partout dans le royaume ne sont là que pour finir de nous enlever le droit de rendre justice sur nos terres ou dans nos évêchés…

- Où voulez-vous en venir Messire, mon oncle s'est toujours accommodé du pouvoir en place, et s'en porte pour le moment assez bien…

- Pour le moment… Le monde, notre monde, est en train de changer, Thomas, c'est le pouvoir absolu que Louis cherche. Il ne fait que continuer plus ouvertement ce que son père avait commencé : arracher la moindre parcelle de pouvoir aux puissants seigneurs qui dictaient trop souvent leur conduite à ses illustres ancêtres. Quand cela sera fait, il aura besoin d'armée, de trésoriers pour lever les impôts, de juges et de magistrats pour maintenir son autorité… Il lui faudra de l'argent, beaucoup d'argent… Le peuple paiera, mais vous aussi riches marchands et gras bourgeois, vous paierez… Même s'il saura récompenser somptueusement les plus zélés à servir sa cause et soutenir sa tyrannie… Car c'est bien de tyrannie dont je vous parle, quand tous les pouvoirs sont entre les mains d'un seul, quel bonheur si cet homme est un sage, quel malheur s'il s'agit d'un tyran…

- Voilà un discours bien enfiévré dans la bouche d'un prélat, et qui semble un peu trop fait pour me séduire ! Dois-je comprendre que vous m'encouragez à rejoindre les seigneurs qui s'opposent au roi ? N'y comptez pas, s'emporta-t-il, je ne les crois pas plus préoccupés de mon avenir que de la misère dans laquelle ils maintiennent leurs manants !

Blaise de Gréelle ne sembla pas sentir l'agacement de Thomas. Il continua au contraire sur un ton plus calme et presque léger:

- Loin de moi l'idée de chercher à vous convaincre de quoi que ce soit, soyez-en sûr. N'est-il pas humain que chacun rechigne à perdre le pouvoir et la liberté que ses ancêtres lui ont légués ? Je vous vois sceptique, essayons autre chose : je tiens cet évêché du roi Charles, c'est vrai, je le confesse. Je l'ai fidèlement servi, paix à son âme. Maintenant, je n'entends de toute part que louanges et regrets du temps où l'Angleterre assurait la prospérité de la province malgré la guerre. L'église sent ses privilèges et ses domaines en danger, les seigneurs de même, les commerçants végètent péniblement et l'Angleterre ne peut se résigner à abandonner ses prétentions à la couronne de France ; n'y a-t-il pas là une communauté d'intérêts suffisante pour s'allier dans le but de contraindre le roi à modérer ses ambitions ? Avant de se rendre chez le sénéchal, Albert Montignac est passé à l'évêché lorsque ces pauvres femmes ont disparu sur le chemin. Le vieil original faisait peine à voir. Il était si désemparé qu'il a parlé beaucoup plus que de raison. Ce que j'ai soupçonné dès ce moment aurait suffi à lui faire connaître le cachot pour le restant de ses jours s'il échappait à la corde ! L'archevêque jeta un rapide coup d'œil autour d'eux, avant de continuer plus bas :

- J'avoue lui avoir conseillé de demander au sénéchal l'aide de Jean Gauriac et être intervenu auprès de Messire de Lescun dans ce sens... Je sais le malheureux Jean et son père favorables à l'opposition au roi qui grandit tous les jours, et je les connais suffisamment pour pouvoir compter qu'ils m'informent scrupuleusement... Du moins jusqu'à ce que Jean Gauriac ne... disparaisse.

Thomas avait tressailli en entendant parler du *malheureux* Jean Gauriac, inquiet de ce que pouvait savoir l'archevêque. Il hésita un court instant, choisit une approche prudente :

- On est toujours sans nouvelles de...

- Attention, Thomas, je me sens l'excommunication facile aujourd'hui ! Messire Montignac a finalement compris lui aussi qu'il ne pouvait rester seul dans cette affaire... Je l'ai aidé à donner une sépulture décente à Jean Gauriac. Il semblerait qu'il l'ait trouvé chez lui, mystérieusement percé d'un unique coup d'épée... Sans doute une dispute avec le drôle de pèlerin que notre ami de Sainte-Croix avait amené à messire Montignac... Qu'en pensez-vous ?

Thomas hésita à raconter l'enlèvement de Paula et de la fille du Pontet. L'archevêque ne lui en laissa pas le temps : -... C'est en tout cas pour moi ce qui a dû se passer. Tout du moins si rien ne vient modifier ma façon de penser, c'est aussi votre avis n'est-ce pas ?

Thomas acquiesça en silence, avant de lâcher un "si tel est votre désir" prudent.

- Il va de soi que je me charge d'informer le sénéchal et messire Gauriac père du malheureux assassinat de Jean lors d'une dispute avec un pèlerin hélas en fuite en Espagne, continua messire de Gréelle, il est inutile que vous vous exposiez à des questions qui compliqueraient une affaire qui risquerait alors de se prolonger par d'interminables procès...

Thomas resta silencieux, abasourdi par l'assurance avec laquelle le prélat lui énonçait un chantage à peine dissimulé. Il découvrait par la même occasion un aspect de l'église dont il n'avait jusqu'alors qu'entendu de vagues échos, surtout dans la bouche de paysans désabusés ou de camarades étudiants trop bavards. L'église donc était semblable au commun des mortels : intrigues, complots, attachement immodéré aux richesses, ses plus hauts dignitaires n'y échappaient pas.

Il réprima un soupir las, le cacha derrière un air soucieux.

- Il n'en reste pas moins qu'un Anglais, qui plus est meurtrier de cinq innocentes victimes, est sans doute toujours en France à comploter contre le roi, et que son complice vient de tomber entre nos mains… Ils doivent être punis pour ça…

- Qui exigera réparation ? Montignac ? Pensez-vous qu'il ait lui aussi intérêt à voir le parlement de Bordeaux enquêter ? La famille des aubergistes ? On ne leur en connaît pas pour l'instant, la peste est passée par là selon nos registres… Nous offrirons au vicaire de Sainte-Croix la chance de racheter son âme par une retraite silencieuse dans notre plus rigoureux monastère, quant à ses biens… l'église a tant besoin de dons généreux…

Thomas ne put s'empêcher de sourire du cynisme de l'archevêque.

- Si j'osais, Messire, il est une pieuse action à laquelle vous pourriez employer une petite part des douteuses richesses du vicaire de Sainte-Croix…

- Osez, Thomas, les affaires du royaume ne nous ont que trop tenus éloignés de nos devoirs de chrétiens…

" L'hypocrite… " pensa Thomas qui n'en eut que moins de scrupules à présenter sa requête. Il reprit d'une voix plus ferme mais qu'il s'appliquait soigneusement à garder humble et respectueuse :

- Les villageois du Pontet attendent depuis si longtemps que vous puissiez leur envoyer un curé… N'y a-t-il donc pas dans un si grand évêché un brave homme qui désire prendre soin de leurs âmes ? Il constatera bien vite que le Pontet ne cache pas de diablerie, pas même dans les remèdes de la Fréchou… Une demeure décente et une chapelle solidement rebâties l'attendent et s'il sait se faire accepter d'eux il ne manquera de rien, le village est assez riche maintenant pour pourvoir, modestement il est vrai, aux besoins d'un honnête homme.

- Cela peut se faire… Sommes-nous d'accord sur l'avenir du frère

Étienne ?

Thomas inclina la tête, bien près d'accepter, au fond que lui importait que ce foutu moine soit puni par les juges du roi ou par l'église, il hésita pourtant :

- Je suis dans cette affaire au service du sénéchal… Je ne peux servir deux maîtres ; il me faudra lui rendre compte…

- Il se satisfera du retour au calme. Dites-lui ce que bon vous semble ! S'il veut le cellérier de Sainte-Croix, il n'aura qu'à me le demander ! Quant à l'Anglais, courrez après si cela doit apaiser votre conscience, je ne redoute rien de lui !

L'archevêque se tourna brusquement et regagna à grands pas les bâtiments du monastère dans un majestueux froissement de riches soieries. Thomas se laissa tomber sur un banc de pierre, le regardant pensivement s'éloigner. Sa dernière phrase semblait confirmer qu'il n'était pour rien dans la présence de Lann en Aquitaine, malgré le désir suspect de soustraire le vicaire de Sainte-Croix au sénéchal. "Il s'est contenté de surveiller la bande de comploteurs sans intervenir, pour se tenir prêt à saisir la moindre opportunité de nuire au roi" pensa-t-il, "si Paula n'avait pas vu le frère Étienne s'enfuir de chez Montignac, s'en était fini du supérieur… L'archevêque n'aurait pas hésité à donner aux Anglais un endroit aussi stratégiquement placé, à quatre lieues de Bordeaux sur la principale route menant vers le sud de l'Aquitaine…"

Il se leva en s'étirant, les muscles douloureux de l'inconfortable nuit passée à attendre, caché aux abords de Cayac. Il sourit, attendri par le souvenir de Paula, endormie au matin, lovée contre lui pour se protéger du froid vif qui sévissait à nouveau. Allons ! Les choses semblaient vouloir enfin s'arranger harmonieusement… En même temps qu'il voyait enfin clairement la vie qu'il désirait vivre avec Paula, le reste s'éclaircissait aussi à plaisir. En discutant avec l'archevêque, il avait bien compris que le souhait de ce dernier était qu'il se contente du retour au calme et de la mise hors de cause du supérieur des hospitaliers et des manants du Pontet. L'idée était séduisante, d'autant qu'il ne désirait rien de plus au monde que quelques semaines de tranquillité en compagnie de Paula, mais il aurait eu l'impression de trahir, et la mémoire de la famille d'aubergistes, et la confiance du sénéchal. Débarrassé des incertitudes concernant son amie, son esprit apaisé s'était aussi allégé de toute haine envers ses adversaires. Il se souvint fort à propos de l'antique sagesse des auteurs anciens qu'un maître avisé lui faisait redécouvrir lorsqu'il fréquentait la toute nouvelle université de Bordeaux fondée par Pey Berland, alors archevêque de Bordeaux : lequel d'entre eux, Sénèque peut-être, prônait-il de ne jamais s'abandonner à la colère, mais d'appliquer sans haine la juste punition que le coupable semblait réclamer par ses méfaits ? Il se sourit, attendri par ces souvenirs d'une époque qui lui semblait déjà bien lointaine, mais ne manqua pas de se dire qu'il serait peut-être bon qu'il se remette à la lecture. Il se redressa, ragaillardi soudain par une bouffée d'optimisme : il ne lui restait plus qu'à affronter Charles de Lann, qu'il ne parvenait pas à imaginer ayant déjà fui pour l'Angleterre ; bien au contraire il le sentait tout proche, surveillant le moindre de ses gestes, avançant pion après pion, jouant tout comme lui sans haine une obscure partie qu'il n'abandonnerait qu'à la toute dernière extrémité.

* * *

- 13 -

- Je ne te comprends pas, dit Paula, si tu acceptes de laisser ce moine échapper à la justice du roi, pourquoi continuer à poursuivre Lann ? Le bourreau du sénéchal aura tôt fait de lui faire livrer les noms de ses complices, et tu seras à ton tour mêlé aux cachotteries de l'archevêque...

- On ne questionne pas un favori du roi d'Angleterre... Le roi s'en servira de monnaie d'échange... Pour ma part, je ne peux me résoudre à abandonner cette affaire sans savoir ce qui s'est vraiment passé... L'archevêque m'en a beaucoup dit, mais pas encore assez. Je ne le crois pas impliqué dans les meurtres, pas même dans la présence de Lann dans la région, mais ça ne m'étonnerait pas qu'il cherche maintenant à prendre contact avec lui...

Attablés dans un angle de l'auberge ils observèrent un instant en silence les deux ex-archers se déplaçant entre les tables de pèlerins les bras chargés de victuailles et de pichets, amusés et réjouis du plaisir que les deux anciens soudards semblaient prendre à leur nouvel emploi. Une veuve du Pontet s'était récemment installée à demeure avec ses enfants pour leur prêter la main et à n'en pas douter, une autre finirait bien par la rejoindre...

- Leur conversion inattendue fait plaisir à voir... Qui se serait douté que les deux redoutables guerriers de Gauriac deviendraient si vite de paisibles taverniers ? Dit Paula, toujours prompte à s'attendrir.

- Ils étaient las de leur existence... Les circonstances ont fait d'eux des machines à tuer, d'autres leur offrent celle de finir leur vie en servant de pieux voyageurs... Quelle étrange chose que la vie ! répondit Thomas pensivement avant de continuer : et puis d'ailleurs, quelle vie se rêvaient-ils, enfants ?

- Pourquoi ne pas le leur demander ?

- Pourquoi semer le trouble ? Ils ont fait ce que nous faisons tous, ils se sont embarqués vers des rivages qu'ils ne connaissaient que par les récits des précédents voyageurs et comme toujours c'est la mer qui a choisi sur quelle côte ils allaient aborder... De quels rivages rêvais-tu, enfant, Paula ?

Elle se troubla, attristée par l'évocation de l'enfant qu'elle avait été, dans ses lointaines Flandres.

- Je rêvais d'un beau mariage avec un prince, de robes brodées d'or et de perles... Comme toutes les petites filles...

Il posa la main sur la sienne, regrettant déjà sa question. Il en affronta pourtant les conséquences :

- Te voilà bien loin des chemins où les petites filles rencontrent les princes...

Elle retira doucement sa main, reprit en souriant gentiment la parole pour le sortir de l'embarras d'une décision qu'il n'était pas encore prêt à énoncer, même si en lui-même elle était déjà presque prise :

- On peut nous voir... Je suis toujours Paul, l'oublies-tu ? Le sourire moqueur s'effaça et ses yeux verts reprirent un air sérieux : pas si loin en fait, ma mère... Pas la marâtre que tu as vue, la vraie, ma mère m'endormait en me racontant qu'un jour un riche marchand m'emmènerait à la découverte du monde...

Il ne sut que répondre. Comme toujours il resta silencieux, laissant son esprit vagabonder autour de ce qu'elle venait de dire... Il n'était pas riche ; son seul bien était ce village et il laissait aux paysans presque tout ce qu'il lui rapportait ! Ils avaient encore besoin de tant : Une meule neuve pour remplacer la mauvaise pierre de grès qui laissait tant de sable dans la farine que leurs dents s'usaient à manger leur pain, du bois de charpente, du bétail... Quant à découvrir le monde...

- À Bruges, j'ai entendu un marchand venant du nord raconter qu'il y a bien longtemps des voyageurs ont abordé des terres inconnues, loin vers l'ouest au-delà d'une île nommée Iceland... Dit-elle, semblant deviner sa pensée.

- Les marins portugais descendent toujours plus loin, le long de l'Afrique, ils pensent pouvoir la contourner au sud et rejoindre l'Inde... Sais-tu que la terre est aussi ronde que cette pomme ? Certains disent que l'on pourrait aussi parvenir en Inde en naviguant tout droit vers le couchant...

- Un jour peut-être, tu m'emmèneras à la poursuite du soleil... Rêva-t-elle.

Thomas fit la grimace :

- Je n'aime pas beaucoup les longs voyages en mer, avoua-t-il, le temps m'y semble bien long... Il n'y a guère qu'une certaine traversée depuis Bruges, s'empressa-t-il d'ajouter...

Ils restèrent de nouveau silencieux, perdus dans leurs pensées, peut-être occupés tous deux à mesurer le chemin parcouru dans la connaissance l'un de l'autre... Quand leurs yeux se croisèrent à nouveau, leurs regards troublés et la lourdeur oppressée de leurs mouvements leur apprirent que le moment était venu de franchir une ultime étape.

- Il se fait tard, allons dormir, proposa-t-il gauchement en montrant d'un bref geste circulaire la salle presque vide.

Le cœur battant, ils montèrent l'escalier conduisant aux chambres.

* * *

Ils se levèrent tôt le lendemain, sitôt que l'auberge était encore totalement silencieuse, exceptés les quelques gémissements féminins entendus en passant devant la chambre de Tircelin qui leur firent échanger en riant sous cape un dernier baiser avant de franchir la porte de l'auberge. Le jour ne se signalait encore que par une infime lueur au-dessus des arbres noyés de brume. La nature était paisible et il flottait déjà dans l'air un on ne sait quoi annonciateur de printemps. Ils restèrent un instant immobiles, semblant regarder avec étonnement ce nouveau jour qui commençait. Rien, pourtant, n'était différent de l'accoutumée : le chemin de Compostelle s'enfonçait toujours sous les arbres, les dalles usées de l'antique voie romaine, recouvertes de l'humidité de la nuit, luisaient de rosée comme chaque matin et les hululements d'un couple de chouettes en chasse se répondaient, tous proches. Tout était semblable, mais plus rien n'était pareil, et en regardant Paula se diriger vers les écuries, il perçut dans sa démarche une sensualité et une tranquille assurance indiquant que pour elle aussi tout avait changé. À vingt-huit ans, Thomas avait déjà partagé la couche de bien des filles, cru les aimer trop souvent, pleuré pour elles parfois ; de son côté, Paula lui avait raconté cette nuit que, sans jamais avoir cédé à ses amoureux, elle n'avait pas manqué de soupirants à Bruges depuis ses douze ans, qu'ils soient fils de marchands ou parmi la bande de chenapans avec qui elle vagabondait sur le port à l'âge où les autres filles apprenaient la couture

205

avec leur mère ; jamais pourtant ils n'avaient su l'un et l'autre avec tant de certitude avoir rencontré le complément indispensable à leur vie.

- Comment ne se doutent-ils de rien, pensa-t-il, les yeux irrésistiblement attirés par les hanches dont un imperceptible balancement accentuait l'indéniable féminité malgré les vêtements masculins. Il sourit à la silhouette qui venait de se tourner à demi vers lui, parvenue à l'entrée de l'écurie. Il ne pensa même pas à Gauriac, qu'il ne se pardonnait toujours pas d'avoir tué par simple colère, qui semblait seul avoir été troublé par le charme de son amie ; non, l'heure n'était pas plus aux remords qu'à la mélancolie. Il la rejoignit en courant comme un enfant, eut à peine le temps de repousser la porte derrière eux, et la reçut dans ses bras aussi joyeusement avide et insatiable que lui.

* * *

Le Pontet vaquait tranquillement à ses occupations matinales lorsqu'ils y arrivèrent un peu plus tard. Comme à l'accoutumée, Thomas mit pied à terre dès l'entrée du village, autant pour ne pas leur donner l'impression de les toiser du haut de sa monture, richesse que les manants du Pontet ne pouvaient encore envisager, que pour éviter de renverser la marmaille qui se poursuivait entre les chaumières. Arnaud, bien vite averti, s'avança à leur rencontre.

- Bien le bonjour, Messires, nous nous demandions justement quand nous pourrions vous apprendre la bonne nouvelle !

- Une bonne nouvelle ? Voilà un accueil comme je les aime ! Je commençais à me demander si le bonheur allait enfin se décider à revenir par ici ! Laissez-moi deviner… Auriez-vous déjà eu la visite de l'archevêque ?

L'inquiétude se peignit sur le visage d'Arnaud et des villageois qui commençaient à se regrouper autour d'eux :

- L'archevêque ? Que nous veut-il ? La pauvre Fréchou ne se remet pas des misères qu'elle a subies, ne peut-on la laisser tranquille ?

- Le saint homme semble revenu à de meilleures dispositions à votre égard, ironisa-t-il, mais laissons cela. Qu'avez-vous donc à me raconter ?

- Nous avons eu, hier, la visite de messire Montignac.

- Montignac ? Seul ? s'exclama Paula, en voilà un qui ne manque pas

206

d'audace !

- Accompagné de son fils, le marchand de bois…

- L'animal m'avait promis de ne se mêler de rien… Que voulaient-ils ?

- Négocier ! Ils disent n'être pour rien dans notre malheur, mais offrent de nous aider à rebâtir la maison de la Fréchou ! Au nom du bon voisinage !

- En échange de… ?

- Le vieux veut chercher une carrière d'argile bleue qui serait sur vos terres… Il a examiné tous nos pots ! Sans trouver ce qu'il cherche !

- Il est vrai qu'il dispose de tout le bois qui vous fait tant défaut pour reconstruire ! Nous ne lui donnerons pourtant pas cette autorisation…

- Pourquoi cela, Messire ? Qu'il cherche ! Nous n'avons que faire de cette terre !

- L'Anglais qu'il a reçu et qui vous a fait tant de mal sait où la trouver : c'est lui qui a ramené à Montignac la boule d'argile que le vieux fou m'a montrée ! C'est donc ainsi qu'il le tenait ! S'il désire tant sa terre, il n'a qu'à m'aider à prendre ce Lann, nous saurons bien lui faire dire où il la trouve !

Arnaud reprit la parole :

- Marthe et Juanna sont reparties avec lui, fort inquiètes… Montignac a promis de parler aux maris pour qu'elles ne soient pas battues…

- Bon sang !

Ils se tournèrent avec un bel ensemble vers Paula qui venait de s'exclamer ainsi :

- Bon sang, Thomas ! Voilà deux de nos témoins rentrés chez Montignac ! Elles ne diront plus rien maintenant…

- Il nous reste Johanna bien décidée à rester à Bordeaux. Et que pouvaient-elles nous apprendre de plus ? Lann et ses sbires les ont effrayées : elles se sont enfuies, elles se sentaient en danger de mort, mais n'est-ce pas , puisqu'elles imaginaient des loups-garous à leur poursuite ?

- Mais que faisait Lann au bord du chemin à la nuit ? Elles ont bien dû remarquer quelque chose !

- Il me faut ce Lann de toute façon et ce ne sont pas elles qui me diront où il se cache. Arnaud, nous retournons à Bordeaux, il faut que j'aie une petite conversation avec frère Étienne, je verrai Audry

Montignac par la même occasion, je suis étonné de sa visite en compagnie de son père... Il me paraissait moins empressé de paraître à ses côtés lorsque nous l'avons rencontré la semaine passée...

* * *

Audry Montignac était introuvable. Lassés de se faire promener d'entrepôt en boutique, de boutique en chantier, de chantier en atelier, Thomas et Paula finirent par échouer dans une auberge de la rue des Salinières non loin du fleuve. Ils s'installèrent côte à côte sur un banc usé, à l'écart des quelques ouvriers venus comme eux se réchauffer d'un gobelet de vin chaud. Tandis que leurs mains se rejoignaient à l'abri des regards, ils échangèrent quelques furtifs baisers, encore excités comme des enfants par leur clandestinité. Ils savaient tous deux qu'elle ne tarderait pas à leur peser, mais l'émerveillement de l'attrait qu'ils avaient l'un pour l'autre occupait pour le moment la totalité de leur esprit. La veille, Thomas avait discrètement rejoint Paula dans sa petite chambre chez Maître Tullier et, à dire vrai, au petit matin, engourdis de plaisir, ils avaient eu bien du mal à se lancer dans les rues glacées pour y traquer Lann...

- Soyons sages, dit-elle, le marin près du feu nous regarde, je crois... Tu me sembles avoir bien vite oublié ta colère contre le fils Montignac, fit-elle en appuyant sa remarque d'une caresse audacieuse, bah ! L'archevêque a promis de nous laisser visiter frère Étienne demain, qu'importe Montignac, c'est ce maudit moine qui va nous conduire jusqu'à Lann...

- Où peut-il bien avoir trouvé refuge, maintenant que Montignac l'a chassé ? Sur un bateau ? Fit-il en regardant le marin solitaire qui, se voyant observé, leva son verre en les saluant.

- Il faudrait que le bateau par lequel il est arrivé soit resté à l'attendre... D'après Johanna, il est apparu chez Montignac mercredi il y a tout juste deux semaines, les miliciens du port doivent pouvoir nous dire si un bateau est là depuis si longtemps... Viens, nous aurions dû y penser avant, allons interroger les hommes du sénéchal qui surveillent le port.

Ils chevauchèrent rapidement jusqu'au tout nouveau Château

208

Tropeyte où quelques soldats surveillaient la rivière. Ils n'eurent pas à perdre de temps à interroger la garnison : un épais registre soigneusement tenu à jour gardait le souvenir du mouvement des bateaux sur le fleuve. Il était malheureusement tenu en français, comme devaient l'être depuis peu tous les documents officiels, ce qui posa quelques problèmes à Thomas qui, outre le gascon que tout le monde parlait à Bordeaux, ne lisait que l'anglais et le latin appris à l'université.

- Que cherchez-vous si ce n'est pas indiscret, Messire Thomas ? C'est moi qui tiens ce registre, je puis vous aider si vous le désirez, proposa le sergent qui les accompagnait.

- Un bateau, bien sûr, un bateau arrivé il y a de cela deux semaines et qui serait toujours sous nos murailles.

- Deux semaines dites-vous ? Cela nous emmène à mardi, voyons voir, marmonna-t-il en tournant les pages, nous y sommes : Ne sont arrivés ce jour-là que la *Marie* de Saint Sébastien, l'*Anthoine* de Bordeaux, de retour de Flandre, et deux Bretons, le *Quintin* de Saint Malo et le *Notre-Dame* de Loctudy, bien sûr il y a quelques gabarres de bois venant de Dordogne et plusieurs autres chargées de vin du haut pays comme toujours à cette époque…

- Les navires sont toujours là ?

Le sergent tourna lentement les pages, cherchant les départs.

- Tous repartis. Les gabarres transformées en bois de chauffage sitôt déchargées, la *Marie*, c'était un chargement de tonneaux de baleines séchées, est repartie le lendemain, avec le vin des gabarres d'ailleurs, le *Notre-Dame* aussi le lendemain, le *Quintin* a attendu trois jours sa gabarre de pastel, et l'*Anthoine* a dû réparer une avarie, il n'a pu embarquer son vin pour l'Angleterre qu'il y a trois jours, mais vous le savez sûrement, c'est le plus beau bateau de maître Tullier…

- Tous repartis… Voilà mon hypothèse à l'eau, c'est le cas de le dire…

- À moins que… À moins que notre ami n'ait prévu son départ sur un autre bateau… Avança Paula, ou sur le même après qu'il a fait un aller et retour, pour ne pas éveiller les soupçons… Aucun de ces bateaux n'est encore revenu ?

Le sergent feuilleta rapidement les dernières pages :

- Aucun, en deux semaines il n'aurait pu aller bien loin… Saint Sébastien ou la Bretagne peut-être…

- Les deux Bretons, ils venaient de Bretagne ? Ils transportaient quoi ?
fit Paula.

Le *Quintin* venait de Bretagne à vide, on l'a vu décharger ses pierres
de lest sur la rive, le *Notre-Dame* ramenait du drap de Bristol, pour nous
vêtir à ce qu'il paraît... Il est reparti avec un chargement de vin de
l'abbaye de Sainte-Croix...

- Quoi ? firent avec un bel ensemble Paula et Thomas, du vin de
Sainte-Croix ?

- Qui les attendait sur le quai depuis un bon moment, oui, le vicaire
doit pas être commode, fallait voir l'aide cellérier activer son monde
pour que tout soit prêt à l'arrivée du bonhomme !

- Comment cela ?

- Je l'ai vu sur le *Notre-Dame,* le vicaire, c'est lui qui est allé acheter
le drap en Angleterre...

Thomas échangea un regard de triomphe avec Paula :

- Nous avons notre bateau, c'est lui, j'en suis sûr. Voilà qui va me
donner de quoi parler avec ce cher Frère Étienne demain dans son cachot !

- Le vicaire s'est fait enfermer ? Qu'a-t-il fait ? s'inquiéta le sergent
qui sentait les embêtements poindre.

- Qu'avez-vous fait, vous ? Un Anglais accompagnait le moine sur le
Notre-Dame ; un Anglais qui a semé bien du malheur depuis son
arrivée...

Le garde s'empourpra, bégaya un vague "nous avons fouillé le
navire" embarrassé avant de s'exclamer :

- Si ce foutu breton revient mettre son nez par ici, je l'envoie
rejoindre votre vicaire !

- N'en faites rien, nous essayons d'attraper l'Anglais, je suis sûr que
le *Notre-Dame* va revenir l'aider à s'enfuir en Angleterre, dès qu'il
apparaît, faites prévenir maître Tullier et attendez, c'est tout ce que je
vous demande. Ne l'arrêtez que s'il fait mine de repartir sans que je vous
en aie prévenu, entendu ?

- Un dernier conseil, fit Paula, gardez tout cela pour vous, il se peut
que le meurtrier que nous recherchons ait des complices de haut rang à
Bordeaux... S'il nous échappe encore, tâchez que cela ne soit pas par
votre faute cette fois !

* * *

210

Les cachots de l'évêché étaient encore plus sombres et humides que ceux de la commune à Saint-Eloi. À cet endroit, les murailles que l'on apercevait entre les barreaux d'un étroit soupirail, séparaient la ville d'une vaste zone marécageuse qui rendait le quartier des plus insalubres : l'été les moustiques pullulaient amenant leur cortège de fièvres, tandis que le reste du temps l'humidité s'étalait jusque dans les rues avoisinantes en nappes glaciales que les remparts ne contenaient pas.

Les travaux de construction du fort du Ha, ordonnés par Charles VII en punition de la rébellion des Bordelais de 1451, emplissaient l'air des coups de marteau des tailleurs de pierres et Thomas dut hausser la voix, récoltant un flot d'imprécations venu de la cellule voisine, pour se faire entendre de l'occupant du cachot où il avait enfin été admis à entrer.

- Les charges qui pèsent contre vous sont lourdes, frère Étienne… Vous avez tenté de faire accuser de sorcellerie le supérieur de Cayac, nous savons maintenant que vous avez excité en chaire la haine contre les paysans du village dont j'ai la charge, et comment ne pas vous croire aussi coupable des horribles meurtres de l'hostellerie du Pontet ? Vous méritez plus que pendre…

Le moine resta recroquevillé sur son mauvais grabat, tournant le dos à son visiteur, tressaillant pourtant imperceptiblement à cette dernière accusation.

- À moins que vous ne rejetiez la faute sur votre compère Montignac ?

- Laissez ce vieillard tranquille, il est incapable de la moindre vilenie…

- Excepté celle de laisser ses paysans mourir de froid tandis qu'il brûle ses forêts pour ses rêves de vieux fou… Pour rien, dites-vous, que faites-vous des trois hommes vêtus de noir qui ont tant effrayé les paysannes ? Ils logeaient bien chez lui il me semble, non ? Ils ont été vus en train d'incendier la maison d'une pauvre femme…

- Cette sorcière ! Ils ne devaient que ramener le globe de verre où elle regarde danser ses démons… Il me le fallait pour prouver sa sorcellerie… La preuve est que je n'y ai rien vu, il faut être sorcière comme elle pour y parvenir… Quant à sa maison, elle s'est enflammée quand les hommes que j'employais sont entrés : sorcellerie encore !

- Je crois pour ma part qu'ils ont dû quelque peu l'aider à prendre feu ! s'exclama Thomas. Ainsi c'était donc vous ! Les deux hommes vêtus de noir tués lors de l'attaque étaient vos hommes...

Le moine resta silencieux, semblant s'interroger sur ce que savait exactement Thomas. Thomas de son côté réfléchissait à toute vitesse, s'il voulait comprendre exactement les responsabilités de chacun il lui fallait parler vite... Voyons, que venait-il de lui apprendre... ? Que l'incendie de la maison de la Fréchou était de son fait... Il savait aussi que l'Anglais était arrivé avec lui venant d'Angleterre... Il n'y comprenait décidément rien, il avait cru jusque-là que les deux sbires étaient les complices de Lann... Il ne lui restait plus qu'une chance de faire parler le moine.

- Reprenons. Vous arrivez de Bristol avec messire Lann. Deux jours plus tard, les paysannes de Montignac sont attaquées puis ce sont les meurtres des aubergistes, puis les attaques contre le Pontet, chaque fois ces hommes vêtus de noir sont là et vous venez de me dire qu'ils sont les vôtres, vous n'échapperez pas à la corde...

- Je les avais engagés pour la sauvegarde de messire Lann. Je ne les ai utilisés que pour voler le verre de la Fréchou, je n'ai pas de sang sur les mains, vous n'avez qu'à le demander à Lann si vous parvenez à l'attraper !

- Vous ne pouvez nier avoir enlevé une petite paysanne du Pontet et mon aide, Paul... Quant à votre ami Montignac, il les séquestrait bel et bien !

- Nous ne savions ce qu'elles avaient vu, nous ne pouvions faire autrement...

- Il allait laisser ce porc de Gauriac abuser de Paul ! Mais laissons cela, vous reconnaissez donc votre entière responsabilité ?

- Je n'ai tué personne ! Mes mains sont vierges de sang ! Ce qui n'est sans doute pas votre cas si j'en juge par votre remarque concernant Gauriac... C'est vous qui l'avez occis, n'est-ce pas ? Je ne vous croyais pas capable de tuer... J'étais allé imaginer on ne sait quelle dispute qui aurait mal tourné avec le vieux Montignac.

Un instant déconcerté de se voir mis en accusation, Thomas réfléchit un moment, le temps de se reprocher mentalement d'avoir voulu jouer au plus fin avec le moine.

- Bien, allons droit au but. Je veux Lann. Aidez-moi à le prendre et je vous laisse entre les mains de l'archevêque, libre à lui de vous laisser échapper à la corde si bon lui chante. Sinon, je vous livre au sénéchal dont le bourreau saura bien vous faire parler.

- Vous ne pourrez me sortir de ce cachot contre la volonté de l'archevêque et je sais qu'il ne me livrera pas au sénéchal, prononça calmement l'ancien vicaire de l'abbaye de Sainte-Croix…

- Vous avez donc revu l'archevêque ! Que vous a-t-il proposé ? Vous ne me le direz pas bien sûr, vous avez dû bien vous comprendre tous les deux… Ajouta-t-il, furieux, se moquant de savoir si le religieux de l'évêché qui l'avait accompagné se trouvait à portée de l'entendre.

-… Quant à Messire Lann, vous ne pourrez pas non plus l'atteindre là où il est. Désolé, Messire Russ, vous ne gagnerez pas cette manche. Maintenant, si vous voulez bien me laisser prier, finit-il, faussement humble.

- Vous ne prierez jamais assez pour effacer la noirceur de votre âme, maudit moine, s'emporta Thomas.

- Un dernier conseil en retour, Messire Russ : Ne vous mêlez pas de politique… Votre âme à vous n'est pas assez sombre…

* * *

Thomas était allé directement épancher sa colère dans le bureau de son oncle. Paula les avait rejoints et attendait patiemment, comme le jovial marchand, que la fièvre qui conduisait Thomas à grandes enjambées à travers la pièce retombe.

- Ce scélérat d'archevêque a négocié avec lui ! Un moine qui ne cherche que la jouissance terrestre et est prêt à tout pour l'obtenir ! Le croyez-vous ! Ne vous mêlez pas de politique, m'a-t-il dit, je ne vois pas de politique là-dedans, seulement des individus sans scrupule et sans grandeur…

- Ce moine est de ceux qui pensent qu'une bonne politique doit avant tout servir leurs intérêts… Même si beaucoup d'autres doivent en souffrir ! Mais que t'importent les péroraisons de ce faux moine, l'archevêque ne pourra le cacher indéfiniment…

- Le temps presse ! Lann est encore ici, je le sens ! Tout à l'heure, tandis que le pitancier de Sainte-Croix me parlait au fond de son cachot, je voyais l'Anglais tranquillement installé dans quelque retraite

213

inviolable, attendant patiemment qu'un bateau le ramène près de son roi...

Paula le prit par le bras avec suffisamment de fermeté pour ne pas alerter maître Tullier :

- Que te disait-il à ce moment ?

- Comment cela ?

- Le moine : Il a dû te dire quelque chose qui t'a fait imaginer Lann encore à Bordeaux...

Thomas réfléchit un moment, essayant de revivre la scène.

- Je venais de me rendre compte que l'archevêque était venu voir frère Étienne dans son cachot... Et que ce monstre semblait bien sûr de la protection de l'archevêque... C'est à ce moment qu'il a parlé de politique...

- Ton moine a organisé une rencontre entre l'archevêque et Lann ! fit Paula.

- Et je sais où ! s'exclama maître Tullier, jubilant de voir leurs yeux ronds fixés sur lui. – Je n'ai pas même eu besoin de quitter ma chambre ! Ne put-il s'empêcher de triompher, j'ai un jeune enquêteur qui brûle de montrer ses capacités et qui m'entretient presque heure par heure des ragots qu'il collecte en ville... Je commençais à le trouver assommant et à penser que Christina était trop bonne de lui laisser tant de temps pour traîner en ville, mais il a fini par dénicher la bonne information...

- Vite, mon Oncle, le supplia Thomas, dites-nous !

- Son nom ? plaisanta le marchand, c'est Bertrand bien sûr ! Le jeune palefrenier. Je crois qu'il aspire à une vie plus palpitante que celle qui est la sienne aujourd'hui...

- Lann est sur le point de nous échapper et vous plaisantez ! Où est-il ? s'impatienta Paula.

- Bertrand ? Encore à traîner bien sûr ! Il fit un geste apaisant de la main comme il les voyait prêts à éclater, ne vous impatientez pas, continua-t-il, regardez, où voulez-vous qu'il aille : il n'y a pas un bateau dans le port, ils sont tous redescendus à Blaye de peur d'avoir leurs coques écrasées par les glaces comme il y a quelques hivers de cela... Ah oui ! Le jeune Bertrand... Il est rentré hier soir et n'a plus voulu quitter la cuisine avant de m'avoir entretenu de sa dernière précieuse découverte : l'archevêque aurait été vu, sans la nombreuse suite qui l'accompagne habituellement, entrant, devinez où ?

- Mon Oncle ! Supplia Thomas.

- Sainte-Croix ! L'abbaye ! Voilà où il est entré ! Fort discrètement accompagné seulement de deux solides gaillards. Et si tard que la nuit commençait à tomber, n'est-ce pas étrange ?

- Il est là ! Nous le tenons ! Je vais lui faire avouer ses crimes, ensuite je le livrerai au prévôt de l'Ombrière ! S'emporta Thomas.

- Tu oublies que l'abbaye est une sauveté dans laquelle nous ne pouvons pénétrer... Même les pires criminels y sont sous la protection des moines et ne peuvent hélas être arrêtés...

- Les braves gens de cette ville ne se sont pas gênés pour aller à plusieurs reprises y déloger des malandrins ! J'ai même souvenir d'une certaine nuit où les sergents de Saint-Eloi eux-mêmes...

- L'abbé a porté l'affaire devant le parlement et nous avons dû relâcher notre homme... Sans parler des réparations exorbitantes obtenues par l'abbaye...

- Le parlement ne le relâchera pas cette fois, Lann est un espion anglais !

- Je ne peux t'autoriser ce coup de main, la jurade ne veut plus se heurter à la sauveté de Sainte-Croix, pas plus qu'à celles de Saint-Seurin ou de Saint-André...

- Il a tué homme, femme et enfants à l'auberge ! Un pichon[32] d'à peine quatre ans !

- En es-tu seulement sûr ?

- Allez-vous laisser ce diable d'archevêque comploter avec les Anglais ?

- Que le roi s'occupe de ses affaires, ce ne sont pas les nôtres ! J'ai avisé le sénéchal de la présence de ce Lann, cela concerne maintenant le prévôt de l'Ombrière et ses sergents, pas la commune... De plus la police sur le fleuve est aussi de son ressort, nous ne pourrons rien faire lorsqu'il sera sur l'eau...

- Raison de plus pour le prendre maintenant !

Le marchand réfléchit un moment, partagé entre son désir de justice et son devoir de jurat.

- Si tu es pris à l'intérieur de l'abbaye, la jurade sera encore accusée de violer une sauveté...

---

32   Petit, en gascon, prononcer "pitchoun".

- Je ne serai pas pris, mon oncle, promit Thomas, quant à ce Lann, si l'extirper de Sainte-Croix doit vous amener des ennuis, il y restera…

* * *

Après un rapide dîner, Thomas regagna sa chambre. Passé sa colère contre l'archevêque, il se rendait bien compte que l'affaire était plus difficile qu'il n'y paraissait. L'abbaye occupait un vaste territoire entouré de hauts murs juste à l'intérieur des remparts de la ville, accolée à ceux-ci au sud de la ville, à l'embouchure d'une petite rivière qui alimentait le moulin de l'abbaye juste avant de se jeter dans la Garonne. Hormis son église, assez imposante, car elle tenait lieu aussi d'église paroissiale, l'abbaye qui abritait de nombreux moines était composée d'un assez grand nombre de bâtiments et de riches vergers que l'on pouvait apercevoir depuis le chemin de ronde sur les murailles.

Les bénédictins, qui ne se rendaient en ville que pour vendre leurs récoltes, sortaient habituellement de l'abbaye par l'église où un portier surveillait nuit et jour la porte communiquant avec le monastère. Deux autres lourdes portes perçaient les murs, l'une d'elles communiquant avec ce qu'il savait être la maison de l'abbé, toujours absent puisque résidant en Béarn, l'autre, dans une étroite ruelle côté fleuve, s'ouvrait parfois pour laisser passer des marchandises transportées par la Garonne.

Il allait être difficile de pénétrer discrètement dans la place. Plus difficile encore d'y trouver Lann dans ce dédale de cloîtres et de bâtiments où personne, hormis les moines, ne pénétrait jamais.

Paula le rejoignit alors qu'il se vêtait de sombre, bien décidé tout de même à tenter sa chance.

- Bertrand n'est pas rentré, Christina est morte d'inquiétude…

Elle se rendit compte qu'il se préparait à partir. Sur son lit, son épée, une dague, laissaient peu d'illusions sur son but.

- Tu y vas tout de même. Que va dire maître Tullier ?

- Il sait très bien qu'il ne pourra m'en empêcher…

- Tu allais partir sans moi ?

Il prit un air faussement surpris :

- Il est trop dangereux pour toi ! Et puis c'est une affaire personnelle maintenant… Puisque tout le monde semble résigné à laisser ce meurtrier s'enfuir…

- Juan est revenu du Pontet, il veut nous accompagner… Nous ne serons pas trop de trois, l'abbaye est immense…

Il se résigna, conscient de la justesse de la remarque :

- Tu lui en as déjà parlé ! Tu ne perds pas de temps ! Va pour tous les trois… Je m'attendais bien à quelque chose comme ça… Va lui dire de monter nous rejoindre ; il nous faut trouver le moyen de débusquer Lann…

Paula revint seule quelques instants plus tard :

- Je ne comprends pas, Juan n'est plus là ! Ysabeau dit qu'il est sorti précipitamment après que je lui ai parlé de ton projet insensé…

- Lui avais-tu dit que nous irions cette nuit ?

- Il m'a semblé avoir compris que nous devions faire vite…

Ils restèrent un moment silencieux, étonnés de la défection de Juan.

- Nous nous passerons de lui ! S'emporta Thomas, va vite t'habiller de sombre comme moi, il faut y aller ce soir, il y a encore une chance pour qu'il ne s'attende pas à nous voir si vite.

* * *

- Où crois-tu qu'il se cache, murmura Paula.

- S'il est dans l'abbaye, il n'a même pas besoin de se cacher fit Thomas, il ne peut y rencontrer personne hormis les bénédictins… Il doit être plutôt du côté du fleuve, pour surveiller l'arrivée du *Notre-Dame de Loctudy* et être prêt à partir…

Tapis dans l'ombre, ils contemplaient le mur de l'abbaye qui occupait tout un côté de la ruelle où ils s'étaient engagés. Ils entendirent passer le guet à quelque distance.

- Ils ne viendront pas jusqu'ici, cette ruelle fait partie de la sauveté, j'ai vu au carrefour une des croix qui en marquent les limites de place en place… Toutes les ruelles, entre ici et la Garonne, dépendent de l'abbaye… En fait la plupart des maisons appartiennent aux bénédictins.

Un bruit ténu à l'autre extrémité de la rue les fit se taire brusquement. Ils restèrent un long moment à épier le silence.

Deux silhouettes rasant les murs se découpèrent un court instant contre un pan de mur éclairé par la lune.

- C'est Juan ! chuchota Paula.

Thomas émit un court sifflement étouffé qui aurait pu passer pour le cri d'un oiseau de nuit. Juan et son compagnon traversèrent vivement la rue et les rejoignirent en silence.

- Content de vous retrouver, Messire. Je ne pensais pas que vous partiriez si vite... Il m'est venu à l'esprit que ce compatriote avait déjà bénéficié des privilèges de la sauveté de Sainte-Croix... Le temps de le dénicher, vous aviez déjà quitté la maison ! Vous avez trouvé quelque chose ?

- Non, hélas ! Nous étions à nous demander s'il était derrière les murs de l'abbaye ou s'il se cachait dans quelque maison de la sauveté...

- Voilà une question à laquelle je peux répondre facilement, intervint le compère de Juan, les moines ne toléreraient pas la présence d'individus plus ou moins recommandables dans les murs de l'abbaye ! Lorsque la sauveté a eu la bonté de me secourir, les moines m'ont abrité dans un petit logis près des chais où les bénédictins entreposent leurs barriques. Et je crois bien qu'il en est toujours de même...

- Où ? Dites-nous vite ! Le pressa Paula.

- Là, juste en bas, les maisons adossées aux murs...

Ils descendirent vers la poterne par où les moines et les habitants du quartier accédaient aux quais. À quelques mètres de la porte, fermée à cette heure, ils croisèrent une ruelle longeant la muraille. Un des côtés de la ruelle était entièrement occupé par le mur de l'abbaye, tandis que de l'autre, une rangée de maisons sans étage s'appuyait à l'imposante muraille. Un des bâtiments était beaucoup plus long que les autres et richement pourvu d'un toit de tuiles de terre cuite, contrairement aux autres maisons du quartier plus ordinairement couvertes de chaume ou de tuiles de bois.

- C'est là, fit l'ami de Juan, la grande bâtisse en pierre... C'est leur cellier ; le logement est juste après, vous voyez le porche ? Il s'ouvre sur une petite cour où deux portes donnent dans le chai et dans le logement où ils m'ont caché lorsque... Je n'ai pas tué, Messire, fit l'homme devant le regard sévère de Thomas, juste des dettes pour lesquelles un jeune seigneur avec qui j'avais eu le malheur de jouer aux dés dans une taverne voulait me faire enfermer... J'ai travaillé deux ans pour les moines afin de rembourser ce filou, qui trichait sans doute, et pouvoir sortir de la sauveté sans être arrêté...

- Je ne vous ai rien demandé, fit Thomas, aujourd'hui vous rendez un grand service au roi. Je ne sais si Juan vous a expliqué pourquoi nous sommes là…

- Juan vous fait confiance, cela me suffit.

- Ne traînons pas. Cette porte est-elle ouverte ?

- Non un madrier la condamne de l'intérieur… Mais le mur n'est pas bien difficile à franchir… Je me souviens avoir fort craint d'y voir surgir les sergents de Saint-Eloi…

- Une fois dans la cour ? interrogea Paula.

- Les portes n'ont pas de serrure - il sourit - la première nuit j'ai noyé ma peur et ma colère en visitant les chais dont je vous ai dit qu'une porte donnait dans la cour ! Ces moines avaient quelques délectables tonneaux !

- Allons-y. Juan tu m'accompagnes, Paul et… ?

- Alonso, Messire.

- Alonso, je ne peux t'entraîner dans une affaire qui va être sérieuse je le crains, mais s'il vous convient de rester avec Paul à ce carrefour pour surveiller les alentours…

- Je vous serais plus utile dedans, j'y ai passé une longue semaine à me morfondre, j'en connais le moindre trou de souris !

- Crois-tu que je vais rester ici à battre le pavé, renchérit Paula, tandis que tu risques ta vie là-dedans ? Je n'ai pas pris cette épée pour rester à l'écart ! Et ne me dis pas cette fois encore que ce Lann est trop dangereux pour moi, il me semble que tu faisais moins le faraud la dernière fois que nous nous sommes exercés ensemble ! De plus, souviens-toi que je l'ai déjà combattu au Pontet et l'ai mis en fuite…

L'heure n'était pas aux disputes, surtout devant Juan qui devait continuer à ignorer la véritable identité de Paul. Thomas dut accepter à contrecœur la fidélité de ses compagnons.

- J'aurais préféré que l'un d'entre vous au moins reste ici, marmonna-t-il, mais puisque tout le monde semble vouloir se battre… Méfiez-vous de l'homme que vous allez trouver derrière ces murs. Il doit être bien aguerri et enragé comme un animal pris au piège…

Ils avancèrent en silence jusqu'au porche. Thomas et Alonso disparurent les premiers au sommet du mur, bientôt suivis par Paula et Juan. Dans la cour, ils se plaquèrent en silence de part et d'autre de la porte du logement. Thomas eut une brève pensée pour les deux archers de la sénéchaussée qui n'auraient pas été de trop avec eux. Ils étaient sans doute bien au chaud dans leur auberge, à servir civets et pichets de clairet, enfin sortis de leurs vies violentes. Quel jugement pouvaient-ils bien porter sur leur passé, du fond de leurs chambres douillettes où quelque jeunette du Pontet ne manquait sans doute pas de les rejoindre lorsque les pèlerins s'étaient retirés ? À moins que cela ne soit pour eux qu'une des facéties de la providence, que l'on accepte avec plus ou moins de bonheur selon qu'elle est généreuse ou ingrate, une page de vie que l'on doit lire jusqu'au bout une fois qu'elle est ouverte…

Un grincement léger sembla provenir du cellier face à eux.

- Il est dans le cellier, vite, entrons là, chuchota Alonso.

Sans plus réfléchir, car des pas résonnaient maintenant derrière la porte, ils se glissèrent dans le logement, se déployèrent en arc de cercle à l'intérieur sitôt qu'ils l'eurent repoussée derrière eux. L'unique pièce était effectivement vide, seules une cape noire jetée sur un coffre et une bougie vacillante et presque entièrement consumée trahissaient la présence d'un occupant.

Thomas colla son oreille à la porte, fit signe à ses compagnons que rien ne semblait troubler le calme de la petite cour. Il s'approcha prudemment de l'unique étroite fenêtre et fit un bond en arrière.

- Tudiou, il m'a vu !

Ses yeux avaient rencontré le regard glacial d'un homme d'un tel sang-froid que la surprise l'avait à peine fait ciller. Pour sa part Thomas frémissait encore de ce rapide échange.

- Il va se barricader prudemment dans le cellier, il se doute bien que je ne suis pas seul ! Ne tardons pas, il va nous échapper par le porche que les moines utilisent pour rouler leurs barriques !

- Pas si sûr, cette issue-là est habituellement fermée par une solide serrure, dit Alonso, et le doyen des portiers de l'abbaye a seul les clefs.

Ils traversèrent la cour d'un bond. L'Anglais n'avait pas pris la peine, ou le temps, de bloquer l'entrée du cellier, ils se bousculèrent à l'intérieur.

L'obscurité était presque totale. Trois ou quatre étroites fenêtres, presque des meurtrières, laissaient entrer une faible lueur venant de la rue.

Ils descendirent quelques marches et foulèrent un sol de terre battue ou des dizaines de tonneaux étaient alignées sur quatre rangées, semblait-il à perte de vue, sur toute la longueur du bâtiment. Lann avait disparu.

- Il doit être allongé entre deux tonneaux, murmura Juan.

- Juan et Alonso, prenez cette travée, je prends celle-ci avec Paula.

Ils avancèrent, l'oreille aux aguets. Un grincement métallique, une lourde porte qui se ferme, une clef qui tourne dans une serrure. Ils se précipitèrent vers le bruit, découvrirent en jurant des marches descendant entre deux tonneaux. Ils sautèrent les quelques degrés pour être arrêtés par une solide grille, après un court tunnel de pierres massives qui remontait à n'en pas douter au-delà des murs de l'abbaye.

- Franchise ! Franchise ! ironisa Lann, singeant le cri lancé à leurs poursuivants par les malfaiteurs revendiquant l'immunité sitôt franchies les limites de la sauveté.

L'Anglais les provoquait, bien à l'abri derrière la grille.

- Quatre ! Soit vous n'êtes pas bien courageux, soit vous me surestimez, Messire Russ !

Thomas s'approcha, tentant de mieux voir le visage de son adversaire.

- Inutile, Messire, un messager est parti depuis longtemps fixer un autre rendez-vous au bateau qui va me ramener en Angleterre… Le Port de la Lune est décidément trop peu sûr pour un espion anglais…

- Espion ou assassin, Messire Lann ? Je suis moi-même à demi anglais, mais j'ai bien honte de cette moitié lorsque le service d'un roi conduit à tuer femme et enfants…

- Je suis chevalier, Messire, et bien que n'ayant pas de compte à rendre à un… marchand, ou plutôt au valet d'un marchand, je vais tout de même vous informer que je n'ai pas participé à cette tuerie. Pas plus que je ne l'ai ordonnée. Tout au plus peut-on me reprocher de m'être acoquiné avec des brutes incapables…

- Vous allez sans doute m'affirmer également ne pas avoir voulu tuer les pauvres femmes qui ont eu le malheur de vous croiser une nuit sur le chemin de Compostelle… Elles sont pourtant persuadées d'avoir été en péril de mort !

- Ce sont des sottes sans importance… À une heure si tardive, personne n'aurait dû se trouver là. Elles ont vu ce qu'elles n'auraient pas dû voir, avaient peut-être même surpris une conversation, nous avons tenté de les attraper pour les tenir enfermées le temps que ma mission en France soit terminée… Quant aux aubergistes, mes hommes y sont allés le surlendemain avec… Heu, un ami, pour tenter de les persuader de nous dire où se trouvaient les filles… Mon ami pensait qu'elles avaient forcément trouvé refuge chez lui.

- Montignac ? demanda Paula.

Une nouvelle voix se fit entendre, derrière Lann.

- J'ai déjà dit à Messire Russ que Montignac n'était pour rien dans tout cela !

- Frère Étienne ! Vous voilà déjà de retour dans votre abbaye ! Comment avez-vous bien pu… ?

- M'échapper ? Vous demanderez à l'archevêque ! Vous êtes décidément trop naïf pour comprendre la politique, Thomas Russ !

- L'ami dont parle Lann, c'est donc vous ?

- Il fallait à tout prix retrouver ces filles qui pouvaient faire échouer nos plans… Les affaires de messire Lann l'avaient retenu deux jours au loin, il m'a bien fallu prendre les choses en main… Tout s'est d'abord passé à merveille, il me fut facile d'effrayer les pèlerins présents à l'auberge, vous les auriez vus partir comme s'ils avaient une armée de démons à leurs trousses ! Ensuite, l'aubergiste à commis la bêtise de vouloir nous chasser… Tout a été très vite, les deux amis de messire Lann n'ont pas fait de quartier…

- Ce qui servait bien vos propres affaires, n'est-ce pas ? Vous n'avez pas manqué d'en profiter pour semer la terreur dans ce coin et la suspicion sur mes paysans ; vous louchiez sur le Pontet ou sur l'hospital du père Francis ? Les deux sans doute, l'ambition ne semble pas vous manquer…

- Le Pontet aurait bien servi les desseins de mon ami Montignac, mais nous n'avons tenté ce petit assaut que parce que j'avais compris que les filles y avaient trouvé refuge…

- Vous alliez anéantir un village pour faire taire trois pauvres femmes qui, en fait, avaient cru être attaquées par des loups !

- Il me fallait de toute façon le village pour obtenir le soutien de Montignac, précisa Lann.

- Ah ! La fameuse argile ! Montignac est venu négocier avec mes paysans pour ça… Le malheur c'est qu'ils retournent la forêt en tous sens depuis lors sans en trouver la moindre trace…

- Qu'ils cherchent, les occupations sont rares en hiver, plaisanta méchamment Lann.

- Il n'y a pas plus d'argile que de moine ou de chevalier anglais respectable parmi nous, c'est cela ? interrogea Paula.

- Messire Russ, faites taire cet insolent damoiseau, sinon je pourrai quand même me risquer à ouvrir cette grille... L'argile existe, je l'ai travaillée de mes mains lorsque j'étais enfant... Mais Montignac m'a chassé, il ne l'aura pas.

- Qu'êtes-vous donc venu faire en Guyenne, Messire Lann ? Comploter un nouveau retour de votre roi ?

- J'ai vécu enfant sur la colline du Pontet. Mon oncle s'y livrait lui aussi à l'art de la verrerie. Avec plus de succès que messire Montignac n'en rencontre aujourd'hui semble-t-il. Il l'a appris, frère Étienne est venu me chercher en Angleterre pour lui livrer le secret de la réussite, voilà tout...

- Un secret dont le prix a fini par lui sembler si lourd qu'il vous a chassé, renonçant à ses rêves... Quel en était le prix, Messire ?

Thomas tentait de gagner du temps réfléchissant désespérément au moyen de franchir ou de contourner la grille qui le séparait de ses ennemis.

- Ceci est mon secret, Messire Russ, un secret d'État que je ne souhaite pas partager avec un demi-Anglais qui agit en somme comme un traître à la patrie qui accueille si généreusement ses parents... Ne craignez rien pour eux, Messire Russ, je sais qu'ils n'ont rien à voir dans cette affaire et mon souverain, tout comme le vôtre, respecte les marchands qui pourvoient à la richesse de son royaume. Vous avez ma parole que rien de fâcheux ne leur arrivera... Si toutefois vous me permettez de rentrer dans mon pays donner l'ordre de leur rendre la liberté...

La nouvelle tomba sur les épaules de Thomas comme un vent glacé.

- Vous avez fait cela... Il resta un long moment figé, l'esprit en déroute, furieux contre lui-même de ne pas avoir envisagé la possibilité d'une telle bassesse. Fuyez tous les deux, vite, loin, et priez Dieu de ne jamais croiser de nouveau mon chemin... Gronda-t-il d'une voix blanche, vous ne serez pas toujours à l'abri d'une lourde grille...

- Cessez vos menaces, elles pourraient m'inciter à garder vos chers parents emprisonnés, en gage de votre docilité... Il me semble au contraire que je serai plus en position de vous interdire de remettre les pieds sur le sol que vous trahissez... Mais le commerce est une chose et le service du roi en est une autre. Vous avez réussi à m'obliger à écourter mon séjour en Aquitaine, à votre place je m'en satisferais. S'il vous en faut plus, nous verrons cela plus tard peut-être, lorsque j'aurai rendu compte de ma mission à mon souverain.

Thomas voulut répliquer, lancer quelque phrase bravache susceptible d'apaiser sa rage et sa frustration, mais l'obscurité brusquement retombée de l'autre côté de la grille lui apprit que Lann et le frère Étienne s'étaient évanouis dans les profondeurs de l'abbaye.

* * *

Épilogue 1

Les quatre cavaliers ralentirent l'allure sitôt l'auberge dépassée.

Johanna, qui montait pour la première fois, rejoignit Thomas, Paula et Juan, essoufflée par la course, les joues rosies par l'air toujours vif, du plaisir aussi du court galop qu'ils venaient de lui imposer. Jamais de toute sa vie elle n'avait imaginé un jour imiter les riches nobles ou bourgeois ayant les moyens de s'offrir un cheval.

- C'est un peu plus loin, dit-elle fouillant la forêt des yeux. La terreur vécue là n'était pas bien loin encore derrière son regard clair. Nous avons avancé jusqu'au gros chêne, je crois… Les yeux jaunes de ces démons luisaient vers ce bosquet pas bien loin de la route.

- Ce n'étaient pas des démons, lui rappela doucement Paula, juste les lanternes de Lann et des deux gredins qui sont morts lors de l'attaque du village…

Ils mirent pied à terre, piétinèrent bruyamment les feuilles du sous-bois après avoir attaché leurs chevaux à une branche. Johanna les conduisit jusqu'au taillis qu'elle croyait reconnaître. C'était en fait un imposant roncier, entrelaçant ses redoutables tiges épineuses autour du pied de quelques arbres chétifs.

- Tu dois te tromper, personne n'irait se risquer dans un tel fatras de ronces… Se découragea Juan.

- Ils étaient là pourtant… Peut-être de l'autre côté… Non, devant plutôt : en un instant ils ont été sur le chemin.

- Cela ne nous mène à rien, dit Thomas, ils pouvaient venir de n'importe où dans la forêt…

- Nous les aurions entendus approcher, les pas font craquer la neige fraîche encore plus bruyamment que ce tapis de feuilles, insista Johanna, c'était comme si quelque diablerie les avait brusquement posés ici.

- Comme… Sortis du sol ? Venez donc voir un peu ce que j'ai trouvé, les appela Paula qui s'était un peu écartée.

La gueule sombre de l'entrée d'un souterrain se découpait sur le flan d'une petite butte, à peine dissimulée par quelques branches étalées à la hâte.

- Il y a encore des traces de passage, voilà où notre ami Lann s'est réfugié lorsque Montignac l'a chassé…

- Et voilà d'où il sortait lorsqu'il a rencontré le frère Étienne avant que celui-ci ne place son manuscrit diabolique à Cayac…

Ils trouvèrent des torches de résine soigneusement posées contre la paroi et purent s'avancer prudemment dans l'étroit conduit.

- Ce tunnel va vers les ruines, fit Paula, Lann, encore enfant, a dû fuir par-là lorsque Villandrando ruina le château de son oncle…

Ils aboutirent dans une vaste salle dont la voûte était soutenue par un nombre impressionnant de piliers de pierres massives.

- Nous nous sommes enfoncés presque horizontalement sous la colline, dit Paula à voix basse, si cette salle est sous le château, nous devons être bien loin de la surface…

-… Et l'escalier est obstrué au bout de quelques dizaines de marches, fit Juan en revenant près d'eux, tout le donjon semble s'être écroulé là !

- Regardez ! cria Thomas, nous y sommes !

Ils le rejoignirent près d'une galerie dont les parois n'étaient pas maçonnées, mais simplement étayées par des poutres à demi vermoulues.

- Ils ont cherché à creuser une autre sortie ? S'interrogea Juan.

- Vous ne voyez pas ? reprit Thomas en avançant sa torche, les parois de la galerie, cette terre grise ! C'est le secret de Lann ! C'est l'argile que recherche tant Montignac ! Voilà ce que messire Lann était venu faire, la nuit où il vous a tant effrayé, Johanna ! Il était seulement venu s'assurer que la carrière ne s'était pas effondrée, que la précieuse argile de son oncle était toujours accessible ! Voilà le secret qu'il avait si peur de vous voir dévoiler !

- Et tes paysans vont maintenant avoir de quoi obtenir de Montignac tout le bois qui leur manque, fit Paula, la maison de la Fréchou sera la plus belle du village !

* * *

Épilogue 2

Il y avait fête au Pontet. Sous les arbres au centre du village les tables chargées de victuailles témoignaient de la relative aisance des villageois. La journée avait été tout entière consacrée aux festivités saluant tout à la fois la fin de la reconstruction de la maison de la Fréchou et la nomination d'un curé à la petite église Saint Thomas. Pour l'heure, le brave homme rudement mis à contribution par ses nouveaux fidèles tout le long du jour s'accordait un moment de détente en goûtant peut-être un peu trop consciencieusement la production viticole du village. En bout de table, maître Tullier, plus rubicond que jamais, faisait du charme à l'épouse d'Arnaud qui ne semblait s'apercevoir de rien tant il s'affairait à rendre la journée parfaite. Guilhem et Tircelin qui avaient déserté l'auberge pour l'occasion s'activaient près du feu, tandis qu'une petite armée de femmes du village les assistait, les bras chargés de plats et de pichets. Messire Montignac avait décliné l'invitation, prétextant une fatigue passagère, mais chacun savait que, depuis l'arrivée au domaine du premier chargement d'argile, il ne quittait pratiquement plus sa tour, exténuant le jeune paysan de son domaine qu'il avait choisi d'initier pour combler la cruelle absence de son mauvais ami le pitancier de Sainte-Croix.

Tout le monde était là : le supérieur des hospitaliers venu en voisin, Juan et sa compagne toujours au service de Maître Tullier, Johanna avec Bertrand, le jeune palefrenier qu'elle ne quittait plus depuis qu'elle s'était découvert une passion pour les chevaux.

Thomas et Paula manquaient à la table. Assis sur le dernier pan de mur du château en ruines qui dominait le village, ils goûtaient la douceur de ce premier soir d'été en écoutant les rires et les joyeux éclats de voix gasconnes qui montaient jusqu'à eux.

- J'envie leur insouciance... Dit Paula, les voilà tirés d'un bien mauvais pas, mais j'aimerais pouvoir lire pour eux dans ce si beau ciel étoilé un avenir dépourvu de ruines comme celle-ci...

- Nous ne pouvons empêcher les années maigres... Et le temps des tyrans durera encore bien longtemps, j'en ai peur... Pourtant les plus misérables peuvent maintenant s'adresser au parlement pour obtenir justice et il y a à Bordeaux des familles de riches bourgeois dont les aïeux étaient plus pauvres que ces paysans...

- Tes paysans ont bien failli succomber à Montignac et aux intrigues de l'archevêque...

- Mais ils s'en sont sortis !

- TU les en as sortis... Fit-elle doucement, tu ne seras pas toujours là pour veiller sur eux... J'ai bien peur de ne pas partager ton bel optimisme... Les hommes sont si sots ! Et se voilent si facilement la face devant les souffrances qu'ils infligent...

- Crois-tu que je ne le sache pas ? Certains sont bons, d'autres sont mauvais... Des brutes se changent en aubergistes débonnaires tandis que d'autres restent impitoyables, et entre les deux, une multitude oscille de l'un à l'autre, capable du pire comme du meilleur... Tant de choses arrivent qui font un loup du plus tendre agneau... On ne peut pas plus changer cela que supprimer les hivers rigoureux, la pluie et le vent. On ne peut qu'apprendre à s'en protéger et tenter chaque jour d'être meilleur et plus accompli que le précédent. Ils apprendront, si Dieu leur en donne la force... Dans peu d'années, ils auront fini de rembourser à mon oncle l'aide qu'il leur a apportée... Je demanderai à la jurade qu'elle les libère de toute tutelle...

- Ce fermage est ton unique revenu hormis les largesses de ton oncle... Remarqua Paula.

- Ils ont déjà bien assez de dîmes et de taxes de toutes sortes comme cela... Je me contenterais volontiers d'un petit domaine sur cette colline que quelques-uns d'entre eux pourraient m'aider à faire fructifier... Que dirais-tu d'un modeste logis par ici ? Un peu en retrait pour que notre présence ne soit pas trop écrasante...

- Ils n'attendent que cela ! Si tu en parles à Arnaud, ta maison sera aussi vite bâtie que celle de la Fréchou.

Thomas sembla revenir d'une longue rêverie :

- Plus tard, peut-être... Il l'entraîna à l'abri des regards pour la serrer dans ses bras, adossée aux pierres moussues.

- Ce soir nous n'avons nul besoin de demeure, fit-il à voix basse, perdant soudain son air grave, ces étoiles ne sont-elles pas la plus belle toiture que l'on puisse rêver ?

* * *

229

La suite

J'espère que votre aventure à l'époque de Louis XI vous a plu, vous pouvez retrouver les personnages des Loups du Pontet dans le tome 2 : Les Pirates de l'Estuaire

Après l'abordage d'un navire marchand, Paula et Thomas doivent enquêter à Bristol. L'Angleterre de la fin du XVe siècle vit une époque tout aussi trouble que la France d'après la guerre de Cent Ans, et mystères, complots et dangers les menacent plus que jamais…

Extrait du tome 2, les Pirates de l'Estuaire :

…"En un instant *L'Anaëlle,* incapable de manœuvrer dans l'étroit chenal fut repoussée sur des hauts-fonds où elle s'échoua. Chacun s'empara de ses armes. Une pluie de flèches s'abattit sur les pirates qui parvinrent pourtant à les aborder. L'équipage de *L'Anaëlle,* bien que nombreux et honorablement armé, ne tarda pas à être submergé sous la multitude des assaillants. Marticot de Fins, qui s'était emparé d'une épée, fut parmi les derniers combattants. Il se démena comme un beau diable aux côtés de maître Le Cloarec jusqu'à ce que le marin ne tombe, le crâne fracassé. Avant de succomber à son tour, il eut le temps de voir le visage désespéré d'Anaëlle, solidement immobilisée par trois gaillards hilares. Puis une ultime blessure le mit à genoux et le visage de son épouse disparue se superposa à celui de la petite Bretonne. Un coup de botte dans le dos le fit basculer par-dessus bord…"

Merci à tous, bonnes lectures !

Liens

Si vous avez envie de poursuivre le voyage en accompagnant Paula et Thomas en Angleterre et au Pays de Galles, leur deuxième enquête est aussi disponible sur Amazon :

http ://www.amazon.fr/dp/B00O8D1OPK

N'hésitez pas à laisser un commentaire sur la page Amazon des Loups du Pontet, vos encouragements sont précieux, je vous en remercie sincèrement par avance.

Nous pouvons aussi dialoguer via ma page Facebook : https ://www.facebook.com/al1.bosc

Et pour finir, vous pouvez m'envoyer un message sur ma boîte mail : alain_bosc@orange.fr

À bientôt !

8,75 €

Editions A. Fournier
33360 Carignan de Bordeaux

Dépôt légal juin 2015